「土がついている」
そう言ってその人は、
ふわりと額に触れてきた。
JN248100
やいや!!
不思議がる
せんからっ!!)

東の勇者
クライス・レイ・グレイシス
魔法使い
レプス・クローリク
弓士
シュシュ・ベリル
聖職者
シルウェストリス・ソロル

勇者パーティ＆勇者の追っかけ
槍士
-クローズ-
ツツィア
ベルリナ・
ラコット
勇者の追っかけ

「…………？
…………っ!?……っっ!?!?
……っっっ!!!」
（いやいや！いや
勇者様！？そこ、
ところじゃありま

YUSHA no YOME ni NARITAKUTE

# 勇者の嫁になりたくて(￣▽￣)ゞ

Author
鐘森 千花伊

Illust
山 朋洸

CONTENTS



YUSHA no YOME ni NARITAKUTE(¯▽¯)ゞ

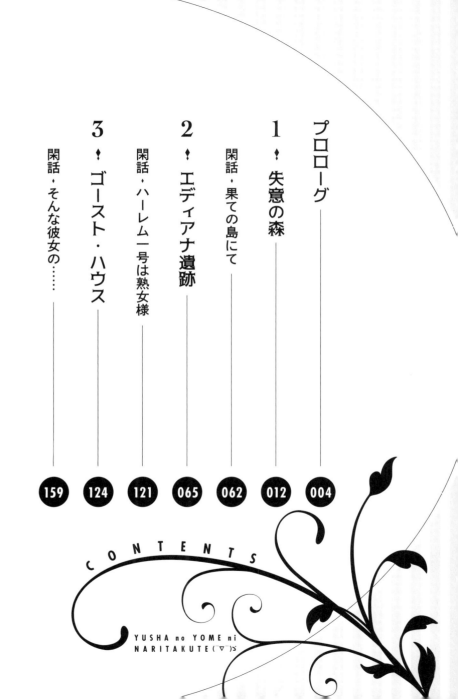

# プロローグ

YUSHA no YOME ni NARITAKUTE

その日は、街全体が浮き足立っているような、不思議な空気に包まれていた。まるで言いようのない高揚感に、辺り一帯が包まれているような。

近いようで遠い誰かが落ち着かない様子を見せて、その訪れを今か今かと待っているような緊張感。

もしかしたら、それは出会いの女神様だったのかも。

ぼんやりとした意識の端に大通りの喧騒《けんそう》が届き始めると、そろそろ起きないとなぁ、なんて。私はベッドの中でモゾモゾと、体を動かし始めたのだ。

まだ少し気だるいような体を起こし、床に揃《そろ》えた靴を履いたら、部屋の窓の閂《かんぬき》を外しにかかる。木窓を押し開け外の明るさに両目を細めたら、今日も、また一日が始まるな――と伸びをした。

いつも通り、身だしなみを整えて朝食を済ませると、決まった仕事がなかった私は、浮ついたままの街の空気が段々気になっていく。

昔から、じっとしているままなんて当然できる性分ではない。

時計台から響き渡った刻《とき》を知らせる鐘の音を背に、一般的な街人が着るシンプルな服とスカートで、私は友人のお店まで、と目的をそれに決めたのだ。

ついでに街の様子でも、散歩がてらに見ようかな、って。

友人が経営しているお店はメルクス商会といい、業界内では新興だけど、力をつけつつある店だった。この世界の、この時代では、規模の大きな商店は商会と呼ばれている。商業上の目的で作られた組織、いわゆる会社だ。金色の看板に名を掲げるその建物は、平民街の中でも大通りの一等地、そこに近代的な造りで堂々と建っていた。家から歩いて十分程度。私もなかなか住み良い場所に家を借りることができていた。

その日を迎える少し前、授かった特殊スキルと、前世の記憶という遺産。それを使ってコツコツと平民にしては貯《た》めたお金で、有名な銘《ロゴ》を掲げた鞄《かばん》の店で手に入れたもの。空間魔法や保存魔法や……まぁよくは知らないが、そうした要素満載の、デザインも良い高級鞄。普段なら素通りしていただろう、そんな特別な魔道具を、必然とでもいうように一目惚《ぼ》れにて買っていた。

意識した訳ではないけれど、この日も普通に肩に掛け、弾む足取りで家を出た。

背中に届く鐘の音も止《や》み、見上げた空は晴れやかだった。

路《みち》が広くなるたびに、浮ついた空気が増して、喧騒も増していく。

仮にもここは一つの国の城下町と言われる場所で、平民街もそれなりに広大であるために、大通りともなれば常に賑《にぎ》やかな様相だった。それでもいつもと違うな、と。判断できた要素はズバリ、若い女性特有の、いわゆる黄色い声である。

目的地である商会は、もう目の前の通りの正面。人で埋め尽くされてはいるが、いつもならその通りを跨《また》げばすぐに玄関に入れる距離だ。実際、商会の入り口に立つ警備員的な知り合いを、通りの向こうに見ることができる。そんな顔見知りの人さえも、通りに面したスロープ奥で、ひしめく人に呆《あき》れを乗せた表情《かお》をしている様子であるので……朝から大変だったんだな、とこちらも苦笑の域である。

(ここまで人を呼ぶほどの、有名人がいるんだな)

浮かんだ言葉は、そんなところか。早朝からの浮ついた空気も、納得できると思えたのだ。

(仕方ない、迂回《うかい》しよう)

いつもならそれで終わっていたが、けれど、その日は何故だろう。

この人垣の向こうの人に、お目にかかりたい、と思ったのだっけ。

えぇと、確かあれがきっかけ。踵《きびす》を返そうとしたときに、人々の高い声の上、美しい街並みの赤い屋根の辺りから、ふわりと柔らかな風が降りてきたのだ。それは春の女神の息吹のような、花びらを含む風だった。色とりどりの花びらが舞い、誰の落とし物だろう、白いリボンが流れていった。

綺麗《きれい》だな――――と思ったのだ。

そうして再び見た喧騒に、違う感情が湧いていた。

これほどキャーキャー騒がれている渦中に存在する人は、一体、どれだけの魅力を持った男性……

そう、男性なのか。

瞬時に確信した自分に、思わず笑みが零《こぼ》れていた。

全く興味のなかったものに、にわかに目覚めた瞬間だった。

ひしめく人の視線の先は、皆一様に貴族街へ、だ。所々で彼の名を呼ぶ、黄色い声の波がある。徐々にそれらは下りつつあり、もうすぐこちらの通りに来そう。

一見、針も通らぬような人々の垣根と見たが、この防壁が崩れるときが必ず来ると確信していた。隙間《すきま》ができるその瞬間を、気配を殺して窺《うかが》えば、名を呼ぶ声が間近に迫り、人の間に揺らぎを生んだ。すかさず押し入り隙間をぬって、そちらに夢中になっている女性達の前へ躍《おど》り出る。魔法で張られたロープを掴《つか》み、即席のロープ？　それはすごいね、じゃあここが最前線――と。熱狂はまさにこの場所で最高潮を迎えたようで、さりげに前に出てきた娘を気にする人は居なかった。

そんなことより馬上の人を、少しでも長く見たいのだろう。

(まぁ、私は一目でいいや)

騎獣の足の気配を感じ、ふと視線を上げたのだ。魔法のロープで制されている見慣れた通りの中心を、馬に似ている騎獣が歩み、それに合わせて歓声が湧く。

数は三体。一人と、二人だ。

それだけの認識で、駆け足だろう彼の姿がスローになって視界に映る。

先頭の人は、黒毛の騎獣。

鋼の鞍《くら》に跨る人の、圧倒的な存在感。

そう。初めから、彼だけが――特別だったということか。

初め、堂々とした姿に見惚《みと》れ、雰囲気としてイケメンだな、と。

体躯《たいく》もしっかりしていたし、けれど程よく細身に見えた。

驚いたのは、その後すぐだ。揺れる黒髪と灰の瞳に、怜悧《れいり》さを思って身が竦《すく》む。なんて綺麗な造りだろうかと、美麗な顔に見惚れるも。不意にぎゅっと締め付けられた思わぬところの痛みを知って、知らずと涙が零れていたのだ。

一欠片《ひとかけ》の粒が、ポタリと落ちた。同時に、体が震え始めた。

それは病的なものじゃなく、興奮的なものなのだろうと一応理解はできたけど、その理由が分からない。自分の体が自分のものじゃないような気さえして、こんな自分は知らないと頭の隅《すみ》に浮かんで消えた。あの感覚は何となくだが、今も心に覚えている。

そんなことより、そんなことより……。


(居た――――。ここに居た、この人、だ――――)


浮かんだ言葉に、胸の奥が勢いよく歓喜した。体は震えたままだったので、それもまた衝撃だった。だって、こんなの、自分じゃない。足も竦んだままだった。でも冷静な意識もあって……だから覚えている訳で。

息は……吸うことしかできなくて、吐くことを忘れてしまうのだ。こちらを見て欲しいのに、見て

欲しくない矛盾感。愛する人だと思うのに、愛される自信がまるでない。

でも、この人だと心が叫ぶ。

この人じゃなきゃ、だめなんだ……！　と。


（あぁ、ここに居た。居てくれた。なんで、忘れていたんだろう……!?）


すれ違ったのは数瞬だった。彼は後ろ姿に変わる。冷めやらぬ興奮が、これが理由だ、と囁《ささや》いた。

背負われた大剣は、この世界でも類を見ない。戦闘職、と即断した。もうその時点で彼の姿は後ろの二人に隠されていた。騎獣の速さを考慮したなら、スローに見えた自分が変だ。

あぁ、遠くへ行ってしまったと、名残惜《なごりお》しく立ち尽くす。掴んだままのスカートの裾は、はっきりシワになっていた。

（出会えただけで、幸せだ。……出会えただけで…………本当に……？）

ふつふつ浮かぶ熱い鼓動が、今度は全く別の理由で、体の自由を奪っていった。

胸が痛くて、遠すぎて、見失うまい、と視線を向ける。

瞬間、再び風が舞い、彼らの小さな後ろ姿を色とりどりの花々で華やかに飾っていったのだ。

（あぁ、物語のヒーローは、こうして花を背負う訳だ）

妙に納得してしまう心の何処《どこ》かがおかしくて、そのとき零れた微笑《ほほえ》みは、さぞ絶妙だっただろう。

「クライス様！」

と叫び呼ばれた、彼の名前はクライス、か。背中の大剣。黒髪と、灰眼。【東の勇者】の、二つ名の。彼こそ私の運命の人。愛すべき運命の人――――。

沸き立つような荒波と、激しく鳴った鼓動を抑え、通りのロープが解かれた瞬間、私はそちらに歩み出す。あのときの季節は何だっただろう。羽織りものはなかったはずだ。けれど、暑かった記憶もない。それでもじんわり肌からのぼる薄い汗をかいたのは、あの忘れられない出会いによって、もたらされた興奮からだ。

その日、友の部屋を開いて私が放った言葉は、こう。

「愛する人を見つけました！　イシュ、協力してください！」

書類から視線を上げて目を丸くした友人に、冷静な声で「どうするつもり？」と問われた私の表情は、少しそこで固まってから、へらっと彼を思って笑んだ。

「とりあえずこの街を出て……追いかけながら考えます☆」

かくして、わたくし、異世界からの転生者、ベルリナ・ラコット当時十五歳。

平凡な街娘の旅は、こうして彼の訪れと共に唐突に始まった。

勇者の嫁になりたいという、大それた願いを抱いて――――。

# 1 失意の森

YUSHA no YOME ni NARITAKUTE

「悪いベル、毒消し譲ってくれないか？」

「いいですよー。何個必要です？」

「十個ほど。余裕はあるか？」

「もちろんですよ。ちゃーんと準備してますとも。……はい、確認してくださいね」

「ひぃー、ふー、みー……ん、確かに。いつも助かるよ」

「いえ、このくらい。お互い様です」

極上のスマイルに右手を振り振り、青銀の髪を強力なワックスで固めたように、垂直に逆立てた美中年様が去っていく。

＊・・＊　いやぁ、この人も眼福だわ～　＊・・＊

ぼけーっとそれを見送る私。

名前をベルリナ・ラコットという、ごく普通の十八歳。

――――ごめんなさい。嘘《うそ》言いました。

容姿・性格はごくごく普通の女子なのですが……。

実は私、此処《ここ》とは異なる世界からの転生者。

昨今流行《はや》りのテンプレ通りの、記憶持ちでございます。

＊・・＊・・＊・・＊・・＊・・＊

「おーい、毒消し貰《もら》ってきたぞ。一人二個ずつ携帯な」

少しだけぼんやりしていた私の視線の先で、青銀色のツンツン頭の中年男性が、小瓶《こびん》に入った【毒消し】をパーティ・メンバーに分けていく。

八芒星《はちぼうせい》を模《かたど》ったステッキを腰に差している、兎耳《うさみみ》のおじいさんに二個を手渡して、アーチェリー的な弓を背負った、美少女の手にも二個乗せていく。

腰に回したベルトの先に短剣を下げて座り込む、目つきの悪いエルフ耳の少年にも二個手渡して。

最後に、その細身では振り回すのに無理がありそうな、大剣を背中に背負った、黒髪短髪、右分けでちょい前髪長めな、世にも貴重なイケメンさんに残りの二個を投げ渡す。

（あぁ……今日もかっこいい。毒消し多めに持っていて良かった……！）

木陰の隅《すみ》で彼らをチラチラ、主に黒髪の彼をチラチラ、窺《うかが》うこちらにまず届くのは。

「それにしても、ベル殿は準備がいいでござるな」

という、しみじみと零《こぼ》された、おじいさんの優しげな声だった。

（そうでしょう、そうでしょう。いざというときのため、消耗品は一通り多めに揃《そろ》えておりますから）

私はひとり、うんうん頷《うなず》き、少しだけ離れた場所で彼らの会話を聞いていく。

まずは、真っ白なウサミミを時折ヒコヒコ動かす姿が大変キュートなおじいさん、レプス・クローリクさんが、その場の仲間に私を持ち出し、親しみを乗せて話し出す。

「歩くアイテム袋……」

続いて、まつ毛が長すぎて眠そうな目元に見える、誰がどう見ても美少女な彼女が、いずこかを見て呟《つぶや》いた。

（えぇ、えぇ。一番高価な備品は、中華鍋さえ入る間口の、銘入り高級鞄《ブランドバッグ》ですからね！）

褒《ほ》めているのか、けなしているのか、とにかく抑揚の少ない声が、この金髪ポニーテールの美少女であるシュシュ・ベリルちゃんの地声というやつである。

ちなみに、この世界におけるアイテム袋は魔道具的商品で、口の広さが入れられる物の物理的な大きさの限界、容量は積んだお金のぶんだけ増やせるというシロモノだ。

「ある意味、的を射たたとえだな。オレ達、今まで何度かベルのアイテムに助けられているしなぁ」

紅一点なベリルちゃんの言を受け、先ほどの美中年、こちらもイケメン枠なおじ様が更に会話のバトンを拾う。

（そのために用意しているんですから、いいんですよぅ♪）

一見ワイルド系ではあるが、口を開けばほのぼの系なライス・クローズ・グラッツィアさんが、視線の先で腕を組みながら、うんうんと頷いている。

もうこの時点で、私の顔はとろけるような笑みである。褒められるのはもちろん嬉しい、けれど、それ以上に彼の役に立てているのが望外の喜びだった。

「……って、いうかさ。いつも思うんだけど、誰も突っ込まない訳？　この状況」

そこへ不意に固い声で入ってきたのは、萌葱色《もえぎいろ》のボブカットから伸びるエルフ特有の長い耳を持つ少年である。消えない眉間のシワに加えて、年の頃は反抗期です……を体現した彼の名前は、シルウェストリス・ソロルくんという。

少年は言いながら苦い顔を浮かべて見せて、最後の一言を吐き捨てた。何というか、可愛いのに、ものすごいしかめっ面だ。しかめっ面でも可愛いのだけど。

ところで気のせいだろうか。こちらの方を思いきり睨《にら》んでいる気がするのだが。

目つきの悪い少年は意を決するように立ち上がり、再び己の口を開いて悲痛とも取れる声で言う。

「あのさ、誰も言わないから僕が言うしかないけどさ。ここ、モンスターレベル六十以上の高レベルダンジョンだよ？　なんで一般人《ベルリナ》が付いて来れるの!?」

そんな少年の叫びを受けて、一斉にパーティ・メンバー（ただし一人を除外する）が、少し離れた木陰の奥に身を潜める私の方を、思わずといった感じで振り返る。

（あ。やっぱりこちらを睨んでいたのですね、ソロルくん）

「そういえば、ダンジョンの中まで付いてくる気骨のある子女は、ベル殿だけでござるなぁ」

「執念深い……」

「いつも居るから、むしろ全く気にならなかったよ」

ウサミミのおじいさん、超美少女なベリルちゃん、美中年なライスさん、の三者三様のセリフを聞いて、私は茂った草木の奥からそっと体を持ち上げる。

「えっと……皆さんの邪魔をしないよう、遠巻きに付いて行きますから！　ソロルくんもそこのところは、まぁ、あまりご心配なく☆」

シュタッ！　と右手を上げて宣誓すると「全く答えになってないよ!?」と少年がキレ気味に叫び、その場にドカッと腰を下ろして盛大なため息をつく。

この間、一度も会話に参加してきていない寡黙《かもく》なイケメン勇者様のパーティ・メンバーと、追っかけの私の関係性は、ざっとこんなところである。

ここで、わたくしベルリナ・ラコット、純粋人族、十八歳の自己紹介をさせて頂きたい。

ざっくり言うと、ファンタジーなこちらの世界に、前世の記憶を持ちながら転生させて頂いて、早いものでそのくらいの時間が過ぎている。生まれた先は親のない孤児的なやつであり、物心つく年齢には既《すで》に孤児院に居たりする。気付いたらそこに居て、朧《おぼろ》げながら、過去の記憶を思い出していた時期である。

体感年齢六歳くらいのときだったと思うのだけど、ほんの出来心な気持ちが芽生え、友人と共にその孤児院を自主卒業させて頂いた。子供が働くことが当たり前の世界だったこと、良縁に恵まれたこと、残されていた記憶のおかげで、孤児院を出てからも、特に生活に困ることがなかったのが幸いだろうか。

更に、身に覚えはないけれど、与えられていた【特殊スキル】のおかげで、変なおじさん――人さらい・奴隷商人など――に捕まるようなこともなく。まったりと都会暮らしを堪能《たんのう》していた十五のあの日、運命の人に出会うのだった。

それは俗にいう勇者様。この大陸の東部に位置する、とある王国出身の【東の勇者】の二つ名を持つクライス・レイ・グレイシスさん。私の運命のその人は、大陸的に見てみても、かなり特別な人だった。

前世の記憶を持つ身としては、勇者？　なにそれおいしいの？　だが、前の世界ではゲームや漫画や小説の中にだけ居た人が、この世界では当たり前に存在したりするのである。当たり前に存在するけど、勇者というのはもちろん特別な職業だ。こうしたこちらの世界の仕組みは、おいおい説明していくとして。

そんな特殊な人物に一目惚《ぼ》れをしてしまった私は、その日から脇目も振らずに彼の後を追いかけて、物陰からうっとりと眺めやるような日常に、身を置くこととなる。

今では彼の周りの人とは、あぁしてアイテムを譲り合ったり、フランクに話したりする関係になってきたけれど……当人は未《いま》だに無言、無表情を貫いており、我々の間には一切の会話がない。

それでもあれから三年間、粘りに粘り、なんとか彼に近付きたくて頑張って。きっかけが掴《つか》めないかと毎日眺めているうちに、さりげなく人を避ける態度や、何かに失望しているような視線の冷たさに気付いた私は、好きと遠慮の狭間《はざま》を何度も行き来して、未だ遠くから眺めているだけ……の現状だ。

まぁ、無表情で無言であっても、東の勇者様というのは人格者としても有名なので、普通に接しているあたりでは、なかなか分かりにくいのだけど。

うっかりと踏み込んだなら、致命傷的な刺され方しそう。

それと同時に、彼も壊れてしまいそうでもあるけれど。

なんだか近寄り難《がた》いのよね……と、内心の声に吐息が漏《も》れる。さすが勇者職様と言うべきか、見た目が美麗でもあるために。凡庸《ぼんよう》な私には、そんな彼に声を掛けるなど、どうしても畏《おそ》れ多い気がしてしまう。

逆にこちらの女子はすごいよ。キャーキャー言ってボディタッチして、しなだれかかり、腕を絡《から》める。本当に積極的で、目が丸くなることが多々あった。まぁ、そこまでしたいという訳でもないけれど、自然に話はしてみたい。もちろんそうは思うのだけど、無表情な彼を前にしたなら私が声を掛けるなど、やっぱり畏れ多いような気が胸いっぱいに広がる訳で……。

つまりアレ。

憧れている有名人や、意中のアイドル様などを前にしたときのような感覚……といいますか。

けれど、これでも頑張った方だと自分では思うのだ。

昔は持久力的な体力方面の問題で、仕事中の彼らに付いていくことができなかったし、追い付いても彼を見つめられるのは五十メートルくらい先からだった。だけど、今は十メートルまで近付くことができているので、とても大きな進歩だと自分を褒めてあげたいくらい。

そんな感じで今日も今日とて、彼を追いかけてここに居る。

自己紹介から今までを簡単に回想してみせて、そういえば、と思って私は少年の方を向く。

「ソロルくん、今までご報告する機会がなかったですが、一応これでも冒険者ギルドに登録している身ですので、ダンジョン入りは特に問題ないですよ～」

安心して貰おうと笑顔で語ってみたのだが、すかさず「それも答えになってないからね⁉」と厳しい声が飛んでくる。

けれど、伝え切った感で気持ちが終了していた私は、叫んだソロルくんをスルーして、再び旅の目的である愛する人の姿へと、意識を移し終えていたのであった。

(今日もマジでかっこいいです、勇者様！)

生まれ変わっても、こうした心の中の口調というのは、ほぼほぼ前の世界のもので。表面上は〝いつも通り〟な私に対して少年も、特に答えを求めていた訳ではなかったらしく、腑《ふ》に落ちない顔をしながらも、手に握った短剣のお手入れの方へと意識を向けたようだった。

相変わらず茂みの間からニヤニヤと、大好きな勇者様を眺めていると、身近でグギャッと雑魚《ざこ》モンスター、ビッグ・フロッキングが絶命する声が聞こえてきたりする。

ドサッという安易な音で、おぉう、目の前に落ちてくるとは、と。感心しながら、そのモンスターをじっくりと観察すると、緑色の光を散らす魔法の飾り矢が、半分空気に溶けた状態で体に刺さっているのに気付く。だから、目の前のパーティで唯一弓を持つ彼女の方へと、親指を立てた己の右手を無言でグッと差し出した。

(グッジョブ☆　ベリルちゃん！　守ってくれてありがとう！)

雑魚といってもキングなだけあり、モンスター図鑑によるとレベルは大体、六十一だ。当然、私に勝ち目などない。だから感謝の念を込め、満面の笑みを彼女に返す。

ベリルちゃんは見た目が勇者様と同じ美人の無表情系なので、人より少しだけ冷たく見えてしまうけど、何だかんだで優しい子なのである。

助けて貰った手前もあってほんわかした感情で、音を出さずにもう一度「ありがとう」とお礼を言えば、ベリルちゃんは雰囲気で嫌そうにしかめて見せて。

「…………………また、外れた」

と苦い声音でポツリと呟いてくる。

「え!?　ちゃんと当たってますよ!?」

「…………………」

(言外に、残念なものを見る目×四、ですよ)

勇者パーティの勇者以外のメンバーから、そこは本気で不可解そうな視線を貫い、解《げ》せない私はその場でそっと首を傾《かし》げる訳なのだ。が、考えても仕方がないかと諦《あきら》めがついたなら、気持ちを切り替え、熱い視線を愛する彼へと向けていく。

ソロルくんが視界の隅で「お前一体何者だよ!?」と叫んでいるが、距離があるから聞こえないフリを発動することにしよう。時間は短い。悲しいかな、乙女の時期はあっという間に過ぎ去ってしまうのだ。だから、一分一秒をも無駄にせず、愛《いと》しい彼を見つめる仕事を続けなくてはと思うのだ。

私の愛する彼もまた、この空気を完全にスルーしていて、ある意味〝通常運転〟で幹にもたれて目を閉じていた。そんな姿さえ様になるから、勇者様は恐ろしい。

ほどなく彼らの方からも、諸々《もろもろ》のことがなかったことになった雰囲気が漂ったので、そのまま私も彼を見つめる仕事を続けることにする。

前の世界では当たり前だった黒髪を懐《なつ》かしく思って、その片隅で、カラフルな髪のこちらの世界の日常《ふつう》を思う。今生の私の地毛は平凡な茶色をしていて、実は前の世界で憧れだった明るい茶系の髪なのだけど、カラフル世界に生まれてみたら、ものの見事に地味なのである。勇者様の黒髪もどちらかと言うと地味系だけど、なんとなく落ち着きますよね、黒い髪を見ていると。それに感覚的なものだが、黒髪男子はイケメン枠よね！　と、心の中はホクホクだ。

そうして、彼の全体像をうっとりと眺めていると、休憩が終わったのだろう、綺麗《きれい》な所作で動き出し、彼が静かな声で言う。

「出発しよう」

（なんという美声!!）

あまりに美しい深みのある彼の声音《こわね》に、恍惚《こうこつ》と身悶《みもだ》えている私をひとり置き去りにして、さっさと彼らは荷物をまとめ、あっという間に居なくなる。が……。

（大丈夫！　私には愛の力がありますからね！）

モンスターと戦闘する彼らの邪魔をしないこと、もファンたる流儀と言えるだろう。

姿も気配もなくなった静かなその場所で、さ〜て、行きますか、と私は気合いを新たにし。冒険着には心もとない、けれど実は造りの堅いスカートの裾を払って移動準備に入っていった。

三年旅をするうちに旅装として決めたのは、スカート長めのワンピース。その下に薄手だが強い生地のパンツを穿《は》いて、足下は長距離移動を意識した、柔らかい茶の編み上げブーツ。帽子はあまり得意じゃないので、頭にはよく葉っぱが付いているが、上は白い襟詰のブラウスと、時々で防寒具。右肩には斜めに掛けた、有名なお店の高級鞄。一般的な感覚からして、この出《い》で立ちは採集系の冒険職のそれである。モンスターレベル六十以上の高レベルダンジョンに対すると、軽装すぎて怖いと思われそうな装備だが、採集系の冒険者には間違いないので、外れすぎてもいないだろう。

そもそも転生したというのに、ほんの少しの戦闘センスも与えて貰えなかったため、戦うのが下手くそなのだ、残念ながら。だから武器は持たないのです、使えませんので、はい、マジで。と、誰にともなく語ってみせる。

気を取り直し、最後に忘れ物がないことを確認すると、フンフンフーンと鼻を鳴らして、勘に任せて歩き出す。それがいつも通りのことで、染み付いた癖でもあった。

（待っていて！　愛しの勇者様！　今日もちゃんと貴方の後ろを、迷わず付いて行きますからね！）

胸元に斜めに掛かる鞄の紐《ひも》を握りしめ、私は森の悪路を進む。

ところで、本人には言えないけれど〝愛しい人〟は多用する。内心ならばタダだから。だって、大好きなんだもの。

心の中でくらいなら、愛してるって、言っていいよね？

さて今回、勇者パーティが出向いているのは、高レベルダンジョン【失意の森】。

普通の森を歩いていたら、うっかりダンジョンに入っていました！　みたいな軽～いノリで挑める、なかなか冒険初心者層にはドッキリな場所に位置する森だ。

さすがに一歩踏み込めば、周りの空気が急激に陰鬱《いんうつ》なものに変わるため、よほど空気が読めない人でなければ、ダンジョン入りには気付けるはずだ。

東の勇者パーティの今回の目的は、この森でのレベル上げ。耳に挟んだ噂《うわさ》によれば、今現在の彼らのレベルは五十の後半から六十の前半らしく、挑むには丁度《ちょうど》の場所らしい。

ダンジョン・ボスの【ネックハンギングツリー】のレベルが六十八なので、入り口からエンカウントしてきた敵は全て倒した痕跡があった。表情筋が殆《ほとん》ど動かない、彼とベリルちゃんを除いて、皆、手応えを感じるような満足そうな顔をしていたので、きっと、それなりに成果を上げられているのだろう。

これまでのスケジュールとしては、近場の町を早朝に発《た》って、ダンジョン前と入った後に休憩を二回ほど。毒消しを譲ったときは二回目の休憩で、昼食も兼ねたものだった。それを終え、再び彼らが出発した後は、草や木が伸びまくる深い森のダンジョンを、のんびりボスが居る方へ歩いてきた感じである。

体感的に、そろそろおやつの時間が意識に上り始める頃か。

食べたばかりじゃないの？　といったツッコミは一旦スルーする。

愛しい人を眺めつつ、こちらも昼食をさっさか食べて、現状、お腹《なか》も満たされていて気分も良いのだが、上がりきらないテンションは、きっと周りの景色のせいだ。

このダンジョンは空を見上げても鬱々とした青灰《せいかい》色で、まず気分が晴れないし、足下にはうっすらと白い靄《もや》が留まっており、全体的に不気味な空気を漂わせていたりする。周りの木々に絡まる蔦《つた》は紫色や土留色《どどめいろ》だったりで、木々も斜に構えたような陰気なフィールドなのである。【失意の森】というからに、空気は重くて恐ろしい。

ちなみに、この世界の【ダンジョン】は、こうした視覚効果や雰囲気を含めたあたりを性質の一つとしているようで、それぞれ固有の性格を持ち、存在していたりする。

まぁ、遊びにきたんじゃないので、そこは言ったらダメなやつ、と。

こちらも気持ちを切り替えて、いそいそ、高レベルダンジョンのちょっぴり嬉しい収入源、レア寄りの薬草採集を楽しみながら歩いて行った。これが勇者様を追うための、大事な生活費に変わったりするのである。

——なーんて真面目《まじめ》に思っていたら。

（あれ？　勇者様、まさか、お一人じゃありませんか？）

休憩場所からそう遠くない距離である。とはいえ、そこはこちらの世界の冒険者的距離感覚。一時間以上は経《た》ったので、進んだと言えばそうだろう。

鬱蒼《うっそう》とした森を抜けて、開けた平地に、ぽつんと佇《たたず》む黒髪の勇者様。

彼は前方の気配を読むように、ゆっくりと背後の剣に手を伸ばし、スラリとそれを引き抜いた。

険しいだろう見えない彼の視線の先を辿《たど》ったら、そこには中々お目にかかれない、赤黒い不気味な巨木が。遠目にも幹の表面が心臓のように脈打っていて、時折気味の悪い叫びをどこからか発しているようだった。

更に、幹や枝の所々から樹液のような、血のような……赤黒いものを滲《にじ》ませており、それが地面に着弾するとジュッと爛《ただ》れる音がする。単純な考察になるけれど、酸みたいなものなのだろうか。被弾した辺りの草花が変色して萎《しお》れていくのか、広場の端の地面の様子がそのようになっていた。もちろん巨木が鎮座している中央部分は、見るも無残な爛れた土だ。

四方に伸びる枝の先には荒縄がぶら下がっていて、その中のいくつかに、人のようなものが付いている。が……精神衛生上、私はそれを見ないように努めることにした。

（ホラー系は無理です、ほんと）

ここは分かって貰えると嬉しいところである。

そこでふと、他のメンバーの姿を探す訳だが、あいにくこの近くにはいらっしゃらないご様子で。どうしてこうなった⁉　と心の中で突っ込むが、森系ダンジョンは、もれなく迷いのトラップが付属する場所が多いよなぁ……と。思い直して、ことの顛末《てんまつ》をあらかた理解した。

簡単に言ってしまえば、分断されてしまったのだろう。

ダンジョンのレベルによって、トラップの数やトラップレベルが上昇することもある。自身のレベルが高ければ、避けきることができるトラップも複数存在しているが、迷い系は【運】と【直感】に左右されると書いておく。ステータス・カードでいうと、幸運値とスキルの一部だ。どちらも低い、もしくはどちらかが極端に低ければ、こういうことが起きるときもあるだろう。

もちろん大きな愛を掲げる私のいく道に、迷いなど微塵《みじん》もないし、トラップだろうが関係ない。研ぎ澄まされた直感は、いつだって彼の元へと一番に辿り着く道を示してくれるはずである。


その結果、こうなった。

ダンジョン・ボスを前にして、勇者様と追っかけの私、二人きりという状況に。

いやもう、あれはどう見ても、ダンジョン・ボスの【ネックハンギングツリー】だろう。

ギリギリフィールドを踏んでないので、今のところ、一対一だが。ボス戦なのでよほどの実力かレア・アイテムがない限り、離脱不可のはずである。実は私の特殊スキルなら逃げられそうな気もするけれど、彼にはその文字がないようなので、意思を尊重することにする。

（でも現状、きついだろうな……）

それはこの世界の冒険者らの、暗黙知、そして常識である。

何のためにパーティを組むか、答えは、己よりもレベルが高いモンスターを屠《ほふ》るため。自分と等しいレベルにあるモンスターに挑むのも、個人では少し厳しいとされる世界がここである。冒険者の上級職、勇者であろうと仕組みは同じだ。一人で足りたら仲間はいらない。だから彼らも他と同じく、パーティを組んで仕事に挑む。

さて、此処へきてソロでボス戦の状況の厳しい勇者様を見て、実力的には弱小だけど愛する人を死なせるようなヘタレた追っかけではない私の、取るべき行動は一つだろう。

（しかも、これはアピールできる良い機会なのではないだろうか……!?）

すぐに思い至った私は、場にそぐわない喜びを不謹慎とは思いつつ、勇んで彼の近くまで駆け出していったのだ。

とは言え、戦闘の邪魔になっては本末転倒というやつだ。十メートルほど後ろに立つと、声をかけようと意識をするが、染み付いた習慣と親密度とかの遠慮のせいで、急に口元が重くなる。

「っ、っ、……――――!」

声を掛けたい。

口が……動かない……。

ボスはもう、動き出している。

ボス戦のフィールドも、思い切り踏んでしまった後だ。

どうしよう……と、いい歳《とし》をして、パニックになりかけたとき。

「…………邪魔だ。後ろに下がっていろ」

と、低い声音が、耳に届いた。

(あぁ、何ということでしょう！　貴方様は、腹式呼吸の方なのですね!?)

そんなアホなことを思うくらい、低くてとても良い声だった。低周波は、空気中での減衰が少ないために遠くまで届くのだ、と。脳内で前世の記憶が淡々と語ってくれる。

それからたぶんこの辺で、一拍、時間が空いたと思う。

衝撃が強すぎたのだろう。二日後にくる筋肉痛だ。

(良い声って、そりゃ良い声だけど、そもそも実は今彼に、話しかけられてしまったような……?)

冷静に思い返して、うん、と首を縦に振る。間違いなく話しかけられた。憧れの、この人に。

瞬間、脳裏で恋する乙女の情熱ボタンがオンになる。

それでは以降、飢えた乙女の心の声をお聞きください、そんなテロップが視界に流れ。

(いやもう待って!?　話しかけられた!?　何これ!?　何これ!!　かっこいい……！　どうしよう、かっこいい!!　声まで良いとかあり得ない……！　こんな近くで、聞いたことない！！！)

無音の絶叫を繰り返し、一瞬、意識が飛びかけたのだが。

(勇者様に話しかけられた!!　憧れのこの人に……！！！　どうしよう!?　生きてて良かった！　生きてて良かったっ!!　ダメだ！　すごくかっこいいっ!!　――――待て待て、少し冷静になろう……!?）

突沸《とっぷつ》した心の声に、当初の目的を見失いそうになっていることにハタと気付いて、努めて冷静を取り戻そうと、まずは呼吸を整える。

（でもでも！　話し掛けられるとか、この世の春すぎて心が痛い！　思い残しはありませんっ！　さあ一思いにやってくれっ!!）

表面上は赤面だけだが心の中は号泣で、どこかにトリップしそうになった頭と心のあれこれを、私は必死にこの現実に留めにかかるのだ。

（ゆ、ゆゆ、勇者様！　だめだ。脳内リハーサルでこの調子じゃあ、絶対に舌を噛《か》む……！）

肩にかかった鞄の紐を両手で握りしめながら、えぇい女は度胸じゃぁあああ！！　と、両目を瞑《つぶ》って張り上げた。

「勇者様!!　か、勝てそうですかっ!?」

それが今できる渾身《こんしん》の、最初の話し掛け、だった。

顔は熱いし、心臓も熱いし、勇者様はイケメンだしで。

何だこの三重苦!?　とか、あわあわしながら立ち尽くしたら。

「…………分からない」

という声が返って、そのあまりの静かな音に、上がった気持ちが冷えていく。目が覚めるような低音を受け、自分の中の意識が不意に塗り替えられていくようだった。

そろっと両目を開けてみたなら、彼は一度も振り向かず。その姿勢こそ質問の、真なる答えのようだった。

（はい！　了解しました！　難しいってことですね！　不肖ベルリナ、参戦しますっ！）

よし、やるぞ！　と決意を新たに、握った両手を紐から離し、じりっと足を前に出す。

「援護しますっ！　ち、近付いてもいいですかっ⁉」

「…………守りきる自信がない。そこに居てくれないか……？」

「えっと、たぶんなんですが、射程距離が短そうなので大丈夫、と思います、のでっ……！」

彼はこれには返答しない。それでも嫌だと思ったのだろう。

しかしながら、こちらは転生者である。中々の歳まで記憶がある上、二回目の生だ、神経は太い。沈黙は肯定とみなします！　と、了承の意を貰ったつもりで、それでも隠しきれない照れが全身を覆っていたが、一度も詰めたことのない、その距離十メートルをいく。

（すごい、禁域を詰めてる私……！　良いのかな⁉　詰めちゃった……！　こんな状況で……でも、ラッキー！　つまりこれって、一番最初に彼に辿り着いたご褒美ですね⁉　あぁあ！　神様、ありがとうっ‼　やっぱり勇者様かっこいい！　すごい、もう手が届く距離……！！）

一応、大事な部分については自分を取り戻していた訳だけど、このときの心の中は、まだ少し……真面目に敵と対峙《たいじ》している彼に対して、申し訳なくなるほどの不謹慎が混在していた。

いろいろな意味でドキドキしながら、彼の一歩後ろに付いて、鞄の中身をサッと視線で確認しながら声を掛ける。

「えーっと……小回復から大回復までそれぞれ三十数本、合計百本強の回復薬を持っています！　状態異常回復薬も充分にありますので、体力回復と状態異常は心配しないでくださいね！　それと、一時的なステータスアップの、強化薬はいりますか？」

勇者様はこの言葉を聞いて、ようやく心を揺らしてくれた。非戦闘員でも回復役なら、戦力にカウントできるだろう。だから私も巧妙にそこを突いていく訳だ。しかも潤沢なアイテム類の所持を示しての売り込みである、状況が渋いほど心が揺れない訳がない。

少しだけ押し黙ったが、彼は覚悟を決めて言う。

「回避と体力向上を」

よし！　と心で拳を握り、乞われたものを取り出すと、手早くその人へ差し出した。

「こちらは加護石がありますから、それで適当に援護しますね。邪魔になると悪いので、私はこの辺で待機します。回復が必要になったとき、近くまで来て貰えますか？」

「……分かった、そのつもりでいよう」

前の世界のビタミン剤ほどの強化薬を口に含んで、ついぞこちらを見下ろすことなく、勇者様は駆け出した。


ボス戦の、開始である。

私は過去の記憶に残るゲーム音楽を口ずさみつつ、愛する人の凛々《りり》しい姿をうっとりと眺めやる。

いやいやいや。眺めている場合ではない。彼の怪我《けが》が少しで済むよう、精一杯援護しなければ。

鞄をゴソゴソ、親指の爪くらいの大きさの色付いた石を二つ取り出し、前方のボスである不気味な木へと投げつける。小娘の投擲《とうてき》力などコントロールも悪ければ、当然、飛距離も出る訳がない。が、ここはモンスターが跋扈《ばっこ》するファンタジー世界なのである。前の世界での不可能は、案外可能だったりする。

（せぇのっ）

「左側のでっかい枝を、爆破でお願いします！」

なるべく大きな声で言う。

放物線を描いて下降気味だった二つの石から、幽霊みたいな半透明の人型がにゅっと現れて、指定した枝のところで交わり、ドドーン！　という爆発を生んだ。

このアイテムは加護石といい、属性の宿る魔石の一種だ。置いたり投げたりするときに、どうして欲しいか口にするだけで、その石の大きさぶんだけ魔法を発現してくれる。【魔法使い】の素養がなくても使えるところが重宝される、汎用《はんよう》アイテムの一つでもある。

果たして、赤黒い樹液のおかげで燃え移るのを防いだ樹木は、爆発の反動で一瞬体の動きを止めた。そこへすかさず切り込んで、ダメージを稼ぐ勇者様。

（なんという共同作業……！）

ジーンとしながら、これなら彼の嫁になるのも時間の問題かしら♪　と妄想する私をよそに、見えない速さで木と勇者様はしばらく交戦していった。

「力と回避と中回復を」

不意に聞こえた端正な声に、条件反射で応える私。

本人もびっくりな流麗な手さばきで、指定されたものを次々取り出し、彼の方へと投げ渡す。適当にほうり投げても百パーセントキャッチしてくれる、勇者な彼の身体能力は惚れ惚れするほど素晴らしい。しかもその間、ほぼ確実に、こちらの方を見ていない。

対する私の方も、好きな人のためならば、音速さえ超えてみせるぜ！　と。目つきをキラリとマジにして、勇者様が薬をかじり回復薬を飲み下す間に、掴んだ三つの加護石を上空へ打ち上げた。

「威力三倍で落としてください！」

再び黄色の小石から人型がにゅっと現れて、三重螺旋《らせん》を描きながら天へと上り、急降下。バリバリバリッと音を立てながら、巨大な雷が敵を打つ。その振動で枝にかかった悪趣味な荒縄から、人のようなものが何体か地上へ落ちたようだった。

あ、これでちょっとは見るに耐えられるようになったかな？　と思っていると……。

(ちょ!?　まっ!?　なんでそこから起き上がって来ちゃうんですかっ!?)

地面に落ちた例のアレらが、ズズッと体を引きずって、起き上がってくるホラーが見えた。

ヒイッという悲鳴と共に、一際輝く小石を探し、手のひらいっぱい投げつける。

「お願い！　こっち来ないでぇぇぇぇっっっ！！！」

全体的にゾンビな雰囲気いっぱいのそれらの腹を、光り輝く人型が次々と突き抜ける。ゴッ！　ドサッ！　ズンッ！　などと鈍《にぶ》い音を立てながら、倒れ伏すモンスター等《ら》がサラサラと灰になっていく。

ホラーはダメだ。前世ではお化け屋敷にだって入れなかったのに、こんなところでより生々しいものを見るハメになるなんて。

そこで私の妙な本気を彼は悟ったのだろう、勇者様からこちらを気にする気配が大分薄くなる。

その間にも、目に見えて増えていくボスの傷。

レベルの低い私が目にすることができるのは、そんな彼らの残像と過去となった爪痕くらいだ。何をどうして戦っているのか、追っかけを始めた当初から理解できたことがない。今飛んだかな？　切りつけたかな？　攻撃を避けたかな？　それを雰囲気で悟る程度だ。前衛職である彼は、敵の懐《ふところ》深くまで潜るから。余計にどんな動きをしたのか悟りにくいところもあるけれど、この世界でのレベルの開きは、視覚だけでそのくらいの差となり現れる。

しなる枝による大振りの物理攻撃を避けるため、勇者様がはっきりとボスから距離を取ったので、この隙《すき》にボスの状態を知ろうと目を向ける。すると、戦闘の初めの方で私が爆破したはずの、左の太い枝の亀裂が小さくなっているようだった。まさか、徐々に再生していく能力でもあるのだろうか。

勇者様は動きを図ると、ボスの枝葉《えだは》を掻《か》い潜《くぐ》り、本体である樹幹《じゅかん》へと攻め入ったようだった。私は彼らの戦いを、その場所から俯瞰《ふかん》する。やはり枝の亀裂が段々、小さくなっていくようだ。

致命的なダメージをボスに与えることができずに、刻々と時間ばかりが過ぎていくような焦《あせ》りがあった。勇者様も、気付いていると思うのだが……どうするのだろう、と心配になる。

「毒消し、大回復」

「はいっ」

「麻痺《まひ》消し、体力」

「はいっ」

「中回復、回避と力」

「はいっ」

「火の加護石を、あれば五つほど」

「はいっ」

「毒消し、中回復、魔力回復」

「はい、どうぞっ」


「…………魔薬《まやく》まで持っているのか」

「もちろんですっ」


（ん？　あれ？　どうした、勇者様？）

いつも無な彼の表情が、ちょっとだけ驚いたように見えた気がしたのだが……気のせいだろうか。

とりあえず、魔力回復について少し説明しておくと、前の世界のゲームの中じゃ、魔力を回復するような薬は簡単に手に入ったけれど、この世界での回復薬——通称、魔薬——は生成できる人が少なく希少な部類に入るため、値段も高く手に入れるのが困難なアイテムだ。確かに、私程度のレベルで所持しているのは珍しい。

（でも……うわぁ、勇者様のレア顔だぁ……！）

思わずとはいえそんな感じに惚《ほう》けた顔をしていると、先に渡した加護石を放り投げたその人が、少しだけ肩で息をしながら急に隣に立っていた。

「火の精霊石」

「必要ですか？」

「………もし、あれば」

なんていう、この世で一番愛しい人からのまたとないお願いである。その期待に応えてみせましょう！　と、私はそれを取り出して彼の方に差し出した。

道端の砂利《じゃり》のような小さく砕けた加護石と異なり、精霊石は立派な結晶の形をしている。元は同じものなのだけど、感覚としては宝飾品と似た扱い……と言えば伝わるだろうか。大きさや純度で値段が異なるそれら魔石は、前世の金銭感覚からして加護石なら数万〜数十万とばらついた価格帯になっているのだが、精霊石と名がついた結晶石レベルになると、安いもので数百万、高いもので数千万まで値段が跳ね上がる。見た目も宝石のように美しいため、宝飾品として加工されることが多い……というか、いざというとき身を守れるため、そもそも王侯貴族に好まれる品でもある。産出量も少なかったら、流通量は推《お》して知るべしと言ったところか。

こうした希少性や価格帯はもちろんなのだけど、大きさや純度が関わる話はそれだけに留まらず、発現される魔法の威力も関係してきたりする。しかも、それらは使い切り。どうなっているのか不明だが、精霊石は使い終わると等しく世界に溶け消える。高収入な勇者パーティでさえ、そう簡単に備蓄できないレア寄りのアイテムなのだ。

「…………これも、あるのか」

勇者様は小さく零すと呼吸とは違う息を吐き、助かる、と言いそれを受け取った。

一瞬この目の背景に、雫《しずく》が光る水色のアガパンサスが、ぶわっと咲き乱れる姿が見えた。

（……ため息さえ美しいとは！）

これこそ、脳内お花畑状態の極みであろう。

ボス戦に参加していることを、ちょっと忘れそうになる。

「これで一気に片付ける」

「回復はしなくても大丈夫ですか？」

「このくらいなら、間に合うだろう」

手の中の結晶に、視線を落として彼が言う。

自慢じゃないが、これほどの大きさの精霊石だ。やりようによっては、小規模な町くらいなら簡単に吹き飛ばせるかもしれない。同じことを思ったらしい勇者様の顔を盗み見て、この人は分かりにくいけど、内に秘めた感情が意外と豊かな人なんだなぁ、と私はふと思うのだった。

加護石の爆風が晴れ始めたのを確認すると、対する彼は再び渦中へとその身を投げた。

戦い始めてどのくらい経ったのだろう。

一時間は経っていないけど、四十分は余裕で過ぎているような気さえする。主に、持久力的なものから、ボス戦で三十分越えなんて……あまり考えたくないよなぁ、と。ゲームと異なり、その辺が生きて戦うこととの違いか。長引けば長引くほど、疲労が嵩《かさ》んで不利になる。それを緩和《かんわ》してくれるようなスキルは存在するけれど……割と戦い続けなければ得られないような感覚だ。一般的な冒険者でも中堅レベルの人達が持っているような印象で、当然私は所持していないし、一生この調子なら手に入れられずに終わるだろう。

まぁ、そこを心配しても仕方ないのは分かっている。勇者職な彼ならば、早めに手に入れていそうだし。そもそもこんな心配も、もうすぐしなくて済むようになるはずだ、と意識を変える。

少し離れた場所で行われている戦いは、相変わらずの残像で私の視界に映り込む。けれど確かにその中に、きらりと赤い光が差した。勇者様の願いを聞いて解放された精霊石は、数多《あまた》の人型をこの場に放出し、それらが広場の空中に競い合うように集まっていく。

(あ、終わったな)

寄り集まった人型が、天に突き抜ける巨大な剣を創造するのを見つめながら、安堵《あんど》で自分の体から力が抜けていくのを感じた。ボス戦に対する緊張と、彼に対する緊張と。一番は、勇者様が大きな怪我をしなくて良かったな、だが、諸々含めて気が楽になる。

精霊石から創造された炎属性の大剣は、見た目からして一極集中型の密度の高い攻撃だ。あれなら大幅にボスの体力を削ることができるだろうし、そこにすかさずとどめを刺したら、如何《いか》に再生能力を持つモンスターとて終わりのはずだ。

だから、高レベルダンジョン・ボスを攻略する彼の勇姿を、心のネガに焼き付けようと目を凝《こ》らす。ほどなく上空に留まっていた炎の大剣は、自然落下で、この森のボスのネックハンギングツリーを貫いた。

それはものすごく気持ちのいい、薪割《まきわ》りのようなスパッとさ。赤黒い樹液では消すことができないらしい大量の炎が盛り、割れた場所からその身を焦《こ》がし、どんどん焼失させていく。

勇者様は動けない木が悲鳴をあげている隙に、根元を一閃《いっせん》。邪魔な上部を切り捨てて、その下から現れた頭蓋骨のような不気味な核を、砕こうと剣を振り上げた。

(ん？　なんか嫌な予感……)

振り下ろされた大剣が核にぶつかり割れると同時に、ダンジョン・ボスが断末魔を辺りに響かせる。

不意に悪寒を覚えた私は、すぐさま小走りで勇者様の元へと向かって行った。

近付いて分かったが、むき出しの腕や顔、体のあちこちに赤い傷が散っている。髪の先から汗が滴《したた》り、上下する肩は疲労を語る。大きな怪我はないけれど、大好きな人が傷ついている姿を見るのはやっぱり辛《つら》い。

この世界のシステム的に、単身での戦闘で得られる経験値は、パーティ戦のときよりも多く入ることになるが、彼の今のレベルでは、いかに高レベルダンジョンだろうと、エンカウントしまくらなければ一レベルすら上がらない。こうして一番最初にボスに辿り着いた時点で、レベル上げの時間はほぼなかったと見て間違いない。戦闘前の彼のレベルは、確実にボスより低かったのだ。

私が側《そば》に居ることができたらまずないことだと思うけど、下手をしたら命を落としていたかもしれないな……と、少し背中が寒くなる。迷わなくて良かったな、と、そっと片隅に思いつつ。

「これ、どうぞ」

念のためを思って、少し気が緩んだような彼へ薬を差し出した。小瓶に入った回復薬の最後の一口が消えたのを見て、体中に散っていた赤い傷が消えるのを見る。

何も起こらないうちに、ボス戦があるフィールドから森の中へと戻ってしまおうと思ったときだった。先の戦闘の断末魔に似た、聞き覚えのある嫌な悲鳴が森中にこだまして、大地が揺れ出したのだ。

（あ、やっぱり、そう来ます……？）

揺れはそれらがこちらへ集まる知らせのようなものだった。前世では地震大国に住んでいたため、揺れへの驚きはそこまでなかったが……立っているのがやっとなそれに足下が危うくなって、崩れそうになった体に力を込めた。

「ぬおっ……」

ゆ、揺れる……。可愛いとは決して言えない声をこっそりと上げたところで、がっしりとした腕にさりげなく腰を支えられ、コミカル調にビクッと跳ねる。

（うひゃうっ⁉　ゆゆゆ勇者様！　えっ、なんて優しい対応‼）

脳内で嬉しいパニックを起こしていると、四方の森から倒したはずのダンジョン・ボスにそっくりな木が、根を足のように動かしてこちらに向かってくるのが見えた。

（いや、もう……アレは、この森のボスだろう）

枝にとても嫌なものをぶら下げた、ネックハンギングツリー×四体様だ。

いやいや、団体様なので、ツリーズが妥当なところか。

迷惑なことに――――どうやらこのダンジョンでは、単体ではなく複数体と連戦になるらしい。高レベルダンジョン等では、連戦はまま起こり得る。……団体戦はあまりないけど。

そして重要なことなので、分かっていても、もう一度言うが。

今、我々は開けた平地の真ん中辺りに立っている。

後方からのメンバーの参加は未《いま》だないようであり……つまり、二人きりで連戦だ。

ちょっと嫌な予感は、大分嫌な結果だったが、的中したようである。

しかも、これはボス戦なので逃走するのは難しい。

勇者様のレベルはおそらく、前半戦で七十近くに達していると推測するが、残念ながら、この森に入る前の私のレベルは十二であった。誰が計算しているのか不明なところではあるが、この世界の戦闘システム的に、さしてダメージを与えていない私に振られた経験値は微々たるものだろう。……たぶん、殆ど上がっていない。

職業もただの冒険者。収入は主に採集である。いかに相手が高レベルボスでも、働いていないのだ、先の戦闘で得られたスキルは皆無だろう。これでは彼の助けどころか、足手まとい必至である。

むしろちょっと巻き込まれただけで、このステータスでは即死する。

(死んじゃう！　私、死んじゃうから！)

――――ごめんなさい。嘘言いました。

たぶん私、死にません。

そっと隣――しかも今は密着状態な！　――の、愛しの勇者様を見上げると、やはりとても厳しい顔で四体のボスを見定めていた。体力は回復したものの、複数体と連戦だ。更に、精霊石のおかげでなんとか倒したダンジョン・ボスを、今度は同時に四体も相手しなければならない訳だ。

これがパーティ戦だったのなら、いくらでもやりようがあるのだろうが。

この期《ご》に及んでやはりというか、彼らしいと思うのは。

「……隙をつくる。逃げろ」

と語る、他人想いの人の良さ。

けれど。

「そんなの嫌ですよ」

「…………」

と、間髪入れず拒否を言う。

「あらっ、真顔も素敵ですね♪」

「…………」

「キリリとしていて、男前です！」

「…………」

「えぇと、そんなに見つめられると……」

「…………」

「私、ここで溶けちゃいます」

「…………」

「…………え、えへへ、えへへへへ（照）」

美男子が睨んでも、美しいだけだと思うんだ。

でもここは惚れた弱みか。曲げないぞ！　と思った心は、割と簡単に折れ曲がる。

このわずかな数分間に、彼から一生分とも思える熱い視線を貰ったおかげで、私の心は満足だ。

いっそ、これ以上ないくらい満ち足りている状態だ。

だから、幸せなため息を、フゥ、と一つ吐《つ》いてみて。

「私、貴方を死地に置いていくくらいなら、一緒に死ぬ方を選びます。勇者様、アレらと戦って勝てますか？」

やれやれと問いかけたなら、彼は小さく目を伏せて。

「…………分からない」

と、苦しそうに言葉を吐《は》いたのだ。

（ほら、難しいの、分かっているんじゃないですか）

「一人で逃げるのなんて、絶対嫌ですからね。それに先に言っておきますが、いまの私のレベルは十二です。あの枝にちょっとぶつかっただけで、オーバー・ダメージでサヨナラです。隙を突いて逃げたところで戦闘の余波が襲って来たら、即お陀仏《だぶつ》ってヤツですよ」

それでも貴方は逃げろと……言うだろうな、この人ならば。ダメージは全部被《かぶ》るから、君だけでも逃げろとか。

けれど、ハッキリそう言うと、彼からは驚いたというよりも、呆《あき》れたという雰囲気がじんわりと漂った。口元が「十二……」と音を出さずに、繰り返し動いているようだった。

そりゃ、呆れもするだろう。

レベル十二で、モンスターレベル六十以上の高レベルダンジョンに、足を踏み入れるなどヴァカを通り越して変態だ。だが女には時として、譲れないものがあるように。私はどんなに自分の命が危うい状況に置かれようとも、彼の後を追わずにはいられないのだ、絶対に。どんな場所でも万全の準備で、こっそり付いていくだろう。

乙女の本気の追っかけナメんな!! そういう意気込みだ。

そして、愛する人の命が危機にさらされようものならば、なりふりかまわず全力で、彼の命を守ることを選択するだろう。

「だから、どうせなら私と一緒に死ぬつもりになってください」

そう言って、私は得意とするおじさんキラーの微笑《ほほえ》みを、力一杯たたえてみせる。キャッチフレーズは「貴方のはぁと捕らえます」だ。これで彼もいちころのはずだ。……ところで、いちころ、って言葉はこちらの世界でも死語だったりするだろうか……？

（――――あれ？　おかしいな。反応がない）

住んでいた街のおじさん達には、めっぽう評判がいいんだけどな。

心の中まで無の表情に戻ってしまった彼の隣で、しまった、この人はまだ、おじさんの域じゃなかったか……！　と。愕然《がくぜん》と慄《おのの》く私の足が、段々震えに変わったあたり。今生の別れのような会話が終わるイベントを、まるで待ってくれていたかのように、私達を取り囲むネックハンギングツリーズが、視界の端で一斉に枝を振るってくるのが見えた。

内心、空気が読めるボス達だと好評価しながらも、このどさくさにまぎれるように勇者様に抱きつく私。ついでに、絶対にできないと思い込んでいた、この世界の女子的抱きつきを、あっさり致してしまったな!?　という、ノリツッコミを内心にして。私は隣の彼の体を、欲望のまま貪った。

（背ぇ高い！　筋肉硬い！　良いにおい!!　フェロモン、フェロモン!!　抱き心地最高ぉぉ！！！

いっそこのまま旦那になって!?　わぁい、役得ぅ♪）

それから少しクールダウンして、誰にともなく謝罪する。

（…………すみません。積もり積もった乙女の熱情《パトス》が、ちょっとだけシリアスに割り込みました）

まぁ、真面目な話をするなら……その気になれば、彼は妄想爆発中の私など、簡単に引きはがしてしまえるはずだから。

でも、できれば。

どうかこのまま、繋《つな》がったままで居て欲しい、と、すがるように手を回す。

ほんの少しの間でいいんだ。

私と肌を触れ合わせていて。

私の腕の中に居て。

そうすれば確実に、愛する貴方を守ることができるのだろうから。


それは心から純粋な、私の祈りの声だった。

――嫌われることと、失うことと、どちらが辛い？　と問う声がする。

ボス四体の攻撃に反射で飛びかかろうとした、逞《たくま》しい彼の体を逃すまいと絡めとる。

無表情ではあるが、武勇にしても人格にしても誉れ高い勇者様のことなのだ。この期に及んで、それでもなんとか私だけでも救おうと、敵の攻撃の隙を窺い戦略を練っているに違いなかった。

現に彼の片腕は私の腰を掴んだままだ。このままタイミングを計りつつ、飛び退《の》く算段かもしれない。私が感じた反射の動きは無意識のものだっただろう。不純な動機で逃すまいとこちらが絡めた細腕も、もしかしたなら、ただ単純に、怖いだけと思われたかも。


だから、ほんの一瞬でいい。

これで少しでも彼がこの場で動揺してくれたなら。

そんな淡い期待を込めて、精一杯背伸びする。

視界の端に黒くてグロい枝の残像が霞《かす》んで見えた。

強烈な薙《な》ぎが来る！　というほんの少し前の瞬間《トキ》。

私は迷いなく、自分のそれを、彼のそれへと重ねにいったのだ――。

＊＊＊

彼ら、東の勇者パーティのリーダーである黒髪の勇者と、弱小冒険者ベルリナが、まさかの死地にあるときから遡《さかのぼ》ること少し前。

頭から生えた兎の耳で辺りの音を拾いながら、付け根の髪をふわふわと風に遊ばせるようにして、魔法使いの職業を持つ獣人のクローリクは、巨大な炎剣が現れた方へ急いで体を運ばせていた。足下に展開された魔法陣は移動魔法。彼の体を持ち上げながら、空中を滑るように飛んでいく。

八芒星を模した杖《つえ》を右手に掴み、魔法使いらしいローブを向かい風にはためかせ。

「間に合えばいいでござるが……」

と、そのときクローリクの絞り出した声は誰が聞いても鈍色《にびいろ》だった。

東の勇者パーティとして仕事をしてきた中で、あのような炎の剣の攻撃は見たことがなかったが、魔法使いの素養だろうか、それに勇者の魔力の一部が混ざった気配を確《しか》と感じて、はぐれた彼がそちらにあると、彼はいち早く気付いたのだ。

不意に横から。

「ずるい……」

と言った小さな声が耳に届いて、クローリクは苦笑しながら「走るのは老体にこたえるでござるよ」と。金色のポニーテールを揺らす弓使いの少女、シュシュへ言う。

「黙って走った方がいいと思うな」

種族柄、森において身体能力が向上するエルフ族のシルウェストリスは、不満を浮かべた少女のことをどこか馬鹿にするように言い、ふん、と逸《そ》らさず前を見据えて、枝から枝へと移動していく。一人だけ大分余裕がありそうに見えるのだが、先にいくと言わないあたりが彼らしい。

「ソロル、余裕があるなら強化魔法をかけてくれないか？」

槍《やり》で道を切り開きながら、先頭を走るライスが頼むと。

「しょうがないなぁ。これだから人間は……」

少年は一言も二言も余計に呟きながら、地上を走る人間二人の足に魔法を施した。

いつも緩い雰囲気で、見苦しくない程度をわきまえていると理解できても、堅い服装を着崩して、のんびり笑っている彼が真剣な顔をしていることに普段との落差を覚え、身体強化に加えて体が軽くなるようにスタミナを回復させる。

ついでに、みてくれは綺麗なのだが、中身にかなり難がある……と勝手に思い込んでいる金髪の少女の方にも、彼は素知らぬ顔をしてスタミナの回復魔法を掛けるのだった。

すぐに、頼んでいない魔法付与に対してだろう、物言いたげにした少女の視線を感じたものの、お礼を言われたい訳ではないので彼は素知らぬ顔をする。

そんな彼女に、まぁ、みてくれと実用的な服装の趣味はいいかもな、と。何の気もなしに自身のローブのフードをいじり、右手の人差し指に通したリングに口づけて、集中力を高めておこう、と。

ソロル少年は木々の間を軽々と飛びながら、自分の感覚を瞑想《めいそう》状態へと持っていくのであった。

そして。

「無事でいて欲しいでござる……クライス殿……」

クローリクがポツリと零した音に、全員が無言で応えたかのようだった。

そのくらいは彼らのリーダー、勇者職のクライスに、信用も信頼も、期待もあったのだ。

無言になった彼ら四人が真剣に走り続けて、数分後。

木々の密度が低くなり、淡い光が奥から漏れる。

迷いのトラップが発動したとき勇者だけが離されて、どうしようかと思ったが。突如、空に現れた炎の巨大な剣を見て、位置を定められたのは彼らにとって僥倖《ぎょうこう》だった。

あぁ、ようやく森を抜ける！　と四人が思ったときだった。


青い空に、星が瞬いた――――。

誰からともなく視線が向いて、薄い枝葉の隙間から、強烈な光を纏《まと》う何かが迫る事象に気付く。

次々と飛来する眩《まばゆ》い光の塊《かたまり》は、彼らの先のフィールドに息つく間もなく降り注ぐ。

その先は特殊フィールドなのか、これだけの熱量の異常を受けて、フィールド外の彼らへと吹き付けたのは一陣のみだ。

更に数拍後、轟《とどろ》く重音。

クローリクとシルウェストリスは、反射的に耳を折る。

歩みを止めることすらも忘れたようにして、暗く茂った森林を彼らが呆然《ぼうぜん》と抜けたとき。

失速し、立ち尽くす四人が開けた平地で目にしたものは、未だ天から飛来する隕石《いんせき》と呼ばれる灼熱《しゃくねつ》の雨と、その先にいたのだろう、赤黒く蠢《うごめ》くモンスターらが次々と熱い雨に打たれて断末魔を上げ、のたうち回る光景だった。


既に立ち上がるモノがなくとも骸《むくろ》を貫く雨が止み、ようやく空が晴れたとき、もうもうと立ちこめる灰色の煙の中に、人影のようなものが見て取れた。

前代未聞の隕石の襲来をうけて尚《なお》、そこに立っていたのは一組のカップルだ。

東の勇者クライス・レイ・グレイシスと、弱小冒険者ベルリナ・ラコットは、何故か唇を重ねたまで、そこに居た――――。

＊＊＊

「いやー、今の凄かったですねぇ。まさか隕石が降ってくるとは思いもしませんでしたけど」

「……嘘をついたな？　いつあの魔法を詠唱したんだ？」

コトが終わり、ちょっとだけ恥ずかしくなって、定位置――その距離十メートル――につこうと背を向けたとき、しっかりと彼に腕を掴まれ、そんな風に問いかけられる。

（うわぉ、勇者様ってば、まさかの情熱家!?　後ろ手に引っ張られるなんて、なんたるロマンス☆）

対して、常の調子に戻った私の頭の中は、既に元のピンク色である。

でもそれがバレないように、はっきり言おう。

「嘘なんてついていませんよ？　それに何もしていません。ほら」

証明しようと取り出したのは、ステータス・カードと呼ばれるものだ。

職業、名前、年齢、レベル、体力、知力に魔力値と続く。その他、所持しているのならスキルや特殊スキル、神霊から授かった加護までも、とにかく自分の持つ能力を教えてくれる優れもの。それがこのステータス・カードと呼ばれるものである。前の世界でもファンタジーには不可欠なアイテムだったけど、こちらの世界でも扱いは概《おおむ》ね同じだ。

自分の言を彼に信じて貰うためにと、カードを手渡そうとして……ちょっと慌《あわ》てて引っ込める。

そのときの気持ちとしては、私がいかに無能かを証明できれば……だったのだけど、ふと表面に目を落としたときに、最後に見た表示値が書き換わっていることに気付いてしまい、罪悪感が湧いたのだ。

「うぁ。嘘ついてごめんなさいっ。さっきの戦いで援護したのがカウントされていました。レベルは十二じゃなくて、十五に上がっています……」

ステータス
**Status**

| | |
|---|---|
| 職業 | 冒険者 |
| 名前 | ベルリナ・ラコット |
| 年齢 | 18 |
| 性別 | ♀ |
| レベル | 15 |
| 体力 | 35 |
| 知力 | 80 |
| 魔力 | 56 |
| スキル | |
| 家事 | 8/10 |
| 細工 | 5/10 |
| 交渉 | 5/10 |
| 捜索 | Max |

差し出されたカードを受けて、眉をひそめる勇者様。

「レベル十五でボス四体を同時撃破だと……？」

「ですから、なにもしてないですってば。していたら今頃、とんでもなくレベルアップしているはずですし」

「…………それは、確かに」

勇者様は無表情ながら腑に落ちない顔をして、しかめた顔もイケメンなのだが、まだ疑っているご様子だ。だから、まぁ……これも惚れた弱みだろうか、と。

私は視界の端で、平地フィールドに勇者様のパーティ・メンバーが到着したのを確認したら、勇者様との一歩の距離を半歩へと埋めにいく。

それから右手の人差し指をスッと立て、口元に持っていき……言わずもがな、こちらの世界でも通用する「内緒ね♪」のポーズなのだが、そんな可愛らしいポーズをにっこりしながら見せつけた。

「勇者様にだけ、特別ですよ。実は私【特殊スキル】持ちで、ランクＭａｘなんですよ。あの隕石はたぶんそれのせいですね」

未だ彼の手の中にある私の所持するステータス・カードが、持ち主の意思を反映し隠された能力についての記述を浮かび上がらせていく。最後の一行として、じんわり滲んできたものは。

## Status ステータス

| | |
|---|---|
| 職業 | 冒険者 |
| 名前 | ベルリナ・ラコット |
| 年齢 | 18 |
| 性別 | ♀ |
| レベル | 15 |
| 体力 | 35 |
| 知力 | 80 |
| 魔力 | 56 |

スキル

| | |
|---|---|
| 家事 | 8/10 |
| 細工 | 5/10 |
| 交渉 | 5/10 |
| 捜索 | Max |

特殊スキル

| | |
|---|---|
| 絶対回避 | Max |

という、ユニーク・スキルなのだった。

ユニーク・スキルとは、その名の通り、個人に与えられるらしい固有のスキルのことであり、これは神霊の加護に似ているが、ランクが存在することから全く別のものであるとされている。

神霊の加護に対して持つ者は多いと言われるが、持たない人が圧倒的に多い世界であるために、一応特殊スキル持ちも珍しい部類に入る。また、生き抜くために有利なものしか存在しないと言われている神霊が与えてくださる加護に対して、特殊スキルは稀《まれ》に持つ者に不利な条件として付加されることもあると聞く。よくよく考えてみると、奥深いジャンルなのである。

それを目にした勇者な彼は、ゆっくりと灰色の目をこちらに合わせるようにして、無言のままステータス・カードを返すのだった。

そして、私がおじさんキラーな微笑みをたたえたままで、そのカードを受け取ろうとしたところ、横から無粋な叫びが割って入ってきたのである。

「だぁぁぁぁっ！　お前ほんとに何者だよ!?　なんであの隕石の中で生きのびられた訳っ!?」

「え？　たまたま隕石群が頭上に落ちて来なかっただけだと思うのですけども……一言で言うと、奇跡ですかね？」

「ここでまともな答えかよっ!?」

嘘だろう!?　とソロルくんが一人で頭を抱えているが……まぁいつものように愛あるスルーをすることにする。

「それじゃあ私、通常配置に戻りますね！」

シュタッ！　と宣誓のポーズを取って、今度こそ距離をとるべく反対側へ歩き出す。

遅い合流を果たした彼らは、激戦を終えた疲労の残る勇者様を取り巻いて、いろいろと状況把握をし始めたようである。

ここのダンジョンのボスさんは攻略した時間から丁度一日経てば復活し、その気になれば何度でも戦うことができるという。ファーストアタックで勇者様一人だけでの対戦となったため、パーティ全体の経験値を稼ぐためにも、おそらく数日間、泊まり込むのだろうと思う。

円陣を組むように寄り集まった姿から、次の戦いの戦略でも練っているに違いない。

そんな彼らの雰囲気を、私は微笑みながら木陰の奥で見守っていくのであった。

ほどなく日が落ちかける時間になると、勇者パーティの各々が野営の準備をし始めた。

覗《のぞ》き見るのに丁度いい茂みに身を潜め、いつものようにうっとりとその勇姿を眺めていると、不意に立ち上がった麗しい人が、こちらの方に歩いてくる姿が見えた。

薄闇の中にいて、まるで後光を纏うかのように光り輝くその人は、この世界の神霊が認める【勇者】という職の人。ある種、神聖な存在であるのを物語っているようだった。

彼は壁一枚ならぬ茂み一つをかき分けると、私が起こした小さな焚《た》き火の向かい側に腰を下ろした。

いつもなら気持ちいいくらい、こちらのことなどスルーなのに。割とギョッとしながらも、思わぬ展開にドキドキと胸を高鳴らせ、彼の挙動を息を潜めてじっくりと窺った。

ちなみに目は合わせていない。イケメンすぎて恥ずかしいのだ。気配を窺う方で、じっとしている感じである。

（勇者様がこちらを訪ねて来るのは初めてじゃないですか⁉　一体、どーしました⁉）

緊張しながら思っていると、彼も私と会話を始める導入的な部分というのを、どうやら探しているらしい。

本日二度目の接近なのだが、時間を置いた関係で私の方も初期値に戻って、畏敬《いけい》の念の無言であった。私から声を掛けられるような雰囲気でもなかったために、寡黙な彼の対面でそのまま小さくなっていた。それでも相手が気になったので、ちらっとくらいは見てしまったが。

そんなチラ見の程度であっても、鍛え抜かれた四肢《しし》からは得も言われぬフェロモンが吹き出していて、思わず抱きつきそうになるから……勇者ってすごいのだ。フェロモンは汗に混ざって云々《うんぬん》と頭を過《よ》ぎり、でも断然、耳の後ろの方が好きだけどね！　とか、ＨＥＮＴＡＩなことを思いつつ。

（いや、そんなことを今したら立派な痴女ですよ！　抱きつくならさっきみたいに、どさくさにまぎれてやらないと！　……待て待て、痴女と蔑《さげす》まれようとも、ここは抱きついてしまうのが真の女なんじゃないのか……⁉　そもそも彼は、わざわざここまで出向いて来てくれている訳で。一体私にどんな用事があるというのでしょうかね⁉）

まさか、私に抱きつかせるためか⁇　――――やはり、そうとしか考えられない。よし私、女になれ！　と脳内テンションが上りに上る。

一度超えてしまった壁は、以後、超えることが容易《たやす》くなる。ここでチラ見がガン見に変わる。

真面目に何から話そうかと考えているらしい、目の前の人を焚き火を挟んで見つめつつ。どこかに抱きつく隙はないのかと、少し緊張しながらも相手の出方をジリジリと待つ。タイミングを逃してしまい、うっかり躱《かわ》されようものならば、ものすごく寂しいことになってしまうからである。

「……その……今日は助かった。礼を言う。借りたアイテムのぶんを埋め合わせたいのだが」

「え!? そんなこと?? いいい、いりませんよーっ！」

普通に真面目な彼の言葉にハタと我に返った私は、自分の邪《よこしま》な考えに頑丈な理性でふたをして、すぐさま路線変更で、あははと軽く笑って返す。

「だが……精霊石まで使わせて貰った」

「いやぁ、あれは拾い物ですからいいですよ！　買ってないので、元手はタダ。だから気にしないで大丈夫です！」

「……だとしても、高価なものに違いはない。回復薬や強化薬、魔薬も使わせて貰ったな」

「そんなそんな、勝手に戦闘に参加したのはこちらの方ですし！　ちゃんと守って頂いて、傷一つ付きませんでしたから!!」

金銭的なものなんか、本当にいりません。

……と、言っても彼が相手だと、平行線なままな気がして。

しかし、一瞬でひらめいた。

私はお金を貰うより、もっと価値のあるものを、既に彼から受け取っているではないか、と。

だから。

「それは私の〝仕事〟だし、レベル上げもさせて貰った。せめてアイテム代だけは、こちらが払うべきだろう」

尚も食い下がる彼に対して、ふふふ、と笑みが零れたのはご愛嬌《あいきょう》というやつだ。

「いいんですよ、勇者様。だってあのとき貴方様の唇を頂きましたから。お代はそれで充分です☆」

あれほど値段がつけられず、価値のあるものを他に知らない。

いっそ勝ち誇ったようにも見えるそんな私の態度に彼は、ちょっとだけ面食らったような表情をして、それきりその場で黙ってしまう。

脳内ピンクな私はというと。

（いや〜、ごちそうさまでした！　なんと初恋の味がしました！　レモン味とか言われていますけど、実際なんの味もしないあれです。はっきり言ってレモン味は幻想ですね！　でも、とっても貴重で、美味しかったです☆）

シリアスっぽい彼の向かいで、無言のままに、キャッと身をよじらせてみたりする。

そんな私の行動は、そのとき、もしかしたならば、少しだけ滑稽《こっけい》だったかもしれない。勇者な彼は、安定の無反応だったから。

（それでもね、実は私、転生してから初めてのキス……だったり、したんです）

でも、この世界のキス事情だと触れたくらいでは挨拶程度。

地域によっては頬じゃなく、もろちゅーだったりするんです。

加えて勇者様はどこへ行ってもおモテになるので、露店のおねぇさんから宿屋のおねぇさん、お貴族様に王族様と、キスの相手は果て知らず。だから、触れるだけのキスをちょーっと強引に奪うくらいなら、いちいちこだわったりはしないハズなのですよね。

実際、あの後なんだかんだでスルーされていましたし。

かくいうこちらも、前世の記憶が、結婚して子供を産んで、育てきったところまであったりするもので。憧れの人を前にして畏れ多い気持ちはあれど、やると決めたらキスくらい、へっちゃらだったりするんです。

けど。なんだか、久しぶりのドキドキはとても新鮮で。

世界の全てがキラキラと輝いてみえるこの恋は、とても懐かしいものでした。

「だから、何もいりません」

という、気持ちは心からのもの。

無表情の中にあって尚、絶句したような、色のない表情をした彼にクスリと笑って見せる。

それは上からの笑いじゃなくて、感謝の念がこもった笑みだ。人ができている彼だからこそ、私が言葉で言わずとも……この人には通じるだろう、そんな確信が心にあった。

勇者様は答えを聞いて、その衝撃をすぐには理解できなかったのだろう。「……そうか」と小さく呟くと、呆然とした足取りでひとまず戻っていくという、意外な一面をこちらに晒《さら》してくれた。

そんな姿さえ愛しいという気持ちを抱かせてくれる訳で、残された私の方は益々《ますます》〝好き〟が溢《あふ》れ出す。

さぁ、狙うは、強く賢く美しい、だれもが羨む職業【勇者】。
どんなに険しい道のりだろうと、いつかきっと！　と意気込む私。
顔がちょーっと熱いのは、気のせいじゃないけど、気のせいです！

# 閑話◆果ての島にて◆



「ねぇお姉ちゃん」

スミレ色の髪をツインテールに結い上げた、愛らしい顔の少女が、膝の上に広げた絵本から顔を上げて呟《つぶや》いた。先ほどから忙しく部屋の中を動き回っている、自身の姉に視線を合わせて、気怠《けだる》げに返事を待っている。

「今度はなに？」

返る言葉には少し棘《とげ》が含まれていて、少女と同じスミレ色のポニーテールを揺らしながら、ややうんざりとした雰囲気で、彼女は仕方なく振り返る。

その顔にはハッキリと「迷惑だ」と浮かんでいたが、邪険な態度ながらも、ちゃんと返事を寄越すあたりに姉による妹愛を思わせる。

『三つ数えるうちに星が流れたら、オフロ掃除代わってくれる？』

「はぁ？　なに馬鹿なこといってるの？」

「代わってくれる？」

「あのね、昼間なんだから、たとえ流れてきても星なんか見えないわよ」

「代わって……」

「あぁもうっ！　うっとうしい‼」

眉間にしわを寄せながら小さく叫んだ可愛い姉は、妹の首根っこをむんずと掴《つか》むと、ずるずると窓際まで引きずっていく。そうして、曇り始めた空が見える位置へと向けてやり。

「ほら、さっさと数えなさい。絶対見えないんだから！」

面倒ごとを片付けるべく、心を割《さ》いてやるのであった。

「見えたらオフロ掃除……」

「いくらでも代わってあげるわよ！　ほら、早く数える！　私はあんたと違って暇《ひま》じゃないのよ！」

妹は姉の目の見えない位置で眠そうな目を更に細くし、小さな口の端をわずかに上げた。


「いーち」

開いた窓から、ふわりと柔らかい風が、部屋の中へ運ばれる。

「にー」

何かの光が見上げる空に瞬いた、と思った瞬間。

「さーん」

猛烈な勢いで赤い尾を引く一群が、薄雲を纏《まと》った空に広がったのだ。


「…………………」

「……えっ……えっ…………………えぇえっ！？？？」


長いタイムラグの後、ズズズーンという地響きが、空気を揺らして二人の耳元まで届く。

「じゃあオフロ掃除よろしく」

と、少女は隣の姉に対して簡潔に伝えると、短い足で元の位置まで上り、未《いま》だ固まったままの彼女を無言で窺《うかが》った。

それから相変わらず眠そうな目を絵本に落とし。

「お姉ちゃんは釣りやすい……」

ほくそ笑んで見せたのだ。

果ての島、と呼ばれる場所に二人きりで住んでいる、スミレ色の可愛い姉妹の、まだ見ぬ日常の話である。

# 2 エディアナ遺跡



「すまないでござる、ベル殿。魔法使い用の杖《つえ》を持っていないでござろうか？」

「ありますよー！　と、言っても一本しか持ってないんで、選べませんが……」

「充分でござる。今は初級者用の木の杖でもありがたい。ダンジョンを抜けるまで、借りてもいいでござるか？」

「もちろんですよ、レプスさん。私達の仲じゃないですか♪」

心底困った顔をして、真っ白い兎《うさぎ》の耳をヒコヒコと動かしながら、魔法使いのおじいさんが目の前で頭を下げた。その手には愛用していた折れた八芒星《はちぼうせい》の杖があり、先の戦闘で破損してしまったことが窺《うかが》える。

　私はおじいさんへと向けた視線の延長線上に、すかさず愛する勇者様が入るよう体をずらし、愛用する鞄《かばん》から例のブツを取り出した。

＊・・＊　いつ見てもヒコヒコお耳が可愛いわ～　＊・・＊

さり気なさを装って、しっかりそちらも見つめる私。

名前をベルリナ・ラコットという、ごく普通の十八歳。

――ごめんなさい。嘘《うそ》いいました。

何故か毛先だけふわっと内巻きにカールする、茶色の髪に茶色の瞳の、ごくごく普通の女子なのですが……。

実は私、異世界からの転生者。

ついでに前世の記憶を持っていたりするんです。

＊・・＊・・＊・・＊・・＊・・＊

「うぅむ……ここで【創星《そうせい》の杖《つえ》】を差し出されても困るのでござるが………」

勇者パーティの魔法使い、兎の耳を持つ獣人のレプス・クローリクさんが、目の前で受け取った杖に視線を落とし困惑気味に呟《つぶや》いた。

この世界では、ステータス・カードの職業欄に【魔法使い】と刻まれた人達は、自分達の武器——主に杖——を手に取ることで、それに与えられた名前を認識することができるという。

これは魔法使いに限らず、剣士なら剣の名前、弓士《きゅうし》なら弓と矢の名前、槍士《そうし》なら槍の名前が分かるという仕組みになっている。

従って、定められた職業外の武器を取っても、武器の名は読み取れなくなっている訳なのだが、例外的に、一定期間弓士をしていて、その後、剣士にジョブチェンジなどの遍歴があった場合には、ある程度、弓矢の名前が読めて、剣の名前も読み取れるという仕組みになっているようだ。ステータスの項目にはないのだが、おそらく熟練度のようなものなのだろう。

また、特定の職業を持ちつつレベルが上がると、認識できる武器の名前が多くなるというシステムは、この世界の人達の語られない常識である。まぁ、ダンジョンに入るために冒険者をしているものの、その実タダの一般人な私には縁のない能力なのだが。

ちなみにこの能力はスキル欄に記載されるものではないため、恩恵《ギフト》の一種であろうと言われている。ギフトはステータス・カードには記載されない。だから、職業固有のものや個人の特殊な能力等で、いまいち原因が分からない事象についての議論は大抵《たいてい》ギフトのせいにされる。学術都市《クレアレーテ》では実際に、それで丸く収まるらしい。

つまり、ここで言いたいことは、魔法使いの素養のなかった一般人の私には、鞄の中に収まっていたレプスさんに差し出した杖が、そんな大層な名前を持った武器だと分からなかったのだ。

そうして私から受け取った杖を恐る恐る持ちながら、どことなく渋るレプスさんの姿を見遣り、ふと浮かんだ疑問を口に出す。

「あれ？　もしかして使えないアイテムでした？」

「いや、普通に使えるのでござる。どうせ私が持っていたって使えないので、よろしければレプスさんに差し上げますよ。返して貰わなくてもいいですからね☆」

「それは良かった。どうせ私が持っていたって使えないので、よろしければレプスさんに差し上げま

胸の高さほどに持ち上げた両手のひらをブンブン振って、気軽さをアピールしておく。この時点で用事を終えた私の視線は、既《すで》におじいさんの背後におわす愛《いと》しい勇者様を捕捉していた。

（あぁ……今日もかっこいい……！）

自然と顔がほころぶのが分かる。

「いやいや、ベル殿。そう簡単にくれると言われても、複雑な気分でござる……。ベル殿はこの杖に一体どれだけの価値があるか分かっているでござるか？　手にしなくとも尋常じゃない魔気《まき》が漂ってくるのでござる……。【創星の杖】は世界宝レベルの杖なのでござるが、何故ベル殿のアイテム袋に入っていたのでござろうか………？」

耳が悩ましい声を拾って、ふとレプスさんに視線が戻る。

魔法使いのおじいさんは普段ならピンと伸ばした耳を、へにゃっと下げて、うんうんと唸《うな》りながら八の字眉毛をつくり、盛大に困った顔をしていた。

「そんなにすごい杖なんですね！　じゃあ、やっぱりレプスさんにプレゼントしますよ～☆」

（さぁ、それを持って帰ってこれ見よがしに使ってください！　そしてさりげなく勇者様の私に対す

る好感度アップにご協力をお願いします!!）

汚れなき好意どころか、下心満載の笑顔で答える私がそこにいる。

「地味な棒だったんでちょっと可愛く装飾しちゃいましたが、気にしないで頂けると助かります」

ついでに、あはは、という爽《さわ》やかな笑いが、私達の間の空気に溶けていく。

なにせこの杖、買ったときはただの地味な棒だった。そんなものがレア・アイテムだなどと、一般人が思い至る訳がない。

中古品の青空市で、戸締まり用に収まりが良くて購入を決めたのだ。そのまま家の戸締まりに使っていたところ、知り合いの商人が「それ魔法使い用の杖みたいだよ」と言ってきたので、ならば前の世界では不可能だった魔法少女的杖というものを、リアルに再現してみよう！　と当時の私は燃えたのだ。

失敗しても元はただの地味～な棒である。だからちっとも悔しくない。いつか可愛い魔法少女にプレゼントするんだ～☆　と。記憶を辿《たど》れば、魔法少女の杖ならば何より見た目が可愛くなければならない！　という信念のもと、その杖に様々な装飾を施していった記憶が戻る。

前世では縁あって娘も一人育てており、幼児期の洗礼を受けているのだ。休日の朝のゴールデンタイムの、キラキラしい魔法少女達のアニメ番組が懐《なつ》かしい。そういう訳で、魔法少女がガチで存在するだろうファンタジーな世界に転生したなら、夢と語られた憧れを現実にしなければ、なんとなく気が済まない。

そして今、おじいさんの手の中にある魔法使い用の武器は、透明と緑と紫の三つの星形の結晶石が頂《いただき》に配置され、棒との繋《つな》ぎ部分はレースや真珠で可愛らしく飾り付けられているという、世にもファンシーな状態だった。

(見ようによってはこの組み合わせ、なくはない。むしろアリ寄りのアリだろう。なにせレプスさんは、とても可愛いおじいさんな訳なのだし)

内心で取り繕《つくろ》うように言葉を並べ、その人の様子を恐る恐る窺うと、思いがけずキュートな笑みが付加されて言葉が返る。

「確かに飾りはついているでござるが、使うぶんには問題なさそうなのでござる。そうでござるな。深く考えずに、レア・アイテムが手に入って得したと思うことにするでござるよ」

ベル殿ありがとうなのでござる、と言いながら、パーティ・メンバーの方へトコトコ戻っていくレプスさんを物陰から見送って。

(今日もいい仕事したなぁ！)

と、気持ちよく伸びをする。

これで勇者様の私への好感度は、うなぎ上りに違いない！　と。一人こくこく頷《うなず》いて悦に入《い》っていたところ、遠くの方、その距離十メートルで聞き慣れた少年の声がする。

「じいさん、いい歳《とし》して何ニヤついてんの？」

見れば、エルフ耳を生やしたボブカットの少年、シルウェストリス・ソロルくんが、短剣を宙に放りながら鬱陶《うっとう》しそうに呟いている。

彼は盗賊職的な先駆者《スカウト》職だと思うのだけど、あの長めのローブって走るのに邪魔じゃないのかな？

と、私は不思議に思うのだ。斥候《せっこう》も兼ねるなら、鎖帷子《くさりかたびら》的な装備があるのだろうと思うのだけど、見たところいつも軽装なので非常に不思議なのだった。実は指輪もたくさんしているし、ピアスだってちゃらちゃらしているし……斥候するなら音が立つ装備はどうなのだろうと思うのだけど、高レベル冒険者のラインを踏んでしまったら、もはや個人の自由なのだろう。誰も困ってなさそうなので、いいのかな、と結論付ける。

そんな少年への考察を少しだけしていると、すぐ側《そば》にいた美少女が同じようにレプスさんを見て、ポツリと呟いた。

「幸せそう……」

正直、何を思ってそう言っているのか想像もつかないような、抑揚の少ない声ではあるが。それが勇者パーティの紅一点、シュシュ・ベリルちゃんのいつもの声なのだった。

彼女は私と違って手先が器用なようで、ポニーテールに続く横側をよく編み込んでいたりする。とても上手に結っているので、そもそも美少女なのだけど、更に可愛く見えるところが羨ましいと本気で思う。でも、服装は超がつくほど実用的なものなので、またそのギャップがイイ！　などとお姉さんは思うのだ。

「杖まで持ってるなんて、さすがベルだな」

そこへ感心したような声が入って会話が繋がって、私の意識と視線はそちらにもずれていく。声の主は、青銀の髪を強力なワックスで固めたように垂直に逆立てた美中年、ライス・クローズ・グラッツィアさんである。

この方は公式プロフィールにて中間名を持っているので、おそらくお貴族様だと思われるのだが、パーティ・メンバーと争っているところを見たことがないし、ど平民の私にも優しく笑ってくれるしで、人柄の良さは折り紙つきである。きちんとした服装を着崩している点も、付き合う人の守備範囲が広いことを思わせて、頼れる大人のお兄さんという認識だ。

前の世界でゲームや漫画が好きだった身としては、手にした得物が十文字風槍なので、そこも私の中ではポイントが高いところなのだが……この喜びを共有できる友人がいないのが、ちょっとした無念であると語っておこう。

そんなライスさんの言葉を受けて、レプスさんが視線の先でにっこりと微笑《ほほえ》んだ。

「思わぬところでレア・アイテムを手に入れることができたのでござる。生きているうちに、世界宝レベルの杖を手にすることができるとは……魔法使い冥利《みょうり》に尽きるのでござるよ」

小さいお目々をキラキラと輝かせながら、レプスさんは幸せそうに杖を握りしめて言う。

そのセリフにヒクッと頬を引きつらせ、ソロルくんがこちらを見たような気がしたが……ま、きっと気のせいだろう。時間は短い。乙女の時期はあっという間に過ぎ去るもの。だから、今は少年にかまけている場合ではない。

(一分一秒をも無駄にせず、愛しい勇者様の姿を見つめるべきなのだ。何故なら、それこそが、私がこの世に生を受けた真の意味なのだから!)

意気込みよろしく見えないところでグッと拳を握りしめ、物理的に無理がありそうな大剣を背負う、黒髪短髪、右分けちょい前髪長めなイケメンさんに、ジッと熱い視線を送る。

近くでしばらくざわめきが起こっていたが、彼らの興奮を鎮めるように低く落ち着いた男性の声が、辺りに染み入るように響き渡った。

「出発しよう」

(至上の美声!!)

やはり、恍惚《こうこつ》と身悶《みもだ》えている私を置き去りに、さっさと彼らは移動を始め、今回もあっという間に姿が見えなくなるのだが……。

(大丈夫! 私には愛の力がありますからね!)

なんと言っても、今いる場所は【エディアナ遺跡】という遺跡系ダンジョンなのだ。

なので、ダンジョン内部は石畳のほぼ一本道。モンスターレベルも低めの三十台ということで、前回の森系ダンジョンとは違い、トラップといえばせいぜい落とし穴がある程度。あとはアイテムが落ちていたりする隠し部屋があるかもで、それに辿り着くための仕掛けがどこかにあるかもしれない、程度。彼らにしたらちょろいダンジョン。付いていく私にしても、そう難しくはない場所だ。

通常、この世界のダンジョンは冒険者ギルドに登録していなければ、入ることができないようになっている。これは法的なものなので、閑散《かんさん》とした地方のダンジョンなどは、職員が立っていなければ勝手に入れる抜け道もある。が、法的だろうとなかろうと、ダンジョン入りは基本的に個人の責任に基づくものだ。

そして、人々のこうした規制とは別に、入るために条件がつく【特殊ダンジョン】も存在している。それらの中には、特定のスキルを所持していないと攻略が難しい場所もある。

レベルこそへっぽこな私だが、冒険者登録は済ませているし、エディアナ遺跡はごくごく普通のダンジョンとして周知されている。エンカウントするモンスターのレベルが自分の倍くらいあってしまうけど、前回よりは低い場所だし、例の特殊スキルによって命の危険はそれほど深く考えなくても大丈夫。よって、気分は前の世界の中世ヨーロッパ風お姫様。

ツイと両手の指先で、冒険着だが自分的には可愛いロングスカートを優雅につまみ上げ、役者よろしく遺跡に敷かれた石畳を駆け出す私。人の目がないのをいいことに、好きだった前の世界のラブソングを口ずさみ、スキップ&ターンを走りの間に織り交ぜながら、一人楽しく追っていく。

(貴方の後をどこまでも付いていくのが、私なりの愛の表現方法なのですわっ!!)

割とこだわるタイプであるので、心の声もお姫様っぽく叫んでみたり、してみたり。

ちなみにこの日、勇者パーティは普通に遺跡での用事を終えて、早々に近くの城下町まで戻って行ったと記しておこう。

自分の中のお姫様ごっこも、とりあえずこの日のうちに無事に終えられたと綴っておこう。

さて、ところ変わって、本日はエディアナ王国城下町。

遺跡での用事を済ませた勇者パーティの後を追い——正確には、愛しい彼を追いかけて、だが——城下町に戻ったのが昨日の夕方のこと。

冒険者ギルドの方に報告をした後に、今回の用事を依頼したらしいお貴族様のお屋敷へ、案内付きで戻って行った彼らの姿を見送って、私は予約していた宿屋でいつも通りの夜を過ごした。

意外かもしれないが、善良な追っかけという自負のある身としては、プライベートな時間まで彼をストーキングすることはない。まぁ、町で偶然見かけたとかなら運命だと確信して、ちょっと後を追いかけるくらいするかもしれないが。

噂《うわさ》によると勇者様らは、数日この国のお貴族様のお屋敷に滞在するようだ。そういう事情であるので、私もその数日間は追っかけ稼業をお休みし、平民が暮らす下町の方で日銭を稼ぐ予定であった。

都市部に来るとこういう時間が割と多く発生するため、勇者様に会えないという不満ゲージは溜《た》まるけど、自分の善良性のアピールと旅費の補填《ほてん》という点で、大事な時間、と割り切って生活している。

それというのも、東の勇者パーティに人里離れたダンジョンの攻略依頼や、長期間を要する何かの依頼が来た場合、彼らがそれを処理する間、私には移動費や滞在費等の生活費を稼ぐ手段が全くなくなるからである。勇者パーティともなれば高額報酬が約束されるし、移動費や滞在費は殆《ほとん》どの場合、相手もち。いくら都市部でまったりと生活できる術《すべ》を持つ私であろうとも、定住生活と放浪生活では入るお金も出ていくお金もまるで違うため、稼げるときに稼いでおかねばいざというとき困るのは、自明の理というやつだ。

だから城下や大都市はもちろん、町や村でも勇者パーティに休息の時間ができたとき、私は追っかけをお休みし、日雇いして貰《もら》ったり、露店に出てみたりして、なるべく日銭を稼ぐことにしている訳だ。やはりどんな世界でも、趣味を極めるのは幸せだけど、お金がね……☆　というやつだろう。

だって、これから先もずっと彼を追い続けていたいのだ。旅費が足りずにそれが不可能になってしまうなど、目も当てられない話じゃないか。もちろん、いつまでも、なんていう不確かなものじゃなく、嫁になるまで、というようなしっかりとした期間を設けているつもりだが。

さて、真面目《まじめ》な話はこの辺でおしまいにして、遺跡から戻って翌日の今日である。

日銭を稼ぐため訪れた、見慣れた看板を掲げる冒険者ギルドの前で、私はあからさまに不審な男性に出くわしてしまうのだ。もちろん目を合わせずに通りすぎようとしたのだが、その不審者に声をかけられるアクシデントに見舞われる。それは。

「あの、すみません」

という青年には足りないが、少年を脱しようかという時期特有の良い声で、横から急に声を掛けられたところから始まった。

(えっ⁉　ここで私に振っちゃう⁇)

とにかく私が願うのは、これが間違いでありますように、だ。

(全身黒尽《ず》くめのフード男子で、しかも顔が見えません！　そんな人の相手とか、普通に怖いですからね‼　神様、スキルを発動させて‼　そして私を逃してください！)

内心強く願ったが、私の持つ特殊スキルは経験上、命の危険がないらしい発生必須イベントを回避できない……ようなのだ。この怪しい男子を前にそれが働かないということは、彼はある意味私より存在意義が上の人。そういうことになるのだろう。この世界の神的にいうと、お前相手してやれよ、な拒否権なしのイベントである。とりあえず、モブは辛《つら》いね……と言ってみる。

そういう訳で、スルーできないのなら関わるより他がない。ぇぇ、仕方ないので付き合いますよ。

これでも地元では、優しいと評判のお嬢さんですからね。

あれこれと考えながら営業スマイルを貼り付けて、まずは首だけで振り返り、聞いてみる。

「えっと……何かご用ですか？」

「いや、その首の角度辛くない⁉」

「あぁ、そこのところはご心配なく」

「はっ！　俺ってば、また変な女を引っ掛けちゃった⁉　うわ、どうしよう⁉」

小さく叫びながら軽く失礼なジャブを放って、目の前の男子は頭を抱え、うずくまる素振りを見せる。骨格的に難しい角度のままで、静かにそれを見下ろすのだが。

（あ、痛……これ以上は辛いなぁ）

ため息まじりに体を回転、うずくまった男子の方を向いてやるという、優しさを発揮する。だが、少年はお構いなしに頭を抱えたままなので、優しい気持ちが萎《な》えてきて、少し冷たい声が出た。

「ご用がないのなら、去らせて頂きますが」

「あ、え？　ある！　あるって！　あるから行かないで‼」

素早い動作で立ち上がり、ひしっと腕を抱き込んできた不審な男子の行動に。

（う……ぎゃぁぁぁぁっっっ！？！！）

ゾゾゾゾゾ、と這《は》い上がってくる悪寒に耐えきれず、私は思い切り自分の腕をその場で振り切った。

それは言うなればGのキスに匹敵する嫌悪感。思いの外《ほか》、美声の少年だろうと、それはそれというやつだった。この瞬間、トスッという何か鋭利なものが、どこかに突き刺さったような音が聞こえたが、それを確かめるどころではない感じ。

(なななな何⁉　今の何っ⁉　嫁入り前の乙女の腕に、抱きつくとか何なのこの人⁉)

黒尽くめのフードな人は、か弱い子女の力とはいえ、掴《つか》んだ腕を思い切り振り切られ、地面にペシャッとなったまま、何が起きたのか理解できずに呆然《ぼうぜん》としている様子であった。

が、対するこちらは嫌悪感で愕然《がくぜん》……だ。

お互いがお互いの行動に真《ま》っ青《さお》になって居たのだが、先に冷静さを取り戻したのは人生経験豊富なこちら。あることに思い当たった私は、急速に余裕を取り戻していく。

(…………はっ。まさか、これが世に言うナンパ？　前世じゃ一度も体験してないソレかしら……？え、そうなの⁇　私ってもしかして魅力的？　……え、うふふ♪　もう、仕方ないですねぇ☆)

態度が一転、非モテ男子にお慈悲をくれてやろうかと、上から目線になる私。そうならそうと最初から言って欲しいところである。今なら何でも許せそう。誰にでも優しくできそうだ。

「そういうことなら……うふふふ。さぁ、言ってごらんなさい！　私に何を望むのか！」

背景に天使の輪っかと翼をはためかせ、極上の笑顔と女神の如き慈愛を滲《にじ》ませて、地面に伏したままである男子との対話に臨む。

「え……」

という声を漏《も》らした彼は、フードの端から出ている口を若干《じゃっかん》引きつらせてみせて、腰を引き気味にこちらを見上げ、恐る恐る声を出す。

(あ。なんかこの態度、どこかで見たことあるような)

一体、いつのデジャブだろうか。萌葱色《もえぎいろ》が脳裏を過《よ》ぎるが。

「…………あ、いえ。あのですね……東の勇者様が滞在している、貴族の屋敷がどこなのか……教えて欲しいんですけども…………」

今にも消えそうな声が届いて、それを理解した瞬間、私の顔から消える笑み。

【東の勇者様】……それは私が愛してやまない、勇者様の別称だ。彼は大陸の東の国から勇者として立ったため、他の地域の勇者と区別するために、そう呼ばれ始めたと聞いている。

これまた不思議な話だが、この世界の勇者は一人きりではないのである。

もちろん数こそ多くはないが、それでもこの大陸に十人程度は存在が確認されている。

年齢はバラバラで、幼いうちは修行を主とし、働ける歳になってきたならギルドからの仕事を請ける。この大陸の冒険者ギルドは勇者を大事にしてくれるので、仕事の難易度と彼らのレベルをその都度上手く調整しながら彼らを育ててくれるのだ。

レベルの低い勇者の仕事は中堅層～上位層の冒険者と同じというか、閾値《しきいち》がいまいちはっきりしないのだけど、東の勇者様ほど熟練度が上がってきたら、今度は上位層にも振れない難易度の高い仕事が降ってくる、という感じ。

現役時代はそうやって高難易度の仕事を捌《さば》き、歳を取れば引退する者もいると聞く。だから普通【勇者】と言えば現役層の者達を指す。働き盛りに仕事をするのは、他の職業の人達となんら変わらない生き方だ。

もう少しだけ話が逸《そ》れるが、勇者と冒険者のこなす仕事の境目が曖昧《あいまい》なのには、ちょっとした訳がある。実はこの世界【魔王】なる存在が、今まで確認されていないのだ。【魔種《ましゅ》】と呼ばれる種族は存在するものの、その頂点に君臨するはずの名が、どんな史書にも記されていない。勇者がいるなら必然的に対魔王となるべきところを、通りすぎる不思議な世界。じゃあ、なんのための勇者なの？と思ったのは私だけではないはずだ。

さて、話をようやく戻して、全身黒尽くめの上にフードで目元を隠した男子に、自分でも驚くほどの冷たい声が出た。

「人前に顔も晒《さら》せないような人に、勇者様の居場所など教えることはできませんね」

それじゃ、とその場を去ろうとしたら、今度は後ろから手を掴まれる。

この、後ろから手を掴まれる状況、人生で二度目だが。

一応気持ちを語っておくと、全然萌えない。むしろ引く。

「待って！　あの、これには深い理由が……えぇと、その、顔出しはヤバいっていうか！」

「顔出しＮＧとなっ!?　お前はどこの芸人だ!!」

「は？　ゲイ人？　俺ノンケだし、一応職業【勇者】なんだけど……？」

「嘘つけいっ!!」

間髪入れずに突っ込む私。

おっといけない。思わず口調が乱暴になってしまったわ。

そんなことより溢《あふ》れ出る親切心で妙な変換を入れてきたのをスルーしてやったのだが、芸人という単語はないのに、ゲイもノンケも世界語として定着していることに、若干の驚きを隠せない。

「なっ!? 嘘じゃねぇよ!! 俺は地元じゃ正直者で有名なんだぞ!」

「あー、はいはい。詐欺師《さぎし》はみんなそう言うからね～」

「信じてねぇな!? くそっ! 俺のステータス・カード見せてやる! 勇者のステータス見られるなんて普通じゃありえねぇんだぞ!? ありがたく思えよ!!」

吠《ほ》えながら、男子はカードをこちらに投げつけてきたのだが、私はそれをひらりと躱《かわ》す。

「おまっ!? 避《よ》けるとか何してやがんだ!? 土ついちゃったじゃんか! 【勇者】のカードだって言ってんじゃん!? ほら! 仕方ない、持っててやるから穴が開くほど眺めやがれ!!」

そう言って自称勇者は、土にまみれたカードを服の端で拭《ふ》き取ってから、ズイと私の目の前に突き出して見せてくる。

仕方なしにそれに目を通すのだが。

## Status ステータス

| | |
|---|---|
| 職業 | 勇者 |
| 名前 | フィール・ヴェナ・アルキネス |
| 年齢 | 15 |
| 性別 | ♂ |
| レベル | 35 |
| 体力 | 300 |
| 知力 | 50 |
| 魔力 | 562 |

**スキル**

| | |
|---|---|
| 危険察知 | Max |
| 危機回避 | Max |
| 逃走 | Max |
| 隠密 | 7/10 |
| 変装 | 7/10 |
| 変わり身 | 6/10 |
| 陽動 | 8/10 |
| 索敵 | 5/10 |
| カウンター | 4/10 |
| 精神統一 | 3/10 |

**特殊スキル**

| | |
|---|---|
| 女難の相 | 7/10 |

**加護**

師匠の愛
剣技の神の加護
藍の女神の加護

…………（つづく）

「……うーん……私より頭が悪いなんて……」

「はぁ!?　この歳で五十あったら博識の部類だろうが！　可哀想なものを見る目で見るな！　めちゃくちゃ勉強したんだぞ!?」

「それに逃げるためのスキルが多いような……」

「それはお前、生き抜くために必要だったんだよ！　物心ついた頃には師匠からのシゴキが凄《すご》くて日々ボロボロだったからね!?　今は別の意味で精神的にボロボロだからね!?　俺スゲー可哀想じゃん!?」

「女難の相が特殊スキルって……そういうのあるんですね？」

「そこが一番辛いんだよ！　ただでさえ幸運値が低いのにこの仕打ち……！　おかげで変な女にしか出会えねぇ……!!」

最後にはorzの格好になって〝大地とこんにちは〟するフィールくん。

なるほど。これが持つものに不利に働く系の特殊スキルかと、私はしみじみ眺めやる。

それにしても【女難の相】とは……女難だけでいいんじゃないの？　と考えて、あぁ、と納得する。

「だから顔を隠しているんですね。それより【師匠の愛】が神霊の加護級とは……お師匠様に、ものすごく愛されていますねぇ」

そこは素直に感心するので褒めておく。

「……頼むからそれだけには絶対に触れないで」

言うなりシクシク泣き崩れる、哀れな少年勇者。

なんかもう、しょうがないのでため息を一つ零《こぼ》して、私はそんな少年に言葉を返すことにした。

「貴方が何の後ろ暗さもない【勇者】なのは分かりました。それはいいとして、私の愛しい勇者様にどんな用があるんです？」


城下の冒険者ギルドの前で、黒尽くめの怪しい少年勇者に出会ってから、更に二日後の朝のこと。

私はいつも通り勇者パーティの後を追い、再び【エディアナ遺跡】の前にいた。

今はダンジョンの入り口に立つギルド職員を前にして、彼らは各々、自分の武器を確認しているようだった。その中には全身黒尽くめのフード男子の姿もあって、あれで勇者職とか未《いま》だに信じられないわー……と、失礼なことを思いつつ出発のときを待つ。

さして興味はないのだが、ちらりと見たところ、少年の武器はロングソード的な長さと質量を予想させる細身の諸刃剣《もろはけん》だった。強《し》いて特徴をあげるとすれば、刃《は》の色が乳白色。いかにも聖属性です！なオーラを発しているとこか。

「そろそろ行こう」

「よろしくお願いします！　クライスさん！」

「ははは。フィールくん、そう固くならないで」

「はっ、はい！　ライスさんも、どうぞよろしくお願いします！」

そのまま他のメンバーとも二言三言交わしながら、彼らは自然な流れで遺跡の中へと消えていく。

姿が見えなくなったところで、よし！　と茂みから体を持ち上げたとき。

「うおっ!?　……あぁ、ベルリナちゃんか」

完全に気を抜いていました的に、ビクッと揺れる職員さん。

「こんにちは職員さん。私も遺跡に入ります」

早く追いかけたいがゆえ挨拶もそこそこに、サッと鞄からカードを取り出し、その人へ手渡した。

このカードはステータス・カードと呼ばれるものとは別のカードで、冒険者ギルドが発行してくれる準身分証のようなものである。素材は厚手の紙っぽいものなのだけど、状態維持の魔法が掛けてあるそうで、発行してから三年経《た》っても四隅《よすみ》が傷まず綺麗《きれい》なままだ。

大都市では色も選べるし、ギルドランクの上位者になれば装飾品として身につけられるよう、小型化や金属プレートにできたりと、自由度は割と高くなっている。

表面にはどこの支部で加入したかが分かる紋章と、名前、レベル、ギルドランクが簡単に記載されている。ここの技術もすごいもので、名前とレベルはステータス・カードとリンクする魔法が施され、レベルが上がると自動で書き換わる仕組みになっている。

「はい、いいよ。それにしても噂以上だね、君。僕、索敵スキル結構高い方だけど、居たの全然分からなかったよ。隠密スキルでも持ってるの?」

人好きのする爽やかな笑顔で対応されたこともあり、噂の君と言われても、それほど嫌な気はしなかった。割と若めの職員さんのせいなのか、確認作業もゆるい感じですんなりダンジョンに入れそう。いつもより職員さんに親近感を覚えつつ、そんなに立派なスキルなんて持っていませんよ~、と身振り手振りで雑談を返す。

ダンジョンを総括している国にもよるが、ここの遺跡系ダンジョンのように入り口にギルド職員が立っていることがたまにある。比較的【遺跡系】に多いのは、普通の遺跡とモンスターの出る遺跡が判別しにくいためなのだろう。従って彼らの主な仕事は、そこがダンジョンであることを訪れる人々にお知らせすることである。特に職業が【学者】な人達は専門外には盲目的な人が多いため、ほぼほぼ彼らを守るための職員さん……な気がしなくもない。それだけの理由でもないのだろうが、一応、職員さんが立っているダンジョンなどでは、入るために冒険者カードかステータス・カードを提示しなければならない、という決まりになっている。

全く面倒なことに、出現するモンスターと挑む冒険者のレベルに差がありすぎたりすると、注意したり入場不可にするのも彼らの仕事のうちらしく、昔はよくこれに時間を取られたものである。レベルが低すぎるというのはもちろん、あまりにも軽装だとか、パーティを組んでいなければ通せないとか、女だからだめだとか。

心配してくれているのだろうと思うときもあったけど、なんだかんだと理由——女だから、というのはもはや難癖と言っていいと思う——をつけられ、ダンジョンに入ることを拒まれ続ければ、最終的にこちらだって意地にもなるさ……な過去もあったりした訳だ。特殊スキルが火を噴くぜ☆　的なアレである。

そうやって悟られぬように入り口を突破して、更に無事に帰ってくる姿を見せ続けたら、冒険者ギルド職員間でちょっとした有名人になり、この職員さんが言うように、たまに変な噂が流されるようになったのだ。

まぁ、レベルがレベルなので、特殊スキル持ちであろうと推測はされているものの、それがどんなものなのかまでは把握されるに至っていない。よって噂には尾ひれがつくこと。ファンタジー世界においてもファンタジーと思える話をいちいち相手にしたって仕方ないので、私はそれを振られても、いつしか無反応で返すようになっていた。

だが、今回の職員さんは軽口を分かってくれそうなので、ちょっとだけ雑談を続けてみたりする。

「まぁ、たぶん、存在自体が地味なんで、気付かれにくいのだと思います♪」

卑下する訳ではないけれど、真実に一番近いとおぼしき理由がそれだから仕方ない。きっぱりはっきり明るく言ったおかげだろう。職員さんも「ははは っ」と、嫌みのない声で笑ってくれた。

「ちょっと前に一回入ってるみたいだし……【失意の森】から無傷で帰ってきたようだから、そのレベルでも問題ないと思うけど。一応、足下には注意して行っといで」

「はーい。ありがとうございます」

返された冒険者カードを受け取って、鞄にしまい込みながらぺこりとその人にお辞儀する。

(いやー、今日は早かった。いい人で良かったなぁ♪)

幸先がいいとはこういうことを言うのだろう。

一歩ダンジョンに踏み出して、失意の森と似たような空気の変化を肌に感じる。

とはいえ、ここは明るい仕様。陽《ひ》の光は〝外〟より輝いていて、穏やかな風が倒壊している柱の横から生えた草葉を、そよそよと揺らしてみせる。所々の花々に白い蝶《ちょう》なども飛んでいて、外観はまさに平和そのもの。普通の遺跡と遜色のない庭のような場所を進んで、灰色の柱が立った遺跡の入り口部分へと、勇者様を追うように軽い足取りで向かっていった。

その途中、当時は水が貯《た》められていたのだろう、蓮池《はすいけ》っぽい名残《なごり》を見つけて、覗《のぞ》いてみようと思い立つ。干上がった池の底には枯れ草や落ち葉が溜《た》まり、その上で命が芽吹き、まさに今、最盛期を迎えている様子であった。

こうして昔の建物が緑に飲まれ、いつしか土の中へと埋まっていくのだろうと思いを馳《は》せると、人の生きる時間はなんて短いのだろう……とか。ダンジョンにいるはずなのに、どこか感慨深くなる。

私達の一生は星が歩む時間の一瞬でしかないのだと、改めて思い知るやつだ。生まれ変わっても、そこは前の世界と同じ〝人間らしい〟とホッとする感性があるのもまた事実。若くない思考回路も前の生と変わりない。

はぁ……と、少し大きめの、何かの憂いをその場に吐き出したときだった。陽の光にキラリと反射するものが目に入る。排水口の近くまで進み、草をかき分け土をどけると、そこには意外なアイテムが落ちていた。

（Ｏｈ！　貴金属の小さな鍵だわ。アンティークな感じでペンダント・トップとかによさそう。いただきっ♪）

そんな感じで目についたアイテムを即回収。早速いいことあったわー、とほくほく顔で去る私。基本、落ちていたのなら、名前がなければありがたく頂くタイプです、と誰にともなく語ってみせる。いや、さすがにお財布とかなら名前がなくても届けるけどね。

気合いを新たに残りの庭を進んで行って、薄暗い入り口が見えたところで、私の耳に戦闘音と聞き慣れた声が飛び込んできた。今日は最初のエンカウントが早いな～、なんて考えながら、物陰になりそうな場所を探しつつ小走りで近付いていく。

いつも通り彼の姿を窺うために、私は倒れた柱の陰に身を潜めると、そっと顔を覗かせて、そちらに視線を向けるのだった。

「ブレイズでござる！」

真っ白な兎の耳を動かして〝いつものように〟優しい顔の魔法使いのおじいさんが、炎系魔法を発現する姿が見える。

シャランラー☆　なエフェクトと共に現れた火柱が〝いつものように〟狙った敵を撃つ。


――――かと、思われたのだが……。


単体攻撃用と認知されている【ブレイズ】は、何故か狙った一体のみならず、進路をふさぐ複数のモンスター等を一度に焼き尽くしてしまう。

「すごい火力……」

アーチェリー的な弓を構えて、獲物を狙っていただろう姿勢のままに、金髪ポニーテールのベリルちゃんが掠《かす》れた声で呟いた。

「ちょっとじいさん！　前衛居るのにやりすぎだ!!」

続いてエルフのソロルくんが、噛《か》み付くような剣幕で叫ぶ。するとそこへ。

「いやぁ、びっくりしたけど、オレ達は無事だよ～」

と、のほほんとした声でライスさんが左手を振り振り、勇者様と共に物陰から姿を現した。

「おい、あの勇者は？」

「……死んだ」

「ばっ……お前、疑問符くらいつけろって！」

抑揚のない少女の声に、ソロルくんがすかさずツッコミを入れてくる。

常時なら「勇者？　興味ないね」と言いそうなものだが、先の魔法の威力を目の当たりにして、冷静さがどこかへ飛んでしまったのかもしれない。

すると、そこへ間を置いてから、ようやく答える声がある。

「大丈夫です！　俺も生きてます！」

少年勇者がおおよそ七十メートル先の、突き当たりの角から顔を覗かせて、彼らの方に声を張り上げアピールしている姿が見えた。

無表情でそれを見つめるソロルくん。

元の場所まで小走りで戻り、息を整える勇者に対して声を掛けているようだ。

「……あの瞬間に、よくそんな遠くまで逃げられたな、あんた」

「いやぁ、なんか、嫌な予感がしたもので」

「おぉ、さすが若くても勇者だなー！」

ライスさんのゆるい声音にアットホームな空気が流れ、ソロルくんが苦い顔を浮かべたが。レプスさんが心底申し訳なさそうな顔をして、パーティ・メンバーに謝罪の声を掛けるのだった。

「す……すまないのでござる…………」

まさかこんなことになるとは……と、モゴモゴ口を動かしたレプスさんの側へ歩み出たのは、私の愛する勇者様。

「記憶が正しければ、その杖で魔法を使ったのは初めてだと思うが？」

と。それに対してレプスさんは「うむ」と頷き、続きを語る。

「クライス殿の言う通りでござる。前回は援護するまでもなかったのでござるよ」

「悪いが、見せて貰っても？」

深い、味のある艶声が、物陰に潜む私の耳に自然と染み込んで来て。

（あぁ……この美声でおなかいっぱい、胸いっぱい、ごちそうさまです。私の心をこんなにも満たしてくれるのは貴方だけです、勇者様！）

いつも通り恋する乙女は脳内トリップしてしまう。

好きな人の声というのは多少距離があったとしても、はっきり聞き取れるものなのだ。そんな風にうっとりと余韻に浸る私の先で、勇者様がレプスさんから杖を受け取ったようだった。

「…………」

「どうでござるか？　クライス殿」

不安げに問い掛けるおじいさんに、勇者様は杖に手を添えたまま、落ち着いた声と視線で返したようだ。

「【創星の杖・改《かい》】になっているな」

「ベル殿が地味だったから装飾したと言っていたでござる。宝石とレースが付いたからでござろうか」

「…………いや。そんなに易しい改変じゃないようだ」

「どういうこと？」

やはり常時なら「他人の持ち物？　興味ないね」という態度のソロルくんだが、先の威力を前にして強い興味を持ったのか、二人の側まで近付いてきて食い気味に問いかけてくる。

「表面に彫られているこの模様は、魔力の増幅回路のようだ。【威力×十】というパラメータが付加されている」

「増幅魔法陣は……せいぜい、二倍までの効果しか証明されていないはずでござるのだが……」

こてん、と首を傾《かし》げて返すレプスさん。

「だが……明らかに、後から付加された性能だ。【創星の杖】の基本能力は、幸運度《ラック》の上昇、致命傷《クリティ》攻撃《カル》発生率の上昇、広範囲魔法ノヴァ・エクスプロージョンの発現許可、瀕死《ひんし》時における奇跡《ミラクル》の発生……で、間違いないだろうか？」

「その通りでござる。某《それがし》にもそこまでは読めるでござるよ」

杖の効果を確認し、二人はお互い頷き合った。

「その後にまず【発現時の威力×十】と記載されている」

「まず？　え、他にもあるの？」

再び割って入った少年の方を見て、勇者様が続けることには以下のようである。

「そうだ。次は【発現時におけるエフェクトの追加】」

「確かに、白い星がきらきらしたような気がするでござるな」

「ふーん。それはどうでもいいよ」

「次に」

「え!? まだあるの??」

「あぁ……次に【使用者への致命傷攻撃《クリティカル》無効】」

「……うぅむ……無効でござるか」

「は? 武器で無効とかあり得んの? 防具でもないのに?? 意味が分からない……」

「……最後に【聖獣《バロン》召喚許可】」

「……杖なのに何故聖獣《せいじゅう》が召喚できるのでござろうか?」

「……じいさん、僕も同じこと考えた。なぁ……なんでだ……?」


長い長い沈黙の末、二人の視線がこちらに向いた。

――えへっ☆

レプスさんの不安げな視線と、ソロルくんの訝《いぶか》しげな視線、勇者様の黙する姿勢を受けて、私は笑顔で誤魔化すことを選択する。だが、二人がいつまでも視線を外さないことに気付いてか、勇者様のお顔がゆっくりとこちらを向いた。

（きゃぁぁぁあっ！！！　そんな不意打ち卑怯《ひきょう》でござる～～っ!!　って、レプスさんじゃないですけどね！　今ね！　今、スローモーションだったんですよ！　ねぇ誰か分かります!?　漫画の効果でよくあるアレです！　ヒロインが恋焦がれる憧れのヒーローが、振り向くシーンで多用されるアレですよ!!　視線だけで私の意識を飛ばすことができるのは、ファンタジー世界広しといえど、勇者様だけですわ～！！！）

久しぶりの正面勇者様――それは勇者様を正面から眺める構図――の展開に、脳内テンションが上りまくって危うく意識を失いかける。が、愛する人の眼力が「事情を説明して欲しい」と訴えているのを確《しか》と感じて、物陰から意を決し、上半身を持ち上げる。

「はい！　解説させて頂きます！　まずはそれを持った可愛い魔法使いさんが、へっぽこ魔力でも大丈夫なように【増幅魔法陣】を彫り込みました！　あ、魔法陣は古い魔道書に書いてあったのを、直列つなぎで十個ほどコツコツ転写しただけです！　それから、振ったときにシャランラー☆　なエフェクトが現れるよう【幻石】をはめ込んで、ついでにソーラーエネルギーよろしく、大気に漂う魔気でまかなえるよう魔力路を構築し、蓄魔の役割を果たす【魔石】を追加しました！　また、不測の事態から使用者を守るため【守護石】も加えました！　もちろん杖を握っていれば効果があるように念を込めて接着しましたよ！　あとは可愛い魔法使いさんには可愛い小動物が必要不可欠ですので、幻獣が宿ると言われる【召喚石】を杖の中に仕込んでみたりしました！　石はどれも星形にカットして貰い、見た目も良くしていますし、ふわふわレースも宝石も可愛くセットしています！　何といっても私の自信作です☆」

最後に、シュタッ！　と右手を上げてそちらに宣誓し。

「ちなみにその杖を作り終えたところで、細工スキルが四段階もアップしました♪」

一通りの説明を終えてやりきった感に浸った私は、そっと腰を落ち着かせ、また物陰へと収まった。

すると、そこにいつも通りの少年の叫びが入る。

「だから、お前一体何者だよ!?」

見ればソロルくんが頭を抱え、ウンウンと唸っていた。静かにしていれば目つきはどうあれ、すごく可愛い坊やであるのに。いやはや、なんとも勿体《もったい》ない。今度こっそりアドバイスしてあげようかしらと、私は腕を組みながら、うんと首を縦に振る。

「ベル殿……増幅魔法陣が描かれた古書は、帝国の大図書館の禁書棚にしかないはずでござるが、一体それをどうやって……借りたのでござろうか？」

「え？　落ちていたのを拾っただけですよ？　その過程で魔法陣をちょーっと拝借させて頂いて……あ、いえね、読み終わったときにその本が禁書の類《たぐい》じゃないかと気付きまして。その後ちゃんと然《しか》るべきところに返しに行ったら、館長さんにものすごく感謝されたりしましたね」

「しかも幻石《げんせき》など、よく手に入ったでござるな……」

「あぁ、綺麗な石だなーと思って拾ってきたら、幻石だったんですよ」

「それに……守護石というと希少石の中でも人気があって、値段が張ると思うのでござるが……」

「うーん。実はそれも落ちていたのを拾っただけなので、懐《ふところ》は痛んでないんですよね」

「召喚石までにもなると、もうどうやって手に入れたらいいのか、想像もつかないのでござる……」

「そう言われても……ただの拾い物ですしねぇ」

「お前、拾ってばっかだな⁉」

ソロルくんが再び割って入って叫んできたので、私は今日も極上の笑顔で華麗にスルーしてあげる。既にここはダンジョン内だし、こんなところで口論をする暇《ひま》は彼らにはないだろうという、ささやかな気遣いだ。

しばらく口を閉じていた勇者様も同じようなことを考えたのか、絶妙のタイミングで声を出し、ざわついた場の雰囲気をまとめにかかる。

「今一番の問題は、魔法の威力が今までの十倍になってしまっていることだ。使う魔力を今までの十分の一ほどに調整することは可能だろうか？」

低い声でそちらに問いかけ、それを受けたレプスさんが「うむ」と再び頷いてみせた。

「そうでござるな……少し練習の時間を貰えれば、できると思うでござる」

「なら、慣れるまでしばらくレプス一人に戦闘を任せる。俺達は援護に回り、積極的に手出しはしない。これでどうだろう？」

「……分かった」

「かまわないよー」

「それしかないでしょ」

続々と上がるメンバーの了解の意を取って、勇者様は残る彼を見る。

「フィールも協力して貰えるか？」

「はいっ！　クライスさん、もちろんです！」

どこか嬉《うれ》しそうに返す少年に、すまない、と真面目な勇者様が更に返して……。戦闘を十回ほどこなしたあたりだろうか、レプスさんは手際よく魔力コントロールを覚えたようで、その顔にいつもの笑みを取り戻し、お耳をヒコヒコ揺らすのだった。

ほどなくパーティは遺跡の中ボスフロアに着いて、難なくそれを仕留めると、目的の最奥フロアへと歩みを進めていった。

ここがレベルの低いダンジョンだったこともある。

だからそのとき、私達は、どこか油断していたのだと思う……。


「はぁ……なんでこんなことに……」

再び、はぁ、と何度目になるか分からないため息が横から聞こえ、私は思わず眉をひそめた。

無言のまま、ずっと我慢していたこちらの方も、そろそろ限界が近いようである。

(あのですね！　それはこっちのセリフってヤツですからね⁉)

本来ならば隣に居るのは彼ではなくて、愛しい勇者様だったハズなのに。理不尽な状況と、年下という認識と、若干の慣れにより、少し前から私の口調は気安いものになっていた。

前人未踏の地下遺跡で、地上に通じる階段を探しながら歩き回り、体感時間で三時間くらい経過している計算だ。特に鍛えた経験のない私の足は、朝から数えて半日以上歩き詰めということになり、随分前から疲労による痛みを訴えていて、鎮痛剤をかじりながら徘徊《はいかい》している状態である。

ひっそりとした回廊は所々に蛍光石《けいこうせき》が埋め込まれているらしく、暗闇にほんのりとした明かりを灯《とも》してくれている。とは言え、心もとない光量であることに変わりはない。いっそ真っ暗なら腹をくくれるだろうに、その微妙さがかえって不安を煽《あお》る設計だ。

時折、居室のような小部屋が通路沿いに現れるのだが、どういう訳かそこには人の生活の跡がない。もちろんアイテムが入った宝箱等も一つもない。一言で表すのなら、この【地下遺跡】は〝不気味〟だ。ただ、幸いなことと言えば、ここにはモンスターの気配もない。

レベル三十五ほどの勇者と二人きりという……不安要素てんこ盛りの渋い状況下において、それだけが不幸中の幸いというやつか。ゲーム初期に訪れるダンジョンで、進入できなかった場所から更に奥に進むことができるようになったりすると、出現するモンスターのレベルが上がるというのは、前の世界のゲームのテンプレだ。

「あの角を曲がったら休みませんか？」

「賛成。さすがに俺も疲れた」

いくつめになるのか覚えていないが、それまでと同じように回廊の角を二人で曲がる。

「…………広間？」

「だね」

休憩しようと思った矢先の急展開に、私達はどちらともなく歩みを止めた。

視線の先、六メートルほど奥に、これまで一度も見たことのない明るい光が差す空間が、どうやら存在するようだ。

「……ものすごく嫌な予感がする」

「おぉ、そこは気が合いますねー。そういえば【危険回避】のスキル、持っていたんでしたっけ」

彼のステータス・カードを見たとき【回避】という単語に目を奪われて、そこだけは特にしっかりと記憶に残っていたのだ。

（で、あれば……なるほど、なるほど。これはユニーク・モンスターと戦闘できるイベントか）

それなら途中で敵が出ないのも頷けるというものだ。

（だとすると……）

「あそこにいるモンスターに勝てたなら、地上へ戻れる仕組みですかね？」

「……先に言っとくぞ？　俺には無理だからな？」

「勇者なのに？」

「あのな。職業がなんであれ、今の俺のレベルで勝てるとは思えないんだよ！」

それに、とどこかバツが悪そうな雰囲気をかもし出し。

「ここで調子に乗って挑んで、俺が死んだりしたら、あんたこのダンジョンで一人きりになるだろ。こんな気味の悪いところに女を一人残すとか、男として本気であり得ない……休憩したら他の道を探してくるから、あんたはここで休んでろよ。モンスターも出ないみたいだし、他の場所より明るいから、少しは安心できるだろ」

少年は苦い声を絞ってそんなことを言ってから、懐から水を出し、口に含んで飲み込んだ。フードのおかげでどんな顔をして言ったのか知れないが、まさかの紳士発言に、私は思わず固まった。

(全くなんということだ。これだから……これだから【勇者】って人達は……)

ふ、と息を吐きながら固まった体を緩めて笑う。

「ベルリナです。名前で呼んでください。あんたって言われるよりはマシですから」

突然の自己紹介に虚を衝《つ》かれたようにして、フィールくんはキョトンという態度を返す。

「私、もういいかげん足が痛くてたまらないんです。愛しい勇者様を見つめられない、こんな状態が続くのは、ものすごくストレスフルですし。そろそろ我慢の限界です」

だから。

「今回は特別に守ってあげるので、付いて来てくださいね」

無理矢理彼の左手を取って、明るい方へと歩みを進める。

「は？　え？　ちょっ……」

足がもつれて、前のめりになりながら、それでも少年は手を引かれるままに大人しく付いてくる。

ユニーク・モンスターが居ると思われる広間まで、あと一メートルの距離である。

「いいですか？　絶対この手を離さないでくださいね？　この繋がりが切れちゃうと命の保証はできませんから」

「いや、だから、何言って……」

私は未だ発展途上の、同じ目線の高さの彼に、フード越しに視線を重ねて。

「私、フィールくんのものよりも断然使える特殊スキルを、所持していたりするんです」

と、意地悪く笑ってやるのであった。

＊＊＊

「クライス殿、トラップが復活したようでござる」

兎の耳を持つ老齢の魔法使いが、彼にそれを伝えると、彼は己を見守るように取り囲む仲間達を見て、意を酌《く》むようにその場で一つ頷いた。

「後を頼む」

声を零せば、青銀色の髪を持つ槍使いも頷いて、真剣な眼差《まなざ》しで勇者に声をかけてくる。

「ちびっ子達は責任を持って守るから。なるべく早く、ベルとフィールのところへ」

そんな大人達の沈んだ空気に、緑色の髪をした少年と、金髪の美少女が。

「誰がちびっ子だ！　こんな低レベルのダンジョンで、僕がどうにかなる訳ないだろ!!」

「……それは、同感」

それぞれの語尾の強さで異を唱えてきたのだが、いつもと変わらぬ彼らの様子に、黒髪の勇者は再度頷き。

「行ってくる」

と言葉を零すと、隠しトラップを発動させた。

遺跡最奥の【祈りの間】にて目的のアイテムを回収し終え、誰がという訳でもないが気が緩んでいたのだろう。偶発的に作動した何らかのトラップに、彼を庇《かば》うように出てきたフィールとベルリナが巻き込まれ、姿を消しておよそ一刻が経過していた。

【罠《わな》感知】のスキルを所持するソロルやベリルにも、感知できなかった高ランクトラップだ。彼らが前回潜ったときには作動しなかったものだったので、不運としか言いようがないが、よりにもよって若い二人に庇われてしまったことが、黒髪の勇者の誇りをほんの少し傷つけて、同時にひどくあちら側を気に掛ける要因にさせていた。

発動したトラップに乗り込むと、一拍後、彼は薄暗い小部屋の中に立っていた。

転移系のトラップは【遺跡系】でよく見られるものだが、一般的にはモンスターレベル五十以上の高レベルダンジョンに存在するとされている。よって、レベル三十台の【エディアナ遺跡】に、それが仕掛けられているのは腑《ふ》に落ちない気がしたが……続きがあるのなら、頷けることだった。

その場合、出現するモンスターのレベルが高くなっているかもしれないと、彼は何もない部屋の中から木戸の向こうの様子を探る。が、モンスターが徘徊している気配は近くにないようだ。

とにかく早急に彼らと合流したいので、モンスターとの遭遇を極力避けたい気持ちの勇者は、戦闘回避の成功率を上げるため【先制攻撃】の先手をとっておくべきか、と。右手を持ち上げて、手のひらに召喚陣を描《か》く。

『はぁい♪　ご主人様。今日はどんなご用です？』

すぐに鈴を転がす声で、光り輝く魔法陣から女型の小人が現れる。

小人の体は半透明で、腰から上だけを陣の中から持ち上げながら、小首を傾げるようにして好意的に問いかけてくる。それに対して勇者な彼は、至極真面目な声を出し。

「【先制攻撃】をセットしたい」

と、希望を小人に語るのだった。

『お易いご用です♪　ここは迷宮のようなので、分かれ道では行き先を指定してくださいませね』

そう言って【斥候の小妖精】は、残る下半身を陣の中から引き上げた。

それから妖精式挨拶として一回転し、彼に向かって一礼すると、木戸の隙間《すきま》から外へ出て、辺りの様子を教えてくれる。

『さてご主人様。まずは右と左、どちらの方へ向かいましょうか?』

＊＊＊

私が少年勇者フィールくんの手を取って、ユニーク・モンスターとの一戦があるのだろう、地下広間の扉からその中を窺うと、そこには予想していたよりも奥行きのある、明るい空間が広がっていた。

高い天井には太陽光を思わせる白光石《はっこうせき》が惜しげもなく使われていて、地下だというのに真昼のような明るさだ。レンガ的なモザイク調で石を積み上げて作られた半球状の広間には、中央部に遠目にもハッキリ分かる巨大な獣が伏しており、その丁度《ちょうど》真上には「引いてくれ」と言わんばかりの、意味深な金属製の鎖が垂れていた。

漫画のように横でごくりと生唾を飲み込む音がして、思わず滑ったこの口をどうか許してやって欲しい。

「見てごらんフィールくん。あそこにでっかい毛玉が転がっているよ」

「……は？」

「だから、でっかい毛玉が」

「いや、それは分かったから。それより俺達のこの状況の方が、深刻な問題じゃないのか？」

神妙な声で語る勇者に、正面を向いたまま反射的に眉をひそめた私の内心は、静かな見た目とは裏腹に散々な荒れ模様だった。

（……少年よ、君というのは冗談の分からない男のようだな。こちらがせっかく気を利《き》かせ、慣れないボケでＹｏｕの緊張をほぐしてやろうと考えたのに……）

心の底から憤慨している私に対し、彼は全く気付かぬままで再び言葉を掛けてくる。

「ボス戦なのに挑む男女がお手々繋いで登場とか、普通、ないだろ。ベルリナ、頭大丈夫か？」

「もういいです。君に理解を求めた私が間違っていたんです。ほら、さっさと行きますよ。ちなみに頭は正常ですから」

渋るフィールくんの手を引いて、真っ黒な犬っぽい巨大モンスターへと近付いていく。自分の特殊スキルがあるから大丈夫とは思えども、慎重さを取って、私達の足は遅めだ。

その特殊スキルの効果であるのか、ボスっぽいユニーク・モンスターはすやすや寝息を立てていて、至近距離まで近付いても気持ち良さそうに伏せていた。体毛は見事な濡《ぬ》れ羽色《ばいろ》で、その色から連想された勇者様のことを想って、私は「早く会いたいなぁ」と獣の前足に己の足を乗せていく。が、すんでのところでフィールくんが焦《あせ》ったように手を引いたため、バランスを崩しそうになり、ふらついてそちらを睨《にら》む。

「何をする」

「いや、こっちのセリフだからね!? 何、躊躇《ちゅうちょ》なく乗っかろうとしてる訳?? いくら猫が寝てるからって、大胆すぎやしませんか!?」

「え!? ……あ、本当だ。お犬様かと思いましたが猫さんにも見えますね。でも、この子に乗っからないと、あの鎖に手が届きませんよ? あれすごく怪しいです。引っ張るべきだと思います」

「その理論が理解できねぇよ!? 怪しいなら引っ張らない方がいいんじゃないの!? 俺的にやめた方がいいと思うんだけど!」

「……面倒だな【危険回避《その》】スキル。でも早く帰りたいしなぁ……」

言われて少々躊躇《ためら》ったのだが、私は再び伏せをするモンスターの前足に、そっと足を乗せにいく。

「ちょっ!? あーもう、分かったよ! だから女は嫌いなんだよ!!」

小声で散々わめきながらも、彼は片腕でヒラリとモンスターの背に乗ると、繋いだままの左手で私を引き上げてくれたりする。

「おぉ、グッジョブ☆　フィールくん」

私は左手の親指を立て彼の功績を讃《たた》えると、その手をそのまま上にある鎖へと持って行き、蛍光灯の要領でそれをクンと引っ張った。

と、同時に――――。

目の前に広がる世界はモーションを切り替えて、全てが殊更《ことさら》呆《あき》れるほどに、ゆったりとした速度で動く。迫り来る黒い影に目を奪われて、瞬きを一つ。

衝撃と、浮遊感。更にもう一度、衝撃を受ける。


『くくく……我の領域に久方ぶりの闖入者《ちんにゅうしゃ》よ。滅多に人は訪れぬ故、飽《あ》いていたところであった。さて、ひとつ我が其方《そなた》らの相手をしてやろうかの』


艶《つや》のある、アルト寄りの女性の声がこだまする。

天井からぶらさがる鎖の中ほどに、白色の複雑な魔法陣が現れて、ゆっくりと逆さまのまま姿を現したのは、妖艶《ようえん》な美貌を持つ中年層の女性であった。

彼女は、前の世界の振袖と、襟ぐりの開いたドレスを掛け合わせたような独特な服を身につけていて、真っ白なロングヘアーを夜会巻き風に結っていた。結いきれない髪の毛はサイドから流されて、元々色気が漂う美貌を更に美しく見せている。

逆さまの登場なのだが、彼女にまつわる諸々《もろもろ》は重力を無視した状態であり、まるで相手の立ち位置こそ地上であるかのようだった。それだけでも只者《ただもの》じゃないと知らしめるには充分だったが、ご尊顔は神懸かって美しく、女神様と言われれば、そんな気さえするほどだ。姿は人族に似ているが、体中から滲み出る威圧が「違います」と言っている。

（え……えーっと……おかしいな。いや、おかしくないか。この人が目的のユニーク・ボスで、さっきの獣様は前座だったってことですか。どうりで、楽なイベントだな～と思いましたよ。いくら自分の特殊スキルが発動したとして〝寝てる〟とかでは済まないだろうし……それはともかく、右手は、と……）

思ったところで、ずるりと体から力が抜け落ちて、ここでようやく己が置かれた状況を把握する。

鎖を引いたら現れた魔法陣からの威圧を感じ、少年勇者はすぐさま回避行動を取ったのだろう。目にも留まらぬ速さで隣の私を抱きかかえ、距離を取ろうとしたのだが、その際、足下の黒い獣が彼の動きで覚醒し、体を揺すって少年の回避行動を妨《さまた》げた。

バランスを少し崩された彼は、それでもあらかたの距離を取り、床に私を置いた後、前方に出て剣を抜く。そんな臨戦態勢の勇者の後ろに庇われながら、私は人型のモンスターをようやく知覚して、命の保証に繋いでいたつもりの右手が解かれているのを、今更ながら知るのであった。

何この置いてけぼり感……と、ちょっと状況に憤ったが。最悪なシナリオが浮かんで見えて、否定するよう、ゆるゆると私は首を横に振る。

「とりあえず待って！　フィールくん！　一旦、こっちに戻ってください!!」

「……できるだけ時間かせぐから。絶対に、逃げきれよ？」

「だから、話を聞いてください！」

「地上に戻れる方法……ベルリナなら、見つけられるさ！」

「えぇいっ！　微妙な死亡フラグを目の前で立てないで!!」

叫ぶと同時に、ギン！　と金属の擦《こす》れる嫌な音がして、ビクッと体がはねたのを一拍遅れて感じ取る。

『ほう……ならば、こちらは？』

と、艶やかな声がした方を向けば、黒い固まりが残像を残して次々と切り結ぶ光景が。少年の、やや押し気味な様子に、言う割になかなかやるじゃないかと一瞬だけ感心するも、美貌の女性の体の運びに、かなりの余裕が窺えた。

あぁ、これはやっぱりフィールくんの負けだな……と、思わず顔がこわばったとき、何かがはらりと散った様子で女性が一気に距離を取る。

『小癪《こしゃく》な……』

遠目にも、蠱惑《こわくてき》的な彼女の口元が歪《ゆが》んで見えて、忌々《いまいま》しげに吐き出したそんな言葉が耳に届いた。

レベルの低い私には、彼らの戦闘の軌跡というのは大雑把にしか見えないが、察するに、フィールくんはなかなか器用な体捌きで、彼女の攻撃をいなしつつ肉薄したようだ。その際、どうやら彼女の自慢の白髪《はくはつ》の前髪を、一部風に散らしたらしい。

『『『ブ　ラ　ス　ト　』』』

なんとか状況把握に努めていた私の耳に、三重にこだまする声がする。

球状に固まる風が女性の周りに出現し、それらが猛スピードで彼を次々と襲っていった。中位魔法と言われるものでも、初っ端からの多重展開。こちらの意識を青くするには充分な攻撃だった。

しかも。

『エンダー・リール』

と続く【恐慌】状態異常付与ありの無属性の惨殺魔法。対象者の周辺に魔糸が紡がれ、腕を緩やかに引く動作にて締まって切断されるという……恐ろしい魔法の発現である。何だかんだで危ういながらもギリギリ避ける少年に、年端とレベルはどうであれ、そちらにも【勇者職】への畏怖《いふ》を感じずにいられない。だが、あくまでも先をいくのは美貌の女性だ。微笑を浮かべながらの魔法発現の様を見て。

(次までの詠唱が早い!!)

ただただ、私は圧倒される。

そんな中、一番の恐怖は更なる魔法の追加である。

『ヌシはなかなか筋が良い。避けてみせよ……〝愉《たの》しもう〟』

艶やかな囁《ささや》き声に導かれるようにして、女性の周りに火炎球《ファイアボール》や氷結球《アイスボール》が複数浮かぶ。

(この女性、鎖呪文《チェーンスペル》も……!!)

驚愕《きょうがく》続きの私の頭はそろそろ理解の限界が近い。

数十に及ぶ球形魔法が次々と彼を襲い始めて、直撃は避《よ》けているものの、嬲《なぶ》るような傷が増えていく。何か援護をしなければ……と焦って思うこちらの方に、軌道が逸《そ》れた氷結球が迫ってくるのを視認した。

まずい！　と、咄嗟《とっさ》に力を入れたところで、所詮《しょせん》レベルが十五しかない冒険者のそれである。その場の誰もの視線にもモタモタ映ったことだろう。自分的には最速だったが、それを見越したようにして、逃げ出そうとした私の体に黒い影が重なった。

（うぉう、犬様⁉　それとも猫様の方ですか⁉　すっかり忘れていましたが、まさか私の死因ってネコパンチ⁉）

大きな肉球が眼前に迫ってくるが、弱小冒険者の私には避けきれない。犬っぽいのにネコパンチだと思ったあたり、余裕のなさが窺える。結局自分は死なないのだと頭のどこかで分かっていても、こういう場面は慣れないものだし……何より心臓に悪いのだ。

反射で目を瞑《つぶ》ったあたりで、重いもの同士がぶつかる鈍《にぶ》い音が間近で響き、強風が頬をかすめていった。

「なんで逃げてないんだよ⁉」

衝撃がない上に怒声を聞いて、パッと両目を開いたら、視界から獣姿のモンスターが消えていた。前方にその姿がなくて、吹き抜けた風と同じ向き、自分の後方に目をやれば、その生き物は受け身を取るよう丸めた体を転がして、再びこちらへ駆けようと体勢を整えたところであった。

正面に視線を戻し、急いで間近ではためいている彼の黒衣のローブの端を、思い切り握り取る。

今一番大切なのは、後ろのモンスター様よりも、前方から襲い来る複数の火炎球である。きっと、少年一人なら多少傷ついたとしても避けきることができただろう。でも、彼は戻ってきたのだ。出会ってたった二度目でしかない赤の他人の私のために。後ろの獣も加味すれば、そう遠くなく挟み撃ちに遭う。三十五レベル……十五レベルの弱い私を負ってまで、避けられる強さはないだろう。この子を死なせる訳にはいかない、瞬間的に思うのはそんなところだ。

クと引っ張った裾に合わせて、集中していた少年が気を逸らされてこちらを向いた。

「なんっ……」

続く言葉を遮るように前方で轟音《ごうおん》が弾《はじ》け、再び迫る火炎球へと、彼が目を向けたとき。

ド！　ドドン!!　――――と。

魔法にしては重めの質量を予想させる炎の塊《かたまり》が、硬い何かにぶつかって二つ、三つと弾かれていく光景が広がった。

「無事か!?　こんなところに魔人が潜んでいたとは……！」

視界の奥で、ふわりと短い黒い髪が浮く。

深い声が滲んだ方に改めて視線をやれば、大剣を手にした彼が、私達を庇うように更に前方に立っていた。勇者様は火炎球を物理的に打ち返し、敵とおぼしき美貌の女性を見定めた後、背後から飛びかかる黒い獣の攻撃を、ちらりとも見ずに大剣で薙《な》ぎ払う。今度はかなり遠方へ飛ばされていく犬を見て、声は焦って聞こえたが、私はそこに高レベル勇者たる彼の悠然さというものを垣間見てしまった気分であった。

（っ、っ、勇者様、キタ――――！！！！）

「え……あ……クライス、さん？」

一瞬で沸く私の心と、呆然と返した少年がいた。

そのとき、大剣の攻撃で逃しきれずに届いた風がブワッとこちらに吹き付けて、目深《まぶか》に被《かぶ》っていたはずのフィールくんのフードを取り払う。

風と同時に黒フードから放出された長い髪。

群青と純白を混ぜた色味が広がって、白群《びゃくぐん》の糸というべきものが、しなやかに空間を舞っていく。

同時に、やや不健康そうな象牙色の肌が目を奪い、それは勇者様の登場で有頂天な私の脳を、一瞬で覚醒させる破壊力を秘めていた。

（少年よ……！　君はなんという美少女ばりの配色なのか……!!　くっ……薄々感づいてはいたけれど、きっと、顔の作りは女性受けする美少年顔に違いないっ。そりゃあフード被ってないと危ない人達引っ掛けるわぁ……自分も危なかった気がするよ、後ろ姿で助かった。女難の相……恐るべしっ）

途端に、何か知れないものに打ち拉《ひし》がれた感が漂って、私はその場で項垂《うなだ》れる。

そこへ異常な動揺をしたフィールくんの声がした。

「え、なにこれ……？　文字が見える……エル・フィオーネ？　……あの人の名前??」

『なんと!?』

独り言のような囁き声に、遠くで過剰な反応が起こる。

裾を払う動作にて、ひらりと優雅に翻《ひるがえ》し、一拍後、魔人は少年の前に音もなく降り立った。

あまりの速さに、二人の勇者の体が共にこわばった気配がしたが、女性は恐る恐るな手つきで象牙

の頬に触れていき、大事な何かを確かめるよう瞳を重ねた風である。

『この魔眼！　まさかお主は……!!』

そこに敵意は既にない。ただただ安堵《あんど》の息が零れる、不思議な空気が広がった。

『あぁ、恐ろしい。うっかりヌシを殺してしまうところだった。この輝き……なんと懐かしや。千と百余年待ってようやく……相見《あいまみ》えることができたのか。アーサー……我が、愛しの伴侶』

そう呟いて、彼女は心の底からうっとりとした、暖かなため息を零してみせる。フィールくんの顔は見えないが、見惚《みと》れているとも取れる沈黙が二人の間に続くのだった。

こんな美人に愛しいと言われて、彼の胸中はいかばかりだろう。そんな二人を目の当たりにして、私は彼らの後方から魔婦人様をそっと見上げる。彼女の安堵の息を脳裏に、あぁ、なんて身に覚えのあるため息だろうか、と。

そして。

（あれ？　もしかしてこれ、特殊スキルの発動結果？　ユニーク・ボスとの戦闘が、いつの間にか邂《かい》逅《こう》イベントに……。ともかく、フィールくん、思いがけず熟女ゲットだね！　……って、いきなり熟女とか。勇者のハーレム形成って、普通、初期は元気系か健気《けなげ》系の少女達だよねぇ。幼なじみとか、そういうの。熟女って後の方だよねぇ。うわー……さすがだわー……）

目の前で未だに繰り広げられている甘すぎる光景を見遣《みや》り、スキルって恐ろしい……と私はしみじみ首を振る。この場合、どちらのものが上位で発動したのか不明だが、もはや生命の危機的なものは去ったとみて良さそうだ。

勇者様の登場もあり、人心地がついた私は、二人の世界に入ってしまった彼らをそっと見守って、次に愛しの勇者様を見つめる仕事に復帰する。彼は凛々《りり》しい立ち姿で、少し離れたところでお座りをして待っている、犬のような猫のようなモンスターの方を向いていた。大剣が背中の鞘《さや》に納められてはいないので、万が一あるかもしれないモンスターからの攻撃を、まだまだ警戒しているらしい様子も窺える。が、さすが空気の読める彼。背後でいちゃつき始めた彼らを、ものの見事にスルーしている。なんなら気配も消している。完璧な気配りだ。

ここでようやく少年が我に返ったようであり。

「…………あの、俺、貴女に会ったことないですし、フィールって名前なんですが……？」

私と黒髪の勇者様の間で、彼は態度を一転。頬をヒクッとやりながらと想像できる困惑声で、ぽつりと言葉を零すのだった。それに対して魔婦人は、更に甘やかな声で言う。

『今生の名はそう申すのか。ではそう呼ぼう。見えているだろうが、我の名はエル・フィオーネと。【魔種】の序列にして【公爵】を務めておる。焦らずともよい。ヌシが覚えておらずとも、その眼《め》が全て覚えておろう。さて、愛しい其方に付いてゆきたいところだが……惜しむらくは、我が囚《とら》われの身であることか』

彼女は自分の腰に下がった鎖が繋がれている錠前を、優雅にすくい取り、心から残念そうに目を伏せた。その仕草の上品なことと言ったら。まるで艶《あで》やかな日本画のようではないか。

（…………ん？　錠前、となっ!?）

「あの、もしかして鍵ってこれですか？」

ふと取り出した拾い物のその鍵に、一同の視線が集まった。

(やんっ☆　そんなに見つめちゃいやんっ♪　なんてねー。すっごい寒いですけど、一回言ってみたかったんですよ、あははははー)

『娘、礼をいう。そうだな。お前は脆弱《ぜいじゃく》そうだから、あれをくれてやろう』

帰還用トラップの前に立ち、エルさんは思い出したように長い袖を優雅に押さえ、お座りでスタンバる獣の方を指差した。

その尻尾がものすごい勢いで振れているのだが、これは私への好意と受け取ってもいいのだろうか。むしろご褒美のエサ認識じゃないのかと、大きな不安が首をもたげる。あの子食べていいよー、みたいな拭《ぬぐ》い去れない不安感が胸いっぱいに広がった。

「うーん……あの子を使役できるほどステータス良くないですから、お礼言って貰うだけで充分です」

『なに、案ずることはない。使役の呪はステータスに刻んでやる故、死ぬまでお前には逆らえぬよ』

「そうですか？　えっと……そしたら、ご飯は何をあげればいいですか？」

『あれは我と同様、大気に漂う魔気を吸収しながら生きておる。放っておいても死なん』

「……そうですか、ちょっと安心しました。もう一つ、その、魔物って確か伸縮自在でしたよね？」

『パシーヴァ、小型になれねば娘が受け取らぬと言うておる』

艶やかな声でエルさんが言うと、獣はガーウと一声上げてみるみる体を縮ませた。内心で、どないな構造してんねん⁉　と前の世界の方言で突っ込んだのは言うまでもない。

「では、遠慮なく。どうもありがとうございます」

受け取りを宣言すると、お犬様だかお猫様だかは、ハッハハッハ言いながらこちらの方へ駆けてくる。お手をする前にステータス・カードを取り出して、念のためにどんな契約なのかと確認しようとしたところ。

（おや？　どこに刻まれているのだろう⁇）

あるはずのものがないことに気付き、ちょっと不安が漂った。

首を傾《かし》げる私に気付いてか、いつの間にか近くに来ていた黒髪の勇者様が、スと近付いて手の中のステータス・カードの表面を、ツンとなぞってくれたのだ。

**Agreement 契約**

種族　魔獣
名前　パシーヴァ
状態　従属

（おおっ⁉　まさかのタッチパネル‼　し……知らなかったです……！）

「ありがとうございますっ」

勢いよく頭を下げる私に、勇者様は「あぁ」とだけ返す。

（よし。契約されているのならこっちのものだ）

早速しゃがんでお手をさせてみる。獣はガウッと可愛らしい声を上げ、しっぽを振り振り、両手を一度に私の手へと乗せてきたので。

「ふおぉぉっ……なんとかわゆき生き物かっ……！」

一瞬で心まで骨抜きにされた風である。

あ、しっぽのところがなんか誰かに似ているな？　と思ったところで、ふわっとした浮遊感に包まれて目を瞬《またた》いた。ん？　と横を見てみれば見慣れた軍服様相の、勇者様の胸板が。

（胸板……が……？）

「えっ、勇者様!?　これは一体!?」

（え、ここで私をお姫様抱っことか、誰得ですか？　あ、これが俺得ってやつですか??）

とパニクる私の頭上から、抜けきらないため息と、落ち着いた声が降ってくる。

「立っているのが辛いんじゃないのか？」

エスパーさながらの回答に、開いた口がふさがらない。

（なっ、何故にご存知で!?）

ちょっと、お手をするために一度はしゃがんでみたものの、立ち上がるのが辛いなー……と、頭の隅で考えていて。祈りの間まで戻ったら、休んでから追いかけようと頭の端で思っていたのだ。

的確な指摘を受けて照れより焦りが広がって、どうして分かったのだろう、と心の声が顔に出たらしい。そんな私に勇者様は何事もないように、サラッと答えを教えてくれる。

「いつも……移動に半日かかると、姿が見えなくなるからな」

思いもしない情報に、かあぁっと頬が熱くなるのを見られてしまったかもしれない。

気付かれていたことが恥ずかしく、赤くなった自分の顔を彼の目から隠そうと、そおっとその場で俯《うつむ》けて視界に入らないようにした。加えて、慣れない局面に少しでも気を逸らそうとして、旅装のスカートの端を握った私がそこにいた。

抱かれている緊張と、気付かれていた恥ずかしさ、おそらく周りの視線もあろうこの不甲斐《ふがい》ない状況に、前世の経験値があって冷静なはずの自分の心が、ひどく動揺していることを悟ってしまう。

勇者様からしてみれば一般人の保護という実益を兼ねた判断だけど……なかなか体験できないコレは素直に嬉しいし、そんな気持ちを隠しきれない自分が居るのも、また事実。

(だってこれって全乙女の夢でしょう!?)

好きな人からのお姫様抱っこ。その恩恵に与《あずか》れる女子は、世の中にどれだけ居るのだろうか。

前世じゃ夫の腰の具合がどうしても気になって、お姫様抱っこして！　なんて気軽に頼めなかったのだ。正直言うと、前世の自分のキャラじゃなかったこともある。

(あぁぁあぁ……!!　恥ずかしいけど女の子扱いされてる感が……!!)

このファンタジー世界では、筋力の上限が途方もないことになっていて、それが【勇者】なんて人ならば一般的な冒険者より更にすごい域にある。あれだけ重そうな大剣を軽々振り回す人なのだ、しばらくは余裕で抱き上げていてくれるだろう。

（そもそも、こんなに簡単に苦もなく持ち上げられてしまったら、胸キュンしすぎて気絶してしまう）

勿体ないから、しないけど！　と。実はまだ耳まで赤い、顔の熱を逃がしにかかる。

（勇者様の逞《たくま》しさがハンパない……！　あぁぁ……でも、でも！　そんなことより、もうすっごい、すっごい、良い匂いなんですよ彼！　これ何て媚薬《びやく》です⁉　しかも胸板広いんですよ！　男性的なアレなんです！　マジで引き締まった体してます！　至近距離だから分かります！　さり気なさを装って体ごと寄りかかりたい……っ！　って、きゃ～☆　私ってば、なんて破廉恥《はれんち》な女なの⁉）

傍《はた》から見たら完全に恋人な状況に、うっとりトリップする私。夢くらい、見たっていいと、思うんだ、という川柳で、間違ってもここで意識を昇天させてしまわぬように、と。最後は俯けた自分の顔を両手で隠し、相変わらず内心激しく動揺しながらも、表面上は大人しくじっとして……それでも緩んでしまう口元を抑えられない正直者が、実はそのとき、そこにいた。

「幸せすぎて死にそうです……」

呟いた小さな声は発動したトラップの音にかき消されるようにして、誰の耳にも拾われないまま空間に溶け消えた。が、主に羞恥心的な関係で、拾われなくて良かったと、後の私は思うのだった。


そして。

心地よい揺れに意識を手放し、気付いたら宿のベッドの上だった……というトンデモ経験は……なかなかできるものではないね⁉　と開き直って笑うのは――――その翌日のことである。

# 閑話　ハーレム一号は熟女様

YUSHA no YOME ni NARITAKUTE (￣▽￣)ゞ

「あの……どうして付いて来るんです……？」

魔法使いの外套《がいとう》のような、丈の長い黒衣を纏《まと》う怪しい風体の少年が、側《そば》を歩く白髪の美女に恐る恐る声を掛けた。

出会ってこのかた、現実を直視したくないという雰囲気で、俯《うつむ》いたままの彼の言葉に足を止めたその人は、袖の長い着衣を優雅に寄せて、艶《つや》っぽい表情で思案する様子を見せた。

そんな彼女を訝《いぶか》しみ、少年が振り仰ぐ。発展途上の身長は、まだ彼女には届かない。

フードに隠れた表情は、どんなものなのだろうか、と。柔らかい笑みを浮かべて、美貌の女性は彼へと語る。

『其方《そなた》が我の伴侶である故だ。なに、心配せずとも、我は其方の手を煩《わずら》わせたりはせぬぞ。ただこうして側におるだけでよいのだ。それだけで満たされる』

語る声音は真実そうだと考えているような、慈愛に満ちたものだった。

「あの……ずっと気になっていたんですけど、どうして伴侶なんですか？　……そこ、確定なんですか？」

対する彼は、理由を聞いても信じられない思いが強い。

無理もない、と彼女は思った。

『まぁ、覚えておらぬのだから仕方あるまい……。だが、我は全て覚えておるぞ。其方の魔眼の輝きも、我に向けた求婚の科白《かはく》さえ、一文字たりとも忘れておらぬ』

「え、求婚⁉」

いつ⁉　俺が⁉　と。

うっとりと当時を思い出しているらしい彼女の前で、少年は思わずといった様子で声を荒らげた。

それすら愛《いと》おしいと言わんばかりの優しい笑みで、エル・フィオーネは腰を下ろして彼に視線を合わせて語る。

『再び相見《あいまみ》えることをずっと待っておったのだ……フィール、我はこの命の尽きるまで、其方を心より愛すと誓おう』

何者をも魅了する微笑をたたえ、そう告げる彼女の姿に、彼はピタリと動きを止める。

『たとえ、何度生まれ変わり、一切の記憶を失っていようとも』

もはや一片の言葉さえ耳に届いていない様子の、幼い彼を見定めながら。そっと、頬へと柔らかなキスをする。

『たとえ我が君がそれを望んだとしても。我は永遠に其方の味方であると誓おうぞ』

囁《ささや》かれた最後の声は、街道をいく人々の音に埋もれながら消えていく。

しばらくして我に返った少年は、気恥ずかしいという態度を隠すことなく、無言で前を歩き出す。あるいは彼が若すぎて、それを隠してしまえるスキルを備えていないだけだったのだが。

記憶がなくとも、記憶通りの反応を返す少年に、ある種の感動を覚えつつ。魔婦人はそっと口元に手を置くと、それはそれは幸せそうに微笑《ほほえ》むのだった。

これから熾烈《しれつ》なハーレムが形成されてゆくことを知らぬ二人の……平和な午後の一幕である。

# 3 ゴースト・ハウス

YUSHA no YOME ni NARITAKUTE

「忙しいところすまないが、火種を貸して貰《もら》えないか？」

「あ、はい、もちろんどうぞ。付け方分かり……ますかね？」

「あぁ、大丈夫だ。【着火男】だなんて、珍しいものを持ってるな」

「えぇまぁ。【着火女】と、どっちを買おうか迷ったんですけどね。遠い故郷の思い出があるので、男の方にしたんです」

不意に背後から声をかけられ、ご希望の火種グッズを渡そうと顔を向けたとき、私はそこにあり得ないほど造形が整った、美麗な御仁が立っているのにギョッとして固まった。

あやうく一瞬、声が消えかけ……すぐに気を取り直し【着火男】と名のついた火種グッズを手渡すと、その人はそれを興味深そうに眺めた後に、何かを確認するようにしてそのアイテムを転がした。

いやはや、全く。

改めてここが遠い記憶と余りにもかけ離れた世界なのだ、と思い出す。

ツヤツヤの牛乳紅茶《ミルクティー》の髪色に、焦がしキャラメルの瞳を配置した、大層な男前。背負うオーラが勇者様と同じ方向の匂いがするが、配色如何《いかん》でこうもタイプが違って見えるとは。

＊・・＊　もはや後光を纏《まと》っている域だわー　＊・・＊

この世界の美形上限ってどうなっているんだろう？　と、その人を眺めやりながら物思いにふけった私。

名前をベルリナ・ラコットという、ごく普通の十八歳。

――――えぇと……。

暗記済みかもしれないですが。
容姿↓平凡、性格↓至って正常な、ごくごく普通の女子なのですが……。
実は私、異なる世界からの転生者。
記憶もそのまま、持ち越させて貰っていたりします☆

＊・・＊・・＊・・＊・・＊・・＊

「こんな森の中に、若い娘が一人きりでどうしたのかと心配したが、こちらの思い過ごしのようだな」

そう言って、牛乳紅茶な男前は、持参した棒の先に【着火男】が起こした火を馴染《なじ》ませるよう動かした。

「少しの距離とはいえ、こんな離れた場所に居ないで、もっと仲間の側《そば》に居た方がいい。ここはもうフィールド・モンスターが徘徊《はいかい》する土地だ。……まさか、喧嘩《けんか》したとか、そういう理由でか？」

訳ありのパーティって意外と多いんだよな……と。

その人は頭を掻《か》いて独り言のようにぼやきながら、こちらが拍子抜けするくらい短い時間で、松明《たいまつ》の火種をものにした。どうやら棒の先に巻いていた薄布に、予《あらかじ》め油をしみ込ませていたようである。

（おぉ、手際良い人だなぁ。こう、いかにも熟練の冒険者です！　って感じがしてて）

安定感があるよなぁ、と私は目の前の御仁に対して、内心で賞賛を送ってみたりする。

印象深い髪の色と美味しそうな瞳の色から視線を離し、失礼にならない程度に全体を眺めてみれば、体つきもしっかりしていて所作の一つ一つにキレがある。

腰の後ろに大型のシースナイフ——鞘《さや》が必要な折り畳まないタイプのナイフ——を二本と、前合わせの長衣がはだけた足下にブーツナイフが見える他、シンプルなデザインのワンショルダーと、無駄な装飾も荷物もない。

それはつまり多くのものを持つ必要がないということで、強さは折り紙付きですよと言っているようなものなのだ。まぁ、一口に冒険者と語ってみても、その実、多種多様な人達なので……一概にそうとは言いきれないものもあるけども。

もしかしたら、その筋では有名な人かもしれないな。これだけイケメンだったらファンクラブもありそうだ。次の街のギルドに着いたら受付のお姉さんとかに、それとなく聞いてみようかなと考えながら、悪い人ではなさそうなので、こちらの事情をかいつまんで説明することにする。

「何だかご心配をおかけしたようですが、大丈夫ですよー。ただ、あそこに居る人達とパーティを組んでいる訳ではないので。もともと一人旅ですし、今は番犬も居ますから」

少し前【エディアナ遺跡】の地下で出会った魔人様より譲り受けた、足下の黒い魔獣に視線を向けると、魔獣は話を理解したかのように首を上げ、タイミングよく一声鳴いた。

この子は本当に賢い獣様で、契約の縛りがあるとはいえど、いつもほどよい距離感で私のことを守ってくれる。今夜はあいにくのモンスター・フィールドでの野営になってしまったが、こうして足下に居てくれてモンスター避《よ》けをしてくれたりと、有能というか万能というか、頭が上がらない感じである。

そして話を戻すように、およそ十メートル先で焚《た》き火を囲む彼らの方に目を向けながら。

「一番左側に座っている、黒髪短髪で、前髪がちょっと長めの人、見えますか？　すごくかっこいい男の人です。私、あの人の追っかけをやっているんですよね〜。だからこうして物陰から覗《のぞ》き見るのが日常で。こう見えて三年の経歴があるんですよ！　……つまり、何も問題ありません☆」

ふっふーん、と胸を張って言いきると、目の前の人はわずかに沈黙し、次にはクックッと面白そうに肩を震わせ笑うのだった。

「それは邪魔をして悪かった。私はレックスという。見て分かる通り冒険者ギルドに所属している。君の名前は？」

「ベルリナと言います」

「ベルリナ……もしかして、ベルリナ・ラコットか？　東の勇者の後をダンジョンの中までも追いかけていくという……なるほど。じゃあ、あれがその勇者なのか」

何か思い当たる節があったらしく、彼は一人で納得すると再び黒髪の勇者様に視線を向けて頷《うなず》いた。

それを今度はこちらに向けて、年頃の娘が見たら目がハートになりそうな、極上の笑顔を浮かべて続きを語る。

「こんなところで有名人と知り合えるとは。ベルと呼ばれるのは嫌だろうか？」

美形は美形でも男性寄り。そんな男のからりとした嫌みも含みもない笑みに、構えた心が不思議と解かれていくのを感じてしまう。

「いえいえ。そちらの方が呼ばれ慣れていますから、構いませんよ」

むしろフルで言われると「あ、私のことか！」とか、未《いま》だに焦《あせ》るときがある。前世の記憶が残っているのは絶対的に他者より優位という訳ではなくて、やはりそれなりに弊害を生じるものだ。

「そうか。また会うことがあればそう呼ばせて貰おう。今夜はあまりモンスターの気配を感じないが、背後には充分気を付けるんだぞ」

着衣の下の引き締まっていそうな四肢《しし》から昇る野性味を、臭うではなく香ると言わせる端整な面立ちの彼は、火を灯《とも》した棒を持ち直すと、落ち着いた足取りで森の中に消えていく。

それを見送り、再び愛《いと》しの勇者様へと熱い視線を送るべく、自分の体を向け直す。と、不意にその人の視線と自分の視線が、ピタリと重なり……息を飲む。

頭で理解した瞬間、私の体は骨の芯から固まって動きを止めた。

一体何が起きているのか。

理解不能に陥《おちい》った頭の片隅《かたすみ》で、疑問だけがループする。

灰色の瞳がゆっくり逸《そ》らされていく様を、己の目で追いながら。段階的に体の機能が復活していくことを、朧《おぼろ》な感覚で捉え続けた。

深い、深い息を吐き出し、二本の腕で硬直した体を支えていると……黒い魔獣が心配そうに身を寄せていて、つぶらな瞳を向けて来ていた。

（お、恐ろしい……やはり勇者様の眼力で私は死ねる!!　……えへっ♪　目が合っちゃった☆　ついにこの灼熱《しゃくねつ》の想いがあの人へ届いたのかしら☆）

急に人が変わったように身をくねらせる主人を見遣《みや》り、脳内のどうしようもない妄想が読めたのか、魔獣はしっぽを一振りすると元の場所へと帰っていった。まるで「あぁ、いつものあれね」と言わんばかりの後ろ姿で、慣れた様子で体を丸め我関せずと目を閉じる。

勇者様と目が合うという珍しい体験を終えた私は、寝袋に身を収めた後も心の奥のこそばゆい感覚に触発されて、若干《じゃっかん》の混乱を混ぜ込みながらウネウネ動き、いつもより遅い時間に眠りについた。

おかげで、翌朝目覚めると、既《すで》にそこには彼らの気配が微塵《みじん》もなくて、ほんの少しだけ寂しい気分に浸ったが。

まぁ、いつものように問題はないだろう。

たとえ広いフィールドで行方を見失ったとしても、この揺るぎない愛情が、いずれ彼の元へと私を導いてくれるのである。

(【捜索】スキルもＭａｘだしね！)

今日も張り切って追いかけようと、私は伸びを一つして、高い青空を見上げながら笑うのだった。


その日、東の勇者パーティは、エディアナ王国より西方に向かうルートの一つである、シシリカーナ・ロードを少し南に下った辺り、平原と森を繰り返すフィールド【ウィリデ森林原】を、南西の方角へ進んでいた。次なる仕事場、目的地は山間に位置する【フウ】と呼ばれる小さな村だと思われる。

私はそのフィールドをいつものペースで歩きながら、彼らの後を追っていた。

基本、無口、無表情のイケメン勇者様を追いかけ続けて早三年。

なんとか彼に近付きたくて、何かきっかけが掴《つか》めないかと毎日遠くから眺めているうちに、さりげなく人を避けるような態度や、何かに失望しているような視線の冷たさに気付いた私は、当時、それ以上踏み込むことを躊躇《ためら》った。

できれば話をしてみたい。けど、いざ本人を前にすると、声を掛けるなど畏《おそ》れ多いような気がしてしまい……。そんな、意中のアイドル様を前にしてしまったときのような、畏怖《いふ》の感覚が邪魔をして、今までずっと離れた場所から眺めているしかできなかったのだ。

それがつい最近【失意の森】でボス戦の手助けをした辺りから、何かが少しずつ変わり始めているような予感がするのは、きっと気のせいではないはずだ。キスをして、お姫様抱っこをして貰い、こんなことを他のファンが知ったら、嵐に混ざって鋭い刃物が飛んで来そうな話だが。ふとしたときに、あり得ないほど距離が近付いていたりして、これまでにない雰囲気が漂う機会が増えたのは、私達の関係が確かに変わってきているという証拠なのだと思いたい。

それでも、遠くから眺めているだけという私のスタンスは、今後も基本的に変わらないだろうと思う。何故ならキスは挨拶で、後者はただの親切なのだと、ちゃんと理解できているから。嬉《うれ》しいのは私だけ。幸せなのも、私だけ。それは確かに心を満たすものではあるけれど、その全てを満たすためには、彼が感じる幸せな気持ちも必要だったりする訳で。決して独りよがりのものじゃなく……できれば私の存在が、彼にそれを生じる起点であって欲しいと願うのは……高望みかもしれないけれど、生涯の目標でもあると思えば……きっと、そのくらいが丁度《ちょうど》いいはず、とも思う。

まぁ、黄昏《たそが》れるのはこのくらいにしておいて。

(実際問題、あと十メートルという物理的な距離を詰めないと、勇者様の嫁になるためのスタート・ラインにも立てないのだし)

近くを歩く魔獣のおかげか縄張りに侵入しても、こちらに向かってこようとしないフィールド・モンスター達を横目に見つつ、森から抜けて広がる視界と新緑の平原を、勇者様の姿を求めて私はひたすら突き進む。今までは、逃げて隠れて仕方なしに応戦してと、モンスターが湧くフィールドの移動はそれほど楽なものではなかったのだが。

（エンカウント減少って、素晴らしく時間短縮できるのね！　これならいつもより早く勇者様に追いつけそう♪）

思わずスキップしそうなほどだ。

昔、帝国の大図書館で得た知識によると、どんな魔獣でも生まれつき【威嚇《いかく》】というスキルを所持しているそうなのだ。それには【自分のレベル以下の同類や、モンスターを寄せ付けない】という効果があるらしい。

余談になるが、ある一定のレベルに達すると【闘争本能】のスキルが発生し、実力に圧倒的な差がない場合、レベル依存の【威嚇】に抗する効果を発揮して戦闘可能となるらしい。魔種の序列は完全なる実力主義らしいので、闘争本能は下克上のための必須スキルと言えるだろう。

そもそも、パシーヴァさんのレベルは一体どのくらいなのだろう？　まぁ、あの魔婦人様が自身をコウ爵位だと言っていたので、少なくとも侯爵で、ともすれば公爵だ。

魔種の序列で爵位を持つのは相当な実力者であるということなので、その使い魔というならば、それなりに高いのだろうと推測できるのだが。

（持ちたくない特殊スキルですが【女難の相】を持っていて、本当に良かったねフィールくん。あの女性は今の君が足掻《あが》いたところで、到底勝てない相手だったのだよ。それはもう時間稼ぎができたのが不思議なくらいにね）

やや不健康そうな象牙色の肌に白群《びゃくぐん》の糸が映える少年を、「伴侶」と明言した麗しい魔婦人様の姿を思い出しながら、遠くの空へと合掌《がっしょう》する。一緒に居て思ったが、あの雰囲気はヘタレな予感だ。押し掛けられ系ハーレムを築いていくのが目に見える。次に会ったとき、今度はどんな女性を連れているのやら……冷たいと思われそうだが、他人の苦労はヒトゴトだ。

そうやって様々なことに思いを馳《は》せながら、変哲のない平原フィールドを進んでいると、いつの間にか平原が終わって、森フィールドに変化していた。

日没の時間もとうに過ぎており、闇色が段々深くなっていく。

（……ん？）

霧が立ち込め始めた宵闇《よいやみ》の中を、相変わらず無言で進んでいると、妖怪アンテナならぬ勇者様アンテナが私の中でピンと立つ。ようやく彼の位置情報を、より正確に感じる距離まで詰めることに成功したようだ、と誇らしげな気分に浸りながら、私は彼の気配が増していく方へ歩みを取った。

黒い魔獣はかろうじて耳が見え隠れする距離で、私の後ろを付いてきているようである。

エディアナ王国の城下町を出て、何となく気付いたことだが、どうやら彼（？）には久方ぶりの地上が珍しく映るようなのだ。あちらこちらをジッと見つめては、駆け出したい衝動を必死に我慢しているという素振りをよく見せた。

ステータスに刻まれた【従属】の二文字によって、私は魔獣を好きなように使役できる訳なのだが、正直、これといって望むことが特に浮かばなかったのだ。

地下遺跡で見たように巨大化して貰い、背中に乗せて貰って移動するという手もあるにはあるが、せっかく三年もの月日をかけて手に入れた、持久力的な体力を失うのは勿体《もったい》ない。どうにも動けなくなってしまったときにそうして貰うということで、とりあえず私の命が危なそうになったら守ってね、あとはどうぞご自由に、と命じることで今日まで至る。たまにちゃんと付いて来ているか怪しいところもあるのだが、我々の距離感は概《おおむ》ねこんなものである。

露を纏った草木のせいで衣類の裾がじんわりと湿りだした頃、私は己の視線の先に、ぼんやり揺れる光を見つけた。こんな森の中に家でもあるのだろうかと、童話に出てくる世俗を捨てた魔女の姿を思いながら、そちらの方へと足を進めていった。

着く頃には、それが家よりも館と呼ぶに相応《ふさわ》しい建物だということが見て取れた。いくつかの窓からはランプの明かりが漏《も》れており、私はそれの正面で呆然《ぼうぜん》と立ち尽くす。

(困りました……。勇者様はこの屋敷の中に居るんですけど……)

なかなか一歩を踏み出す勇気が持てず、私はまたしばらく同じ場所に立ち尽くす。

何故なら、この館、明らかに普通じゃない。

壁を覆うツタの葉が所々不気味に揺れているのだが、玄関先に灯されたランプの炎は揺れていない。いくら風よけのガラスに守られているといっても、ランプには空気取りの穴があるのだ。あの葉っぱの揺れ具合から推測される風の強さなら、内部の炎は揺れていい。

なのに、何故揺れぬのか。

まさかのイミテーションかコラ！　と内心悪態をつきながら、恐る恐る玄関先へと向かって歩く。

ちなみに、風が吹いていないという想定はしていない。風もないのにツタが揺れる状態なんて、怖すぎるのでボツなのだ。

(あああ……ヤダなぁ。ホラーはダメって言ったでしょう………!?)

涙目になりながら、あからさまにお化け屋敷な雰囲気漂うお館の、無駄にでかい扉を両手で押した。

ギギギィィと耳に残るあの嫌な音がして、薄暗いエントランスが視界いっぱいに広がった。その中央で、全長二メートルはあろうかという巨大な風見鶏《かざみどり》が体を横たえ、首をあらぬ方向へ折っている。

――――事故現場だ。

まさに、何かがここで起きましたよなシナリオの、事故現場のそれである。

(ひぃぃぃぃいっ！　何ですかこの気味の悪いオブジェクト!!　誰も居ないし！　居てもヤですが！

あぁ、でも勇者様がこの中に。そうは言っても、やっぱりこれは……こ、怖いよぉぉぉっ！！！)

＊＊＊

「どうする？　また同じところに戻ってきたみたいだけど」

五回目の印を柱に刻みつけながら、少し後ろを歩いていた黒髪の青年に、少年が振り返って次の選択を問い掛ける。萌葱色《もえぎいろ》のボブカットから伸びるエルフ特有の長い耳を、面倒くさそうに掻く姿には疲労が滲《にじ》み出していた。

「困ったでござるな……」

真っ白い兎《うさぎ》の耳を前後に動かしながら、三つの星を頂いた杖《つえ》を握る老人も、ため息めいた音を吐く。

その隣で、青銀の髪を持つ中年期の男性が、同様に困った顔をして苦笑しながら呟《つぶや》いた。

「どうしようねぇ。こういうときベルが居ると助かるんだけど……まだ近くに居ないようだし」

そんなぼやきを拾うようにして。

「……役立たず」

と、彼女を思って零《こぼ》したらしい紅一点の美少女が、抑揚薄く会話を締める。

この美少女は誰がどう見ても麗しい姿をしているが、黒髪の青年ばりの無表情を常に発動していて、その心中や感情を読みにくい声を出す。そんな彼女が、吐いた言葉にあからさまな非難を浮かべているのは、逆に珍しいことかもしれなかった。

彼らのリーダーである黒髪の青年、もとい、黒髪の勇者クライスは、パーティ・メンバーのそんな姿を眺めやり、今までに通った順路を脳裏に描く。なるべく通ったことのない廊下を選び、そこにあった階段を上り下りしたのだが、結局、同じところへと戻ってしまうようだった。

最上階の六階を除く全ての階が、同じような造りになっているのもこの混乱を招いている原因の一つであるが、歩きながら彼らが各々頭に入れた屋敷の地図では、特におかしいところはない。

……いや、確実にどこかがおかしいために、こうして一刻半ほども、屋敷の中を行ったり来たりしている訳だが。

「入り口があったのだから、出られない訳はないはずだ。問題は一階と二階を結ぶ階段が、どうやら消えているようだということ。……誰か、それらしい仕掛けを見かけなかったか？」

勇者が彼らに問い掛けると、それぞれから答えが返る。

「……ない」

「うぅむ……某《それがし》は、壁の染みくらいしか見た覚えがないでござるよ」

「四階の廊下のランプの一つが、点滅していたくらいかなぁ」

「いっそ二階の窓から飛び降りた方が早いんじゃない？」

各々の答えを聞いて、勇者は押し黙る。

確かに兎の獣人、レプスの語った壁の染みは彼も見ていたものだった。進路を決める目印として使っていたのだが、飛沫《ひまつ》が点々と散っていただけで、それが文字だった訳でもないし、意味を持つような何かの形を成していた訳でもない。

青銀の髪の槍《やり》使い、ライスが語る、点滅を繰り返すランプも覚えていたが……その辺りには見慣れた壁とドアが並んでいただけで、仕掛けになり得るようなものが置かれていた記憶がない。

いよいよエルフの少年の、ソロルの言うことが最も的を射ているような気分になるが、果たしてそう簡単にいくのだろうか、と。女性の悲鳴が聞こえた気がして急いで入ってきたときは、特に何も感じなかったが……こうして実感してみると、そのことがよく分かる。

なんとなく黒髪の勇者は、この状況と原因に、思い当たるものがあるような気がし始めていた。

「試しにそこの部屋に入ってみるけど、いい？」

答えない勇者の態度に業を煮やした少年が、萌葱色の髪を掻きながら一番近い部屋を指す。やる前から否定的になってしまってはいけないと、勇者は彼に向けた顔で一つ頷き、それを認めるサインを出した。許可を得た少年は部屋の前まで歩みを進め、ドアノブに手を掛けたところでピタリと体の動きを止める。

「……邪魔だな」

小さく舌打ちし、ドアノブに乗せた手を扉の方に移動する。

［requiescat in pace］

緑光を放ちながら対象の扉に刻まれていく美しい非対称な魔法陣は、エルフが神聖視する古語の組み合わせと言われているが、文字をただ綴《つづ》っただけとは思えない、芸術的な美しさを持つ代物《しろもの》だ。

ドアの隙間《すきま》から魔法陣と同じ色の光が漏れて、ゆったりと収まった後、少年の手が再びドアノブに乗せられた。扉は何の抵抗もなく開き、彼は躊躇いなく室内へと踏み入った。

それに続いてメンバーが、次々とその部屋へ入っていく。

「意外と綺麗《きれい》な部屋だなぁ。ホコリなんかも殆《ほとん》どないし」

感心した声でライスが呟くと同時に、窓の方から憎々しげな少年の声が飛んでくる。

「何で開かないんだよ！」

勇者は、やはりそうかと思いつつ、そちらの方へ目を向ける。少年が持てる限りの力で、窓の木枠を押し上げようと奮闘しているが、木枠は誰がどう見てもピクリとも動かない様子であった。

「ソロル、代わろう」

パーティ内で最も力が強い勇者が試してだめだというなら、この場の全員が納得するだろう。

黒髪の青年は少年と立ち位置を替えると、ガラスをはめ込んだ木枠に手をかけて、壊さない程度に力を込めた。

「……やはりだめだな。窓は開かない」

「困ったねぇ」

「最悪、夜明けまで待てば出られるはずだ。休憩しながらどうするか話し合おう」

「――――ちょっと待った。なんで夜明けまで待てば出られるなんて分かるんだよ？」

急な勇者の発言に訝《いぶか》しげに問う少年と、興味を持った様子の少女。既に理由を察している顔をしている大人が二人。

それぞれを確認し、彼は思い当たる説明を少年少女に語るのだった。

「滅多に出会えるものじゃないが、おそらくここは【ゴースト・ハウス】と呼ばれるものだと思われる」

「ゴースト・ハウス？」

「死霊《ゴースト》や生霊《レイス》が徘徊する、神出鬼没の【疑似ダンジョン】だ」

勇者の冷静な説明に、素直に「聞いたことがない」という顔をした少年少女。そんな二人に、パーティ内で最も年嵩である魔法使いが、穏やかな声で補足を入れる。

「話題に上るのは数年に一度くらいのペースでござるが、経験を積んだ冒険者の間では割と有名な話でござる。某もこのパーティに入るまで、冒険者としてあちこちを飛び回ったでござるが、こうして実際に体験したのはこれが初めてでござるよ」

「オレも話には聞いたことがあるけれど、体験するのは初めてだなぁ。謎を解かなきゃ出られないらしいけど、解けなくても日の出を迎えると自然消滅するらしい。ゴーストやレイスとは滅多に戦闘にはならないと聞いたけど……彼ら、人を驚かすのが生き甲斐《がい》らしいから」

以前、槍使いが働いていた職場で、大きく噂《うわさ》になったことがあったのだ。勇者と槍使いは元々同じような職に居たので、互いにその話を覚えていたのだろう。ははは、といつもの笑いを浮かべながら軽い調子で語った彼に、少年が思いきり顔をしかめて呟いた。

「だからか。廊下はそんな気配殆どないのに。ドアに触れた瞬間、部屋の中がものすごくざわめいたんだよ。不快だから消したけど」

先ほど彼が使った魔法は、アンデッド系のモンスターが出現するダンジョンで、よく使用されるものだった。どうやらゴーストやレイスでも効果を発揮するらしい。

厳密にいうと、アンデッドとゴーストはそもそもの成り立ちが違うので、一般的な聖職者が唱える魔法では効果が出ない場合もあるのだが。エルフが使う魔法は他種族が用いるものより圧倒的に数が少ないが、効果の範囲が広いものが多いらしい。

各々が室内のベッドやソファー、背の低い家具に体を預け、くつろぎ始めたのを確認し。勇者も壁に体を寄せると、アイテム袋が縫い付けられた胸ポケットから水を取り出し、ひと口それを飲み込んだ。

「謎解きをするか、日の出を待つか、どちらが良策でござろうか。こういっては何でござるが、謎解きが得意な人物はこのパーティには居ないように思うのでござる。ベル殿なら何とかなりそうなのでござるが……」

干し野菜をかじる魔法使いの言葉を耳に拾って、黒髪の勇者は思わず声を出していた。

「彼女は勘が鋭そうだから、この屋敷には入って来な「そんなことないですよ！！？　やっと着いた

ところです!!」………」


言いかけたセリフを遮ったのは、いつの間にか見慣れてしまった一人の少女。

ドアにしっかりしがみつき、泣きそうな顔をしながらも、体を半分覗かせて必死に彼を見上げる様に一同の視線が釘付《くぎづ》けになる。

「た、たとえ火の中水の中、お化け屋敷の中だって！　大好きな勇者様が居るのなら、ちゃんと付いていくんですからっ!!　こここ怖くなんかないですよ!?　透き通った足だけとか、手だけとか、頭だけとか、火の玉とか、ポルターガイストとかも見ちゃって、ここまで来るのにすごい怖い思いをしましたけれど!!　全然怖くなんてないですからね!?　勇者様が居るのなら、そんなもの克服できるんです!!　愛は偉大なんですよ！！！」

冷静に聞いていると矛盾だらけの発言なのだが、なんだかんだと落ち着いているいつもの姿から、ひどくかけ離れたような彼女の態度に、一瞬、勇者は口元を緩めてしまう。

【失意の森】でアンデッド系のモンスターを見たときに、態度と顔色が反転したので〝そう〟なのかと思っていたが、まさかここまでとは思いもしなかったのだ。それを乗り越えてまで付いて来るとは、確かに〝愛は偉大だな〟と思ったところで、勇者は本当の意味で我に返ると、思わず緩めてしまった口を引き結んで焦りを隠す。

改めて視線を向ければ彼女は惚《ほう》けた顔をしていて、思わずとはいえ笑ってしまい彼女に悪いことをした、と。彼は申し訳ない気分になったが、勇者が謝罪する前に彼女は気を取り直し、状況を思い出したという顔をして右手を上げた。

＊＊＊

「出ませんか⁉　こんなところ早く出た方がいいと思うんですよ！　たぶん私、出口分かりますから‼」

シュタッ！　と右手を上げて提案すると、視線の先のメンバーは各々の顔を窺った。

お化け屋敷で一人きり、という大変心細い状況を打破した私は精神的に余裕ができて、薄暗いけど嫌な気配のない室内に、驚き半分、安心半分で、そっと足を踏み入れる。

それを目ざとく見留《みと》めたソロル氏が、こちらの方を向いて言う。

「いつもの距離ってお前のポリシーなんじゃないの？」

「だってこの部屋、お化けが居ないんですもん！」

「あぁ。僕が消したからね」

「え⁉　ソロルくんって先駆者《スカウト》職なのに除霊までできるんですか！」

大変感動を込めて言うと、いつものように盛大に眉をひそめた少年が、そこに出来上がり私を睨《にら》む。

「お前いままで何見てたんだよ⁉　僕は聖職者だ‼　大体、スカウトは職業じゃなくてスキルだろ！」

「え⁉　聖職者なんですか⁉　いつも勇者様しか見てないので知りませんでしたよ……っ！」

さすがに盗賊《シーフ》に見えたなどとは口にすることができなかった。たまに視線を向けると、短剣をいじっている率が高かったのだから仕方ない。前の世界のゲームや漫画で装備品が短剣と言えば、大概が盗賊職である。それはもう自業自得の四文字だよねと、一人で首を縦に振り。

（それに聖職者といえば回復魔法！　って感じですけど、使ってるとこ見たことないし―）

尊大な態度でダメ押しをする。

少年はそんな私を鋭い目つきで見据えつつ、こちらが何を考えていたのか直感で悟ったという顔をして。

「回復魔法くらい普通に使える！　そもそもこいつら大怪我《おおけが》したことないんだよ！」

と。

「あぁ、そう言われてみれば確かにないですね。追っかけ始めてからも……大怪我したの、見たことないです。……はぁ、そうですかぁ。ソロルくんてば聖職者さんだったんですね。で、除霊もできちゃう、と。これはもう、ソロル様と呼ぶしかないじゃないですか～！」

「――――ふっ。ようやく僕の偉大さが分かったか。許す。敬え。平伏しろ」

「ははーっ」

「……………盛り上がっているところ、悪いんだが」

部屋の入り口で閑談《かんだん》を続けていると、話をまとめたらしい大人達が、こちらの方を真剣な眼差《まなざ》しで見つめていた。ハッと我に返ったソロルくんが随分いたたまれないご様子で壁に拳をぶつけているが、大人な私はそんな少年を華麗にスルーして、彼らの方に向き直る。

「出口まで案内を頼めるか？」

とても低い、それでいて味わい深いイイ声が至近距離で耳に届いて、私は一気にうっとりとした気分に浸る。だが、ここで言わねば女がすたる！　と、流されそうになる意識をかき集めると、右手を上げながらその意思を表明する。

「もちろんです！　喜んで案内させて頂きます!!」

熱烈歓迎、指名感謝、万歳三唱なベルリナさんは、意気揚々と銘入り高級鞄《ブランドバッグ》から例のブツを取り出して。

「さぁ、着火男のチャッキーさん！　出番ですよ☆」

笑顔で語る。

ワラっぽい素材でできた体長約十五センチの小柄な人形は、昨夜も大活躍を見せた火種アイテムの一種である。

このアイテムは前の世界のミャー人形という某国の土産《みやげ》物にそっくりで、火種なのに燃えそうな素材でできているという矛盾っぷりに惚《ほ》れ、即買いした商品だ。ちなみに動力は蓄魔石と呼ばれる汎用《はんよう》アイテムで、魔力さえ持っていれば一般人でも簡単にチャージでき、壊れるまで何度でも使用できるという優れもの。

昔は文明レベルが低い……などと、大変失礼なことを思っていたが、思いがけず高度な技術があったりと、これでなかなか便利な時代なのである。

そんな素晴らしいアイテムを握りながら部屋を出て、人形の胸に取り付けられたハート型のボタンを触る。チャッキーさんは手の中でモゾモゾ動き、ほどなく体を落ち着けると、頭頂部から火を噴いた。

「じゃあ行きますよー」

勇者パーティの皆さんが背後を付いて来ている気配を確認しながら、着火男の頭部に灯った豆火を頼りに、私は薄暗い廊下をどんどん進んで行った。

火が折れたらそれが指し示す風上の方向へ。部屋を指したら、ソロルくんに除霊をして貰った後にドアを開け、一階にもあった同じ仕掛けのそれを調整する。

出口を切り取られたらしいループする屋敷の中を、下から上に、上から下にと、風を読みながら移動して、部屋の仕掛けをいじるのにも飽きてきた頃、ようやく最上階の物置部屋で意味深な鍵を手に入れた。

「たぶん、これで一階まで下りられるようになっているはずです。一階には一カ所だけ、鍵が掛かって入れなかった部屋があったので……そこが最後だと思います」

「なぁ、何でそんなこと分かったんだ?」

除霊をこなすうちに立ち直ったらしい聖職者様が、不本意ながらも非常に感心したご様子で気軽に問いかけてきてくれたので、歩きながら返事をする。

「玄関に下がっていた風が吹いても揺れない炎が入ったランプと、エントランスの壊れた巨大な風見鶏、地下室の〝僕を見つけて〟っていうメッセージから連想したのがこの仕掛けです」

ダンジョン系のゲームでも、脱出系のゲームでも、全ての部屋を確認しないと次のフロアへ進む気にはなれないという性格なのだ。もちろんアクション系やロールプレイング系で地図埋めなんかがあったりすると、隅っこの隅っこまで埋めなければ気が済まない。そう簡単に埋まらなければ、装備やスキルを駆使することでなんとかそれを可能にしようと努力する。バグで埋まらない仕様になっていると分かっていても、とりあえず何かを駆使して挑戦するタイプ。

そんな私の粘り強い性格が、きっと幸いしたのである。

そして、未だ炎を頭に灯したままのチャッキーさんを、ぐいっと背後の少年に見せつける。

「地下室に入ったときに暗くて何も見えなかったので、置かれていたロウソクに、これで火を点けたんですけど。ちゃんと揺れたんですよねー。一階の使用人部屋のロウソクの炎は、玄関にあったものと同じだったみたいで、風を吹き付けても揺れなかったので。てっきり屋敷の中の火は揺れない仕様になっているのかと思っていたので不思議だったんです。それに二階に上がる階段からエントランスを見下ろしたときに、風見鶏は風上を向くものだよなぁって思ったら。もしかして、首が折れているのはそういう意味なのかな～とか」

つい癖で、この館の設定に、私は語られない物語を見た。

風見鶏は、体が壊れて風の流れを読めなくなった。

なのに、炎は風が吹いても知らぬふり。

この屋敷の中には風向きを教えてくれるものがない。

風向き、方角、方向、と。つまり、それは〝探して欲しい〟主人の居場所を指している？　けれど一カ所だけあった、鍵のかかったあの部屋は？　二階に上がり、今しがた背後にあった階段が、いつの間にか消えているのを目にしたら、何となく浮かび上がるその答え。

風を辿《たど》れば順路が分かる。正しい順路を辿れば、一階の鍵が手に入る。目的地はそこなので、仕掛けの整合性として、鍵を得たなら一階に下りられる。

要するにそういうことなのだろう。

「さすがベル殿なのでござる」

「オレ達は入ってすぐに二階に駆け上がったから、一階じゃ何も見てないしな。地下室があったのも知らなかったよ」

レプスさんとライスさんから優しい言葉を貰い、何となく気恥ずかしさを感じていると、ようやく目的の階段が見えてきた。

ちらりと背後を窺うと、喜色を浮かべた彼らの姿が目に入る。ついでに勇者様のご尊顔を拝もうと視線を向ければ、いつも通りの素敵なお顔がそこにあり……。

（はぁぁぁっ……！　今日も勇者様、かっこいい！　やっぱり幸せです!!　何でしょう、この壮絶な幸福感♪　くうっ！　満たされる～っ!!）

前を向き直し、ぷはぁっ、と止まった息を吐き出した。

けれど私の心の中は、まだまだ彼の話題で持ちきりだ。

（そういえば！　さっきのアレです！　追っかけ始めて一番のレア顔でしたよね!?　だって今まで勇者様が笑ったところとか一度も見たことないですもんね！　口角が上がっただけで神レベルの微笑《ほほえ》み

なんて、笑顔になったらこの世界はどうなっちゃうんですかねぇ!? っていうか、私がどうなっちゃうんですかね!? やっぱり昇天? 幸せな死因です! これこそ生きていて良かったというやつですね!! 地下室で透き通った手が動いているのを見たときは、本気で死ぬかと思いましたけど、やっぱり入ってきて良かったです!! きっとそのご褒美ですね♪ こんな体験は二度とごめんですけど、次があるなら二人きりで、是非とも手を繋《つな》いで貰いたいものですね!)

さすがに彼の前方を歩いているので、クネクネなんてできないが、私の脳内ではハートが激しく乱舞していた。

従って、ついこのようなお約束の事故が起きてしまう。

「ぬおっ……」

可愛いとは決して言えない鈍《にぶ》い声が口から漏れて、あると思い込んでいた階段の板張りを一段ぶん踏み抜けてしまった足が、およそ二十センチ下の廊下に着地……。

(しないのかっ!!)

命の危機が迫ると走馬灯を見てしまったり、動きを遅く感じたりするというが。私の脳が「この高さの階段なら平気へーき大丈夫☆」とでも判断したのか、体感そのままのスピードで落ちていくのが目に入る。

(絶対に足捻《ひね》る! これ痛いやつじゃないですか! 絶対痛い! だから痛…………………ん?)

しつこく脳内で痛い痛いと叫んでいると、視界の端から何かが伸びて、トンッという世にも軽やかな着地音が辺りに響く。見開いたままの視線を上げると、視界いっぱいに端整なお顔と揺れる黒髪が広がって、どうやら抱きとめて貰ったようだと理解した瞬間に。

「────大丈夫か？」

耳に届いた深い声音に、体の芯がゾクリとはねた。

「はっ……はぃぃぃっ！　大丈夫ですっ！　どうもありがとうございますっ」

耳元での低音やばい、と。青いんだか赤いんだかよく分からない感情に、ひたすら翻弄《ほんろう》されながら。

前から思っていたけれど、貴方はなんて優しい人なの！　脳内で畏れ多くも賞賛の声を上げた私。

そこへ、普通に階段を下ってきたパーティが、各々呆《あき》れたような声音でこちらに語る。

「そりゃ、あれだけ怪しい足取りならね」

「……馬鹿だと思う」

「前を見ていないのが丸分かりだったでござるよ」

「ははは。ベルはいつも面白いなぁ」

冷静な彼らの音に急激に恥を覚えた私は、現実をダッシュで取り戻し、勇者様の腕の中から気合いで抜け出した。そして取り繕うようにして、咳払《せきばら》いを一つする。

「では、こちらになります」

仕切り直しに真面目《まじめ》な声で彼らを誘って、壊れた巨大な風見鶏を横目にしながら、奥の部屋へと歩き出す。鍵が掛かった目的の部屋は、この廊下の突き当たりを曲がって更に奥にある。

前の世界のゲームでは、重要なイベントが起きる部屋は大抵奥にある、と相場が決まっていたけれど……まぁ、ぶっちゃけ一番手前じゃ雰囲気出ないし。そう簡単に辿り着けない場所に配置してこそのプレミア感、だし。

（……あぁ。それにしても、疎《うと》ましい………）

簡単に想像できる、後ろに控えたイベントに、己の口から人知れず深いため息が漏れたのだけど。

果たしてそれは、彼らの誰かに拾われたりとか、したのかしら……と。

そのときの私には知る由《よし》もない、そんな一幕があったのだ。


「おめでとう諸君っ☆」

陰気な扉を開けばとびきり明るい声がして、背もたれの広い椅子の正面がクルリとこちらの方を向く。そこに居たのは雫《しずく》を上下逆さまにして、しっぽのあたりをわずかに上向き修正したような、単純かつ見慣れた姿のホワイト・ゴーストなのだった。

「ボクの屋敷はどうだった⁇　楽しめた？　ボクの方はそこの子がちょっとの物音で面白い反応をたくさんしてくれて、すごくすごーく楽しかったよ！　ボクの仲間も喜んでくれたみたいだし！　それにちゃんと謎解きをしてここまで来てくれるなんて、君って最高だなぁ～☆」

屋敷の主人は死んでいる、というテンプレを予想していた私は、かなり腰を引きながらさりげなく勇者様の後ろに構えて、そぉっと部屋を覗いていたのだが。なんと言うか、同じ〝死んでいる〟でもグロ方面とは次元の違う衝撃に、思わずぽかんとしてしまう。どうやら勇者パーティも言葉にできない衝撃を受けた様子で、皆一様に口を噤《つぐ》んで指先一つ動かすことをしなかった。

「まさか聖職者がまぎれているなんて予想外だったけど！　もうっ！　君のおかげで仲間が数人、うっかり昇天しちゃったよ!!」

まぁ過ぎたことは仕方ないけどねー、と。鈴をころがしたような声で言う彼は、私からソロルくんへと向けた視線を、再び私の方へ戻して、ふわりふわりとたゆたいながら、こちらの方へ飛んできた。

「じゃー真面目な話！　ゴースト・ハウス攻略のお土産に、この部屋にあるアイテムを一人一個持ち帰るのを許可するよ☆　で、君はいろいろと、その鞄に詰め込んでたみたいだけど……」

「えっ!?　なんのことでしょう??」

思わずスイと逸らした視線に、絡《から》むことなく彼は言う。

「まぁいいよ。今は気分がいいから全～部プレゼント！　わぁいボクって太っ腹ー☆」

白い体は声に合わせてポヨンポヨンと跳ね回り、壁や天井や部屋の備品に容赦《ようしゃ》なく体当たりをかます。これで姿が見えなければ、立派なポルターガイスト現象の出来上がりである。なるほどあれはこういう仕組みか。やけに可愛い姿をしているゴースト様を見つめながら、一人納得していると、トントン、と背後から軽く肩を叩《たた》く者がいる。

「何ですか？」

言いながら振り返り、理解できずに、数秒硬直。

青白い顔の老婆の首が、三つ重なり浮遊していた。

――――いや、一つで充分ですって（笑）

（随分細部までこだわってリアルに再現してますね～。まるで本物の死体みたい。実はここまで青い

死体は、お目にかかったことないんですけど）

その閉じられた目と口がゆっくり開く気配を感じ……とりあえず、力の限り叫んでみることにする。

「ぃ、やぁぁぁあぁあああっ！？！！」

ガバリと手近な人の背に、思いきり抱きついて、力の限り締め上げた。

硬い何かにおでこを強く打ち付けてしまったが、今はそれを気にするどころの話じゃない感じ。

「!?」

「キャハハハハ！　やったね、エルダリー三姉妹☆　狙ったところを外さない、君達が大好きさ♪」

遠くの方でやたらテンションの高い声が聞こえるが、それどころじゃなく震える私は、掴んだ何かを離すまいと必死になってしがみつく。

「すまないが」

（無理無理無理無理絶対無理！！　見てない、見てない！　私何も見てないし!!）

「そこには刃物があるんだが……」

（幻想幻想全部幻！　光の加減とか加減とか、加減とかだし！　見間違い！）

「怪我をする前に……」

（いやー、思い込みって怖いなー!!　思い込みって怖いなー！！！）

「…………」

（思い込み…………って。ん？）

頭上でため息めいた音が漏れ、クスクスという声と共に、頭をぽんぽん撫《な》でられる。

（んん⁉）

「大丈夫？　なんだかベルを見ていると、娘を思い出すなぁ」

「某は孫を思い出したでござるよ」

「孫……」

「じいさん、孫までいんの……？」

少年少女の問いかけに「レプス家は大家族でござる」と聞き慣れた声が耳に届いて、ゆっくりと体の力を抜いていく。

そおっと視線を上向ければ、大きな手のひらで私の頭をぽんぽん撫でる、優しげな笑みを浮かべたライスさんが目に入る。この人は本当にいいお父さんだよなぁ……と。いつか見た娘さんの姿を思い出し、なんとなく落ち着いた私は、顔にぶつかるヒヤリとする硬い何かが気になり始め、上げた視線を元に戻して冷たい何かを確かめた。

（うぉおおお⁉）

回した腕をパッと離して、謝罪しながら後ずさる。

「すみません！　ごめんなさい！　許してください！　不慮の事故です！」

叫びながら、軽い頭を一気に振り下ろす。

（好きだからって不意打ちで抱きついたらダメなようにね‼　怖いからっていきなり背後から抱きついたりしちゃダメですね⁉　ぴったりフィットの細い腰が、それはもう素晴らしい抱き心地だったとしても、です‼　何やってくれちゃったの私さん⁉）

土下座ものか⁉　これはもはや土下座の域か⁉　とその場で身を縮こませながら、スライディングできる隙を窺う私の先で、気にするなという気配を含ませた低い声が「大丈夫だ」と静かに漏れた。

そんな我らの動向を見ていたゴーストは、パーン、と明るい音を響かせ。

「ハイ！　じゃあそろそろお開きね☆」

と、テンション高く締めくくる。

その瞬間、辺りの景色は部屋から森へと変化して、いくつかの備品がポトポト地面に転がった。

「お土産を選ばなかった人はその中から持ってってて！　一番ボクを楽しませてくれた茶色い君には、特別なプレゼントを用意しておいたから♪　それじゃあ、ファントム・ロードによろしくね☆」

キャキャキャキャッと楽しげに笑う声が森中にこだまして、そこら中に漂っていた白い霧がすうっと晴れる。ゴースト・ハウスだった訳だが、巨大な館が佇《たたず》んでいたと思ったはずの森の広場はいつの間にか消失しており、木と木の間と表現するのが正しく思えてくるような何の変哲もない場所で、呆然とした私達は次々と我に返っていった。


行動一番、ささっと物陰に身を潜め、狐につままれた感覚が抜けきらない雰囲気の、彼らの動きを窺っていると、こちらの方に視線を向けて少年がぽつりと零す。

「なぁお前、いっそのこと、このパーティに入ったら？」

その言葉に、他の二人が振り向いて。

「あぁ、確かにねぇ」

「いつも近くにいるくらいなら、その方がいいと思うのでござる」

そんな風に呟いた。

金髪の少女さえコクリと頷くのを見遣り、ふと勇者様の方を見る。

物理的に無理がありそうな大剣を背中に乗せた、記憶に懐《なつ》かしい黒髪を持つイケメンさん。

前の世界ではゲームや漫画や小説の中だけだったのに、この世界には当たり前に存在している【勇者】という職の人。

始まりはほんの些細《ささい》なミーハー心。どうして人だかりをかき分けてまで、その姿を見たいと思ったのだろう。今なら、その理由がよく分かる。

やはり私はあのときに、一目見て確信したのだ。

東の勇者、クライス・レイ・グレイシスさん。貴方こそ私の赤い糸的な、運命の人なのだと。

（大丈夫ですよ）

静かに佇む彼の瞳に、私はそっと微笑んで。

「お気持ちはありがたいのですが、私の居場所はこの位置なのです」

今は、未《ま》だ――――。

（だから、安心してくださいね。勇者様、私はまだまだ待てますすよ）

沈黙と無表情の中の、灰色の瞳が語っていたから…………。

(大好きな貴方様の隣に立てるその日まで、ゆっくり機会を窺いますよ)

そんな気持ちを視線に込めて頷くと、それを受けた勇者様も何かにコクリと頷いた。同時にどこかホッとした雰囲気を纏った彼を、いつも通り愛しく思い、浮かんだ微笑がしばらく続く。

そのまま私の視線の先で勇者様は考えて、夜半に近いが疑似ダンジョンで目が冴《さ》えたままの彼らを連れて、先へ進むことを決めたらしい。移動を始めた彼らの後ろを、私もいそいそ付いていく。

(長期戦、もとより覚悟の上なのです！)

ゴースト・ハウスに行き当たる前のしっとりとした空気が変わり、からりと霧が晴れた森フィールドで彼の姿を追いながら、私は決意を新たにし、今まで以上に足取りを確かにするのでありました。

## 閑話　そんな彼女の……

YUSHA no YOME ni NARITAKUTE (￣▽￣)ゞ

これは、彼らに合流する前の、彼女の勇気の物語である。

不気味なオブジェクトが横たわる薄暗い玄関で、どの方向から探索を始めようかとしていると、とても不吉な重低音が背後で鳴り響く。振り返りたくなかったが、望みをかけて振り返り、思った通りの展開に激しく後悔する私。玄関の扉が勝手に閉まったようだという、受け入れがたい事実を飲み込み、前を向くしかなさそうだ、と改めて立ち尽くす。

(あぁ、はい。いや、えぇ、別に……分かっていますよ。何かしないと出られないパターンですね、要するに。……神様、でもですね。どう考えてもお化け屋敷なこの中を、私にたった一人で歩けと?)

つぅ、と片目から、生温《なまぬる》い水が落ちてきたような気がしなくもないのだが。

精神が丈夫にできている私の場合、気絶するとか可愛いことは絶対にできそうにないので、せめて何が起きても〝気のせい〟で済まそうと。そう心に固く決め、重い足を前に出す。

目の前には二階に上がる階段があるのだが、まずは一階を探索してからだろう。そして、順路は最短距離の一筆書きで辿《たど》りたい。従って、上り口が左側にある階段を考慮して、最初は右側の廊下と決めて、そちらの方へ歩き出す。

廊下の所々に掛かる明かりを頼りにし、その奥を覗《のぞ》いてみれば、ざっと見て部屋数、五、六。

(あと突き当たりを曲がったところに一つある……か)

外から見たとき左右対称な造りに見えたから、左側も同じかな？　と。

そうしたわずかな考察の後、ごくりと生唾を飲み込んで、私は恐怖のお化け屋敷の探索を開始した。

＊・・＊・・＊・・＊・・＊・・＊

一階　使用人部屋

＊・・＊・・＊・・＊・・＊・・＊

玄関に比べると、控えめな音をたてながら開いた扉のドアノブをしっかりと握りしめ、慎重な動作にて室内に視線を向けていく。

部屋の隅《すみ》の暗がりなどには、絶対に目を向けない。

かわいらしい人形がおいてあっても、触らない。

もしも肖像画が掛けてあったら、その絵を凝視《ぎょうし》してはならないし、もちろん二度見は厳禁だ。

視界の端でちらつく影があったとしても、確認しない。

鏡は鬼門だ、徹底的に避けるべし。

そして無意味にベッドの下など覗いてはならないと、心に強く戒《いまし》める。

(あぁ……よかった。最初は普通の部屋ですね。うん。窓の外の暗がりに火の塊《かたまり》が浮いていたような気がしますけど、あれだ、うん。部屋のロウソクの炎が反射しただけですね。それだけに違いない)

特に何もなさそうだったので、入り口付近のカントリー風キャビネットの上に置かれた、ロウソクに視線を向ける。片手で持てそうな大きさのキャンドルスタンド付きだったので、それを光源として持ち歩こう、いざとなったら鈍器《どんき》になるし、とおもむろに手を伸ばす。

(あ。でもロウソクじゃ、歩いたときの風圧でせっかくの火が消えちゃうか)

なんだ残念、と伸ばした手を引っ込めて、しばしの考察後、なんとなく息を吸い、ふうっとそれに吹き付ける。

(っ!?)

己の目にした光景が受け入れられず、次に持ち上げた手のひらで、風を作って打ち付ける。

(えぇっ!? 何コレ!? なんで火が消えないの!?)

という以前に、全く揺れない。

不気味なことは不気味だが、それ以上に好奇心の方がうずき出す私がそこにいた。

手を近付ければ普通の炎と同じ熱さを感じるし、布の切れ端を取り出して燃え移ることを確認し、揺れない以外は普通のロウソクと同じなのだと推測してから、もう一つ不可解な謎を見つける。

（あ、コレ……よく見たらロウが溶けた跡がない………）

頭の中が疑問符でいっぱいに埋め尽くされたが、ここは予想を超えたファンタジー世界なのである。だから、深く考えても仕方ないと諦《あきら》めた。訳の分からないアイテムは、大概が魔道具だ。その説明で片がつく世界がここだ。

充分な長さのあるガラス容器を取り出して、火のついたロウソクをキャンドルスタンドごと、その中へ入れてみる。そうして意味不明なアイテムは、鞄《かばん》の中へとしまわれる。

（いつか使えるかもしれないし）

ここはたぶん、例の【疑似ダンジョン】であるからに。これは宝箱相当なので、頂いても大丈夫なアイテムだろうと目星を付けた。

相変わらず窓の外に何かがゆらゆら動いているが、宣言通り確認しない！ と体に固く言い聞かせ、私はその部屋を後にした。

＊・・＊・・＊・・＊・・＊

一階　厨房

＊・・＊・・＊・・＊・・＊

両開きの扉の片側をそっと押し、わずかに開いた隙間《すきま》から静かに中を窺《うかが》った。

入る前に、金属同士がぶつかるような物音が廊下まで聞こえていたので、ビクビクしながらそれなりに覚悟をもって覗いたが。

（やはりというか……）

動かさなかったもう片方の扉の裏に、ナイフとフォークが突き刺さっているのを目にとめて、ここは物理的に危なそうなのでやめておこう、と扉を戻す。

＊・・＊・・＊・・＊・・＊・・＊

一階　食堂

＊・・＊・・＊・・＊・・＊・・＊

そこはシンプルな空間で、二部屋ぶんの広さがあった。

中央には立派な長机が配置され、その上には何も置かれていない。ここで湯気のたった料理でも置かれていたら、食材何？　な意味合いで、よりガクブルものなのだけど。……幸いなことに、恐怖の備品も見当たらない風である。

なんだ何もなかったか、と張りつめた気を緩め、部屋に一歩踏み出したときだった。

（…………………っ）

出した足をギギギとゆっくりと引き戻す、硬直開始の私がそこに。

（………………）

半身だけ乗り出した体を引いて、扉を戻し、深呼吸。

(気のせい、気のせい。並んだ椅子の足下に透き通った人の足が並んで見えたとか。全く私の気のせいだから……！！)

うんうん、と頷《うなず》いて、生温い水が浮かび始めた目の端をこすり取る。

あと何度こんな思いをしなければならぬのか……と、気持ちが段々沈んでくるが。ベストコンディションで勇者様に会うためだ、と自分をなんとか言い聞かせ、私は次なる扉へと重い足を引きずった。

＊・・＊・・＊・・＊・・＊・・＊

一階　応接間

＊・・＊・・＊・・＊・・＊・・＊

(あぁ、よかった。ここは何も居ないタイプの部屋ですね)

ほっと心を落ち着かせ、もしかしたら部屋の種類が〝何かある〟か〝何か居る〟に分けられるのかと推測しながら、私はそぉっと室内に踏み込んだ。

もちろんすぐに逃げることができるようにと、扉は開いたままにして。

入って早々、右側の壁に掛けてある風景画群にうっかりと目を向けてしまったために、二度見だけはしないよう、細心の注意をはらう。

立派なソファーとローテーブルが並んでいる奥に、他の部屋で見たものとは意匠の異なる棚を見つけて、直感から何かがあるとそちらに近付いていく。キャビネットの天板には、風見鶏《かざみどり》を用いた金属製の置物が乗っていて、一羽は右を、もう一羽は左というように、お互いが顔を合わせるような配置になっていた。

　触ったからとて何かに化ける置物にも見えなかったので、なんとなく手を伸ばしてみたら、片方は体の向きに自由があって、もう片方は接着剤で着けられたように動かない。少し考え、風見鶏なのだから、同じ方向を向いたらどうかと、親切心で同じ向きへと動く方を合わせてやった。

　よしよし、これでオーケーだ、と。一人こくこく頷いて、次の部屋へと移動するため扉の方に足を向ける。

と。

　ボーン！　ボーン！　ボーン！　ボーン！

　耳慣れた振り子時計の陰気な音が鳴り響き、そんな事態を想像しなかった私の肩が、ぴゃっと勢いよく飛び跳ねた。ついでにその驚きで肩を壁にぶつけてしまい、衝撃で小さめの風景画群がバラバラ落ちた。

（まずいっ!!）

　咄嗟《とっさ》に視線を逸《そ》らしたが、残念ながら避けられず。

　美しい風景画達は景色を墓地やゾンビに変えて、色味もわざと気味悪く仕様変更されていた。

　井戸の絵などは、そこから出てきてはいけない何かが、今にも顔を出しそうで……。明らかに最初の景色と違ってしまったそれらの絵画を、目を彷徨《さまよ》わせながら、どうするか思案する。

（踏むのは気が引けるけど、踏まないように下を向くのは全力で避けたいし……。よ、よし、こうしよう。壁に戻そうと思ったら直視することになりかねないから、見ないように、この鞄にしまってしまおう。うん、良いアイデアだ、それがいい！）

我ながらナイス！　と心の中で賞賛し、腰を下ろすと手探りでそれらを次々回収していく。手に触れる額縁がなくなったところで立ち上がり、ちょっぴり震える足を抑えて、私は逃げるようにその部屋を後にした。

＊・・＊・・＊・・＊・・＊・・＊

一階　？？？

＊・・＊・・＊・・＊・・＊・・＊

（あ、開かない。鍵が掛かっているみたい……。……入らなくて済むなら……ね…………）

＊・・＊・・＊・・＊・・＊・・＊

一階　客室

＊・・＊・・＊・・＊・・＊・・＊

右側の通路を埋めて、鍵の掛かった部屋のある最奥の廊下から戻った私の探索は、玄関に戻り、そこを通りすぎ、左側へと移っていった。そして只今、絶賛、恐怖中……である。

(ううぅっ……)

くすくす、うふふ、きゃっきゃ、などというような、子供達の笑い声が漏《も》れてくる扉の前で、長いこと硬直しているのだが………。いつまでも立ち止まっている訳にはいかないと、内心号泣しながら、意を決してドアノブに手を掛けた。

その途端、ぴたりと止《や》んだ扉の向こうの人の声……。

向こうにおわす方々が、固唾《かたず》をのんで、こちらの出方を窺っているのが伝わって、今のこれ――ドアノブに掛けた手――をなかったことに！　と心の底から思っていると。

(……ツンツン？　ん??)

足下に何かが触れる感覚が。

(……なんだろう？　くすぐったいな)

そっとおろした視線の先で、青色の目がこちらを見上げたのを悟ったら。

『うふふ。わたし、メ……』

みなまで言わせる気はないと、神速で体を掴《つか》み、鞄の中へ押し込んだ。

(見てない、見てない。断じて見てない。人形がしゃべるとか。まずあり得ないことだから)

あっはっはぁ！　と涙目で泣き笑いしている顔で、勢い扉を押し開けて、即、強《した》かに引き閉める。

(この部屋、特に何もなかった。人形がたくさんあっただけで。うん、何もなかったね)

こんなとこ二度と開けるか!!

激しく逆ギレしながらも、私は足早に、次の部屋へと移動を開始するのであった。

＊・・＊・・＊・・＊・・＊・・＊

一階　客室

＊・・＊・・＊・・＊・・＊・・＊

今度こそ何もない……と、未《いま》だ乾かぬ己の目元に意識を向けながら、なんとなく悔しさがこみ上げてきたので、手近にあったランプを掴み、鞄の中へ。

（どうせこれも揺れない仕様に違いない）

そうして薄暗くなった室内に視線を戻し、大きな後悔が押し寄せる。

あちら様に気付かれないようにそっと扉を引き閉めて、視界からそれを削除する。

（アレは人の首とかじゃなくて、マネキンとかの見間違い‼）

＊・・＊・・＊・・＊・・＊・・＊

一階　客室、そして客室

＊・・＊・・＊・・＊・・＊・・＊

（ひぃいいいっ！！！）

真っ暗だと思った室内に、いきなり炎が浮遊しだしたのを目にとめて、人形部屋のときのように、思いきり掴んだ扉を引き閉めた。

（かっ、顔があった!!　人魂に顔が！！！　みみみ見間違いっ………とは言えませんっ）

早く勇者様の元へと辿り着こうと、気持ちを新たに隣の部屋へとダッシュする。

ドアノブを急いで回して部屋の中へ視線を移し、一周させると、大きな姿見を目にしたところでキャパオーバー。

何かが映って見える前に終わりにしようと扉を閉める。と、向こう側からドンドンと扉を叩《たた》く音がして、咄嗟に掴んだままのドアノブを全体重で引き止める。

（開けさせてたまるかっ！！！）

と、格闘すること数分間……その体感時間の長いことといったら……もう。

扉の向こうの誰かさんが諦めてから更に数分。念のため、捕縛《ほばく》系の魔封小瓶《こびん》を使用して、ドアをベチャッと接着するとようやく心が落ち着いた。粘着系でもあるそれは、万が一扉が開いてもまたそこで足を取られて時間稼ぎができるから。大丈夫、逃げられる。自分に必死に言い聞かせ、人心地ついてから、ようやく移動へ入るのだった。

＊・・＊・・＊・・＊・・＊・・＊

地下室

＊・・＊・・＊・・＊・・＊・・＊

もう一部屋あると思ったところに、地下へと通じる階段がどうやら存在していたようだ。闇が一層濃くなっているそちらを覗き、嫌だなぁと思いつつ、老朽化したというよりも、わざとそういう造りのような板張りを踏み鳴らす。

不安を煽《あお》る親切設計ここまでか⁉　と屋敷の主を心底恨めしく思ってみるも、そんな人物居たらヤダ、ともう一人の自分が語る。ドアの前で深呼吸して、今のところ、物音はしないので、この部屋は〝何かある〟タイプだと決めつける。

いざ！　と押した扉の奥に広がった空間は、深い闇色に満ちており、何か見えないだろうかと付近を捜索してみれば、入り口のキャビネットの上に、明かりのないロウソクが置いてあるのが目に入る。

仕方ない、と鞄から火種アイテムを取り出して、そのロウソクに明かりを灯《とも》せば。ぼんやりと浮かび上がった中央の机の上に、半透明と思われる人の手が浮いており、おいで、おいでとこちらを誘う。

(そんな誘いには乗りません‼)

逃げる準備万端で睨《にら》みをきかせると、おいでと揺れる手のひらが空中でヒラリと舞って、卓上にあるらしい何かを指した。そこでようやく机の上の何かを見て欲しいのか？　と、思い至った私は、行くべきか行かぬべきかと考えて………。

先にあちらが焦《じ》れたのだろう。半透明の手のひらが身を引くように、すうっと消えてなくなったのだ。怖いものが見えなくなって心に余裕のできた私は、それならちょっと見てやるか、と恐る恐る踏み出した。

(ん？)

入り口の自分の動きで生まれた風に、浮かんだ影がふわりと揺れる。

（……今、ロウソクの火が揺れた……？）

振り返って目をやれば、確かにそれは揺れている。おまけにロウまで溶けている。

（？？？）

この屋敷に配置された蝋燭《ろうそく》的な光源は、全部揺れない仕様のはずでは？

首を傾《かし》げて、まぁいいか、一本くらい揺れてもいいか、と気を取り直して机へ向かう。

机の上に置かれた紙には何事かが書いてあり、あの手はこの手紙を私に読んで欲しかったのか、と。

腑《ふ》に落ちて、文字を辿る。

〝どうか、誰か、僕を見つけて〟……………え、何ですか、この要求？）

ここまで内容が一方的だと、一体何をどうしたら……？　机の横で唖然《あぜん》としていると、書き記されたメモの隣のインクの瓶の蓋様が、カタカタと音を立て、存在を主張する。

（ひいっ！　ぽ、ポルターガイストですか!?）

アレで終わりじゃなかったの!?　と焦《あせ》りまくる私の横で、揺れる瓶の蓋様がキュッと音を出しながら、出るぞ、出るぞ、と前フリをする。

（待て待て待て待て！）

更にキュッと回ったところで、我慢ならんと心の何かがぷっつりキレてしまった私は、勢いそれを掴《つか》みあげ、閉める方向に思いきり力をかけた。

あとは何事もなかったように、鞄に入れて知らぬフリ。

（いやー、ほんとこの世界、便利な鞄があってよかったわ！）

この世界のアイテム袋は、一度しまった品モノに関して、通常、持ち主の意思がなければ取り出せない仕組みになっている。よって、あれらが鞄の口から勝手に這《は》い出てくるという、ホラーは絶対にあり得ない訳である。

（なんという安心設計！　アイテム袋様、万歳!!　高かったけど、有名店で買った甲斐《かい》がありました！）

この日以上に、その仕組みに感謝したことはないだろう。

すごく怖い思いをしたけれど、これで一階と地下室を見て回ることができたから、心置きなく勇者様の気配がする上の階へと上がっていけるわと、己の出せる最速で玄関へと駆けていく。

お化け屋敷が大の苦手な彼女の冒険は、これにてようやく終了したのであった。

# 4 フェツルム坑道

YUSHA no YOME ni NARITAKUTE (￣▽￣)ゞ

「久しぶり。変わったアイテム欲しいんだけど持ってない？」

「おぉ、イシュじゃないですか！　随分久しぶりですね。丁度《ちょうど》良かった、とてもいいのがありますよ♪」

「いつも助かるよ。アレ起動してくれる？　こっちも準備するからさ」

「はいはーい。少々お待ちを～」

鞄《かばん》から聞こえたチリリンという鈴の音に、呼び出し音だと思って応えてみれば、懐《なつ》かしい声がして。

最後に見た彼の姿を朧《おぼろ》げながら思い出す。魔法の世界で超過技術というのも妙な話だが、現代では再現できない優れた機能を有する遺物を身につけている、一見すると細身の優男《やさおとこ》。

彼はそれなりに整った面立ちを、薄鼠《うすねず》と藤色で彩った、吹けば飛んでしまいそうな儚《はかな》さを滲《にじ》ませる男なのだが……実際は強《したた》かで、とんだ策略家なのである。

＊・・＊　商人とか天職だと思うわー　＊・・＊

〝十代で独り立ち〟という、商工ギルド界における偉業を成し遂げた幼なじみの彼を思って、思わず頬を緩ませた私。

名前をベルリナ・ラコットという、ごく普通の十八歳。

――ごめんなさい。ちょっと嘘《うそ》、偽りが入りました。

ぱっと見、どこにでも居そうな容姿のごくごく普通の女子なのですが……。

実は私、異世界からの転生者。

前世の記憶も、バッチリ健在でございます。

＊・・＊・・＊・・＊・・＊・・＊

「一応、ベルが好きそうな物資選んでおいたけど。他に欲しいのがあったら言って。次までに仕入れておくからさ」

鞄から板チョコサイズの白い石を取り出して、表面に彫られた文字を指でスッと追っていく。すると、始めの文字以外何もなかった表面に、三×三の公用数字が現れて、パスワードを迫られる。予《あらかじ》め登録してある数字を打ち付けて、決定の文字に指で触れれば、右側の長辺から光の粒子が生えてきて、バーチャルディスプレイ的な画面が創造される。

ファンタジー世界のくせにＳＦが混ざっているなんて……と、いつも思っているのだが、慣れた手つきで取引相手の端末——といっていいのか分からないが、暫定的にそういうことにしておこう——に接続すると、ほどなく相手のフォルダ内にアイテムが羅列され始め、お互いの端末が繋《つな》がったことを思わせる。

本体はただの石のようだが、このいかにもなハイテク製品は、見た目の期待を裏切らず非常に優れた魔道具だ。アイテム袋に入れておくだけで、袋内の全てのアイテムを自動で認識し、使用時には所持アイテムを音順に一覧表にして、光の画面に表示してくれたりする。

更に、これには付属の石盤が付いており、そこにはアイテムの移動を可能にする魔法陣が刻まれていたりする。ここまでくれば想像が容易《たやす》いだろうが、実はこの二つは連動しており、アイテム袋から実際に物を取り出さなくても、また、離れた人との間でも——もちろん相手も同じものを持っていなければいけないが——簡単にアイテム交換ができるのだ。

随分便利な道具があったものだが、実はこれ、かなり高価な商品で、商工ギルドによる技術独占も相まって普及には至っていない。

私の場合はイシュから借り受けている形になるが、そもそもこれは商人の中でも豪商と呼ばれる一握りの人達が持つもので、独り立ちしたといってもまだまだ駆け出しである、一介の商人が持てる代《しろ》物《もの》ではないのだが……。そこをどんな手段を用いて手に入れたのか、聞いてみたい気持ちはあれど、何となく藪蛇《やぶへび》な気がしてしまい、聞けないでいるのは余談である。

「イシュの方が空きが少ないようなので、先に貰《もら》ってしまいますね」

これでも気安い仲なのでどっちが先でも彼は全く気にしないと思われるのだが、とりあえず断りを入れておく。気心の知れた幼なじみとはいえ、彼の方が一つ年上なのである。前世では年長者は敬え！　な環境で育ったために、年上には丁寧に、が身に染み付いているのであった。

画面にはこちらのアイテム在庫と、接続先である彼のアイテム在庫が、二列に並んで表示されている。

「あ、これ欲しかったんですよー」

食料から日用雑貨、旅の消耗品と続いて、ダンジョン用消費アイテムなどを指でなぞって選択し、石に浮かんだ移動ボタンを次々と押していく。めぼしいものを選び終え、こちらの指が止まったのを確認すると、今度はイシュが私の方のアイテムに目を通す。

「相変わらず、すごい品揃《しなぞろ》え……。よくこれだけレア・アイテム拾ってこれるよね……今の持ち金でどこまで買えるかな……」

ぶつぶつと漏《も》らしながらも、彼の方も次々とこちらのアイテムを選択していく。

「あ、おすすめはその辺です。【揺れない炎のランプ】とか【景色が変わる風景画（小）】とか【しゃべる人形】とか…………………んっ!?」

最近、某所で手に入れたアイテムを読む私の口が、その文字を拾って不意に固まった。

（…………なんか今、【ゴースト】なる文字がチラッとそこに見えたような……？）

つつーぅと冷たい汗が背中を滑っていく様を、ひんやりとした気持ちでハッキリ認識しながらも、アイテム名が羅列された光る画面の一点を「間違いでありますように」と凝視《ぎょうし》する。

（ある。確かにある。【瓶詰《びんづ》めゴースト】なるアイテムが、私の鞄に存在している……!!　知らなかった。ゴーストってアイテムだったのか。どんな効果が……って、違うでしょ!?　落ち着いているけど、落ち着け私！　突っ込むとこ、そこじゃない!!　いつ入った!?　いつ入れた!?　心当たりなんて…………あるじゃないかぁぁぁっ！！！）

ひぃぃぃぃっ！　と思い当たる記憶に一人ですくみ上がっていると、イシュの指が何の抵抗もなくそれを選択していって、自身のアイテム袋へと移動させていく。

（お……おぉ……？　商人のイシュが【ゴースト】を持っていったってことは、やっぱりアイテムとして何か効果があるのだろうか？）

ドキドキしながら聞くべきか聞かないべきかと、その場でそわそわしていると、これまでの勢いが突然止まり、彼の指が選択を終了したようだった。

（…………何故？）

「これ、いらないんですか？　タダでいいんですけども……」

そこに残された一つのアイテムを見つめながら、私はぽつりと声を零《こぼ》した。

商人に「タダ」と言えば、「この値段に見合ったこちらの頼みを聞いてくれ」ということを意味するのは、暗黙のうちである。が、そこは私達の仲なので。ほんとのほんとに何の見返りも求めない「タダ」であると言っているのを、彼も理解しているはずだが、さっそく手元に届いたアイテム類の品定めを始めたのか「んー」という気のない返事が先に来る。

「それ【限定アイテム】だから受け取れない」

その一言に私の体が凍り付く。

彼は商人特有のスキルである【鑑定、鑑識】スキルを所持しており、今使用しているようなハイテク製品を使わなくても、目を通すことで正しいアイテム名が分かる上、その効果などを理解することができるのだ。

そして【限定アイテム】とはその名の通り、使用者が限定されているアイテムのことを指す。ものも成り立ちも様々だというが、一番分かりやすいのは霊格持ちの武器などだろう。

ありふれた話だが、ファンタジーなこの世界には、霊が宿る武器というのが存在していたりする。

それらは人格ならぬ霊格を持っており、こちらが主人じゃ！　と言わんばかりに持ち手を選ぶ。彼らに気に入られなければ持つことはおろか、触れることすらかなわない場合があるのだ。もちろんそういった霊が宿るものばかりではないのだが、それの並びだと思えばよいだろう。

よって【限定アイテム】の殆《ほとん》どが、売買もしくは他者への譲渡が不可だったりするのである。

「宛名もベルだしね。見た感じ上流階級の夜会みたいだけど。【招待状】なんて誰に貰ったの？」

「…………白くて透けててポンポン跳ねる、ハイテンションのゴーストに」

「え？　ゴースト？」

「勇者様の後を追ってたら、ゴースト・ハウスに行き着きまして……。謎解きをしたご褒美らしいです」

絶望的な状況なので、思わず暗い声が出る。

（手放せないとか、手放せないとかっ！　なにそれこわい!!）

な心情なのだ。

するとイシュはしばらく沈黙し、ようやく合点がいったという声で新鮮な反応をしてくれる。

「あぁ!?　じゃあこれ絵本に出てくる【亡霊祭の招待状】!?　嘘だろ!?　ファントム・タウンって本当に存在した訳!?」

叫ぶだけ叫んだら、彼は「はぁー」と息を吐き、自分を落ち着かせようと試みたようだった。

それが昔からの癖なのだ。きっと次には眼鏡を外し、目頭を揉《も》んでいることだろう。若いくせにどこかおっさん臭い、懐かしい仕草が目に浮かぶ。

「はぁ。まぁ。ベルだしね。うん、分かるよ。……じゃあ、こっちが買い取ったぶんの差額のお金送るから」

いつも私が道端で拾う地味臭いアイテムを、思わぬ高値で買い取ってくれる人の良い幼なじみに、なんだか悪いなぁと思いながらも、勇者様を追うための重要な資金なので、遠慮せずに貰っておく。

まぁ、実のところ、彼は彼で特別な特殊スキルを隠し持っているために、いざとなったとき食い扶持《ぶち》には困らないということを、私は知っているのである。

幼なじみイコール彼も孤児院出。更に付け加えると、一緒に自主卒業したクチである。

彼の場合は授かった特殊スキルのせいとも言えるが、我々は二人で孤児院のハミ出し者をやっていた。幼くして精神が老成してしまった彼と、前世の記憶を持ち越してしまった私。互いに自分の精神年齢が壁になり、なかなか子供の輪に入ることができなかったのだ。当然、世話をする大人からしてみると、可愛くない、という一言に尽きるだろう。

初めは端っこと端っこで、似た奴がいるなぁ程度の認識で、ろくに会話もなかったが。一度、相手の精神レベルの高さに気付いてしまったら、そこに絆《きずな》が芽生えるのは自然な流れ。やがて私は彼の特殊スキルを知って、彼は己の特殊スキルで私の持つそれを理解した。

以来、我々は特異な絆で繋がっているという訳だ。

一応、ここで断りを入れておくと、私達の間に色恋の要素は全くない。仲間というか。前の世界の恋愛小説なんかだと「異性間の友情は……」というセリフがよく出てくるが、我々はそれを超越した真の友人なのだと思う。

「あ、そうだ。これあげる。あとこれも。ベル好きそうなアイテムだし」

「わぁ、いいんですか？　サンキューです」

「東の勇者様ってさ、今、クアドアの国境近くのフウって村を目指してるんだよね？」

「おぉ。よく分かりましたねー。いまウィリデの最後の平原フィールド、歩いていますよ」

「まぁね。商人の情報網ナメたらだめだよ。とりあえずベルは何が起きても死なないと思うけど、それに甘えず気を付けて。じゃあ、そろそろ仕事に戻るから。またそのうちに」

「はーい。いろいろありがとうございました。イシュも働きすぎて体を壊さないように」

こちらの言葉にフッと息を吐き「気を付ける」という声が続いて、それきり通信は切断された。

あの様子だと、自分でも無理をしていると分かる程度には、無理をしているということだ。たとえ今の職を失ったとしても働き口はあるのだから、そこまで頑張らなくてもいいのではと思うのだけど。

もしかすると、彼にはよほど大きな夢があるのかもしれないな。

そんなことをぼんやりと考えながら、板チョコサイズの石から生えた光のディスプレイを消し、音声通信用の魔法陣が描かれた、手のひらサイズの青い石と一緒に鞄にしまい込む。

イシュと話し込んでいるうちに、勇者様との距離が開いてしまったようではあるが……村はすぐそこなので、そう焦《あせ》ることもないだろう。

たまには余裕を見せることも大切だ、と大仰《おおぎょう》に歩幅を緩めたところで、不意に進行方向より掛かる何かの黒い影。

「あ」

我ながら、なんとも間抜けな声だと思ったところで、後方から風の矢が飛んできた。

「おぉ」

再び間抜けな声が口から漏れたと同じとき、一点集中の鋭い風の塊《かたまり》が、目前に迫ってきていたフィールド・モンスター様を串刺しにしながら遠くの方へと押しやった。

ちらり、と己の後方を振り返り。

「パシーヴァさん……」

と、呼び名が漏れる。

草原の緑に埋もれながらも、ギリギリ黒い毛先が見える……と、いう位置にいる中型の魔獣様。そちらに視線を向けてみて、呼びかけてみたりする。

「いいんです。いいんですよ。私の特殊スキルが、よく分からない仕組みなのがいけないんですからね。どうせ【回避】してくれるなら、エンカウントそのものを回避してくれればいいのに、そうならないのが悪いんです。決して貴方のせいじゃないですよ。だからうっかり【威嚇《いかく》】の効果の範囲を超えるほど、離れた場所で道草をくってしまっていたのだとしても、私には貴方を責める権利なんてないんです。結局、貴方は私を助けてくれましたしね」

女優のようにヨヨヨとその場にくずおれて、スポットライトを意識した決めポーズをとってみる。

魔獣はそんな私の様子を遠くから眺めると、ウォン！　と一声だけあげて、しっぽを振り振り何事もなかったように道草を再開したようだった。

――――まぁ。私達の関係は、やはりこのくらいが丁度良いのだろう。

魔法の風の矢一本で、対するフィールド・モンスターのレベルが二十二程度と言えど、オーバーキルな雰囲気を醸し出す彼の能力に、ふと思いを馳《は》せてみる。この子の攻撃範囲ってどのくらいまであるのかなぁ？　とか。もしかして勇者様くらいレベルが高い子なのかしら、とか。いずれにしても能力値高けぇな……なので、考えても詮無《せんな》いか、と腰を上げて歩き出す。

（さぁて。真面目《まじめ》に勇者様を追いかけよー♪）

深く追求しないことも、たまには必要なのである。


そしてその日の日暮れ前、目的のフウ村に着くと、そこは既にお祭り騒ぎの体《てい》だった。

寂《さび》れた、という言葉は余計かもしれないが、遠目にも山間の村とは思えないほどの賑《にぎ》わいで、そんな村の様子を見遣《みや》り、私は大分手前の方で一度足を止めたのだ。

何故にこれほど沸いているのか謎ではあったけど、あのくらい賑やかならば人の態度も常よりは柔らかくなっているかもしれない、と。期待しながら村の方へと、止めた足を動かした。

今までの経験からして、辺境に住む人々が他所者《よそもの》に優しくないのは知っていた。勇者様はご高名もさることながら、その容姿も相まって、どこに行っても——特に女性に——歓迎されるが、名もなき冒険者らは別なのだ。

それに加えて、彼らにとって若い娘の一人旅という風体が、相当怪しく映るらしい。辺境の村では例外なく警戒されるし、魔物系と思われることも少なくない。年頃の娘に対し魔物系って何だそれだが、年頃ゆえに淫魔《いんま》系と思われることが多いようで。あれ？　もしかして、少しくらいは私にも色気があるのかな？　と、ちょっぴり期待してしまうのは性分ゆえである。

大体は、前世の人生経験のおかげというか、鋭い視線や冷たい言葉は何ということもないのだが。できればこちらも気持ちよく居たいので、不穏な空気が漂う場所は、極力避けて通りたい。だから、目的の村の雰囲気を第一村人との会話の中で掴《つか》んでいくのが、訪村時における最初の仕事なのだった。

さっそく村の入り口で、松明《たいまつ》の準備をしている老人を捕まえて、いつもの言葉をかけていく。

「こんにちは。お忙しいところすみません。この村に宿屋はありますか？」

見慣れない旅の娘の出現に、老人は動かしていた手をまず止めて。

しばらく上から下まで眺められ、返ってきた言葉はこれだった。

「この村にはお前さんが望むような宿などないが、どうしてもという理由があるなら、村長に頼むといい。ただ、今日は勇者様の一行が見えているから、床の空きはないだろうよ」

「そうですか、泊まるのは無理そうですね。お邪魔しました」

長居は無用と悟った私は、一礼を返すと、そそくさとその場を後にする。

とりあえず村には一度入っておきたいので、商店を探すフリをして、どこか浮き足立った雰囲気の村人達の会話にさりげなく耳を傾けた。この行為は立派な盗み聞きといえるが、私には勇者様の情報を集める手段がこれしかないので、気持ち大目に見て欲しい。

たまにチラチラ、不審者を見る顔つきで眺められはしたけども、あらかた話を聞き終えると、商店がないことを忙しそうな村人に教えて貰った私は、村の中央で宴席の準備が進められているのを横目にしながら、人知れずその場を後にするのであった。

勇者様がここを発《た》つまで、いつも通り野営をするのである。


（あー……暇《ひま》だなー）

一際高い歓声が響き、パシーヴァさんの体毛をひたすら三つ編みにしていた手がふと止まる。

なんとなくやる気を失ってしまった私は、寝袋に入ったまま、ごろりと横に転がった。

明るいうちに村で聞いた話によると、村にほど近いフィールドで村娘が修行をしていたところ、運悪く発生が希少な高レベルのモンスターに出会ってしまい、足に深い怪我《けが》をした。

逃げられないとその娘が覚悟したとき、運良くそこを通りかかった勇者様に救われる。

勇者パーティの聖職者様に回復魔法をかけて貰うと、傷は癒えるも娘は腰が砕けてしまって、どうにも歩けそうにない。そこで勇者様は娘の家があるという、自分達と同じ目的のフウ村まで、彼女を抱きかかえながらやってきた。

それを見た村人——特に女性——から、次々と黄色い歓声が上がる。

何事かと出てきた村長は、勇者様と彼に抱きかかえられた自分の娘を見てびっくり。危ないところを助けて頂きありがとうございます、いやこの子は昔から危ないと何度注意しても聞く耳もたずで、うんたらこうたら……。ぜひとも勇者様にお礼がしたい！　よし、今夜、宴《うたげ》の席を設けよう！

そんな流れで、今に至るという話らしい。

何から何までテンプレな展開すぎて、いろいろとお腹《なか》がいっぱいである。

そもそも、勇者パーティがこの村を訪れた目的は、すぐ側《そば》の山にある【洞窟系ダンジョン】のボス攻略のためであったらしい。そこのボスはモンスターの湧きに影響を与えるタイプで、一度倒すと復活するのが半年後という、中期スパンのボス様なのだ。前に冒険者に攻略を依頼してから半年ほど経《た》ったので、そろそろ次をお願いしたいと、村からギルドの方へ依頼が出されていたそうである。

ところがほんの少し前、隣国で巨大なダンジョンが発見されたことにより、近隣の中堅レベルの冒険者層が多く流出してしまう。報酬の低さと辺境という条件を飲んでくれる者がなかなか現れず、エディアナでの仕事を終えて手が空いた勇者様へと、ギルドから依頼がとんだらしい。

村人のおしゃべりを繋げると、ざっとこんな感じにまとまった。

勇者様は明日の早朝にダンジョンへ発つ予定らしいので、今日は早めに寝ておこうかと、村外れの茂みの中で私は再び体を転がした。その視線の先で、魔獣はようやく己の身が自由になったことを悟ったらしく、しっぽを振りながらフィールドの方へと楽しげに消えていく。

しばらくその場でダラダラと暇をつぶして、気付けば時刻は夜半過ぎ。


どうやらいつの間にか眠っていたらしい。


まどろみながら、妙な時間に目が覚めてしまったと、なんとなく残念に思っていると、近くに人の気配があるのに気が付いた。

「勇者様！」

嬉々《きき》とした声が聞こえて、再び眠りに落ちようとしていた私の意識が浮上する。

頭まで被《かぶ》った寝袋姿のままで、少し体を横向けると、茂みの隙間《すきま》に松明の明かりが漏れている。

寝ぼけ眼《まなこ》で、そんな方向を静かに眺めていると、段々と焦点が定まって、最終的に人の足が四本見えた。

「どうしたのですか？　こんな夜中に……眠れないのでしたら、お付き合い、しますけど……？」

セリフの最後を照れた口調で尻すぼみ風に終わらせられると、夜中という時刻もあって、どうにもピンクな雰囲気が漂って見えてしまうのだが。

同時に、聞いた声で、それが噂《うわさ》の娘さんであることに至った私は、茂みという隠れ蓑《みの》を纏《まと》って成り行きを見守った。

相当なイケメンかつ職業【勇者】な男とくれば、引く手あまたなのは当たり前。

今のところ、街などでそういう場面に出くわしたことはないのだが、若い男が女を抱かずにいられるなどとは思ってないし、だからといって彼を見る目が変わるほど私の愛は浅くない。そりゃ、結婚してから他の女性を抱くという話なら、人並みに抵抗があるけれど……。特定の相手がいないうちならば、そういうことは本人の裁量に任せられると思うのだ。

こと男女の関係なんて、前世の記憶に現世の経験を上乗せしたところで、到底理解が及ぶものではないのだし。アプローチの方法だって、人それぞれだと思うから。

確かに好きな人の一番になりたいとは思うけど、同じ人を思う誰かに嫌がらせをしてまでも……とか。そういうのは何か違う気がするし、人を陥《おとしい》れて得たものなんか結局はろくなものじゃないのだと、過去の記憶が語ってくれる。生きてりゃたまーに会うのだよ、そういう不道徳な人達に。

(彼女がそうとは言わないけれど。とはいえ、誘うとか……自分には真似できない行動だ……)

図々《ずうずう》しくはできるけど。

まぁ、あれか。

結局は延長線上なのかもしれないが、最終的に〝誘う〟というのは、できなかったりするヘタレ。

(…………だってそんな技術はないし、そもそもすごく恥ずかしい)

ふと細い方の足を見て、いたたまれずに目を閉じる。

どうせなら他の場所でやって欲しかったよなぁ……なんて思うけれども、事故だと思えばいくらか諦《あきら》めが付くような。寝たフリ、寝たフリ、と反芻《はんすう》し、あ、寝れるかも……と思ったところで、深い声音が再び私の意識を持ち上げた。

「……酔い覚ましに外の空気を吸いにきただけだ。そろそろ戻る」

そんなセリフを耳にして――――字間として、四字空いた。

そう、つまり。

（えぇぇぇっ⁉　勇者様、ザルでしたよねっ⁉　酔い覚ましとか要《い》らない人でしたよね⁉）

と、いうやつだ。

他の村でたらふく酒を盛られても何の変化も見せなかったその人に、思わず激しい突っ込みを入れていた。が、いつも聞く声とはわずかに異なる硬質な音を聞き留めて、そこに明らかな拒絶があるのを私は理解する。

おかげで意識が研ぎ澄まされて、せっかく閉じた瞳さえパッチリと開いてしまう状態に。しかし。

「あ……そう、ですか。じゃあ家までご一緒します！」

きゃぴっと音がしそうな声で、娘さんが攻めてくる。

意外と彼女めげないな！　気付かないって幸せだよね⁉　と、その衝撃に動けずにいると、いつものブーツが踵《きびす》を返して戻っていく様子が見えた。当然のように細い足が軽やかにそれを追う。

私はお祭り騒ぎの余韻となった備え付けの明かりから、す～っと目を逸《そ》らし、その場でそっと仰向けになると、遠くに輝く星を見た。

（やはりというか……勇者様は人が苦手で……いや、特に女性が苦手？　なのかしら…………？）

それともああいう積極性が癇《かん》に障《さわ》ってしまうのか、と。ここ最近の自分の態度を振り返り、なんとなく気落ちする。

（………うん、ちょっと最近は……出しゃばりすぎだったかも？　ここで嫌われてしまったら余生をどう生きたらいいのか……分からない、ですしねぇ……）

なにせ私はこの生活に生涯をかけている。嫁になれない＝The end・な人生という訳だ。

嫌われる、なんていうマイナス点は絶対に欲しくない。

初心にかえろう………心の中で呟《つぶや》いて、その夜は再び目を閉じた。

明くる日の晴れた朝のこと。

村の入り口が見える物陰に陣取った私の視線の先で、見慣れたパーティ・メンバーと、彼らを見送りに現れた数人の村人が、突然何かで揉めだした。

初めは小さい声だったのでよく聞き取れなかったが、段々声量が増していき、ついにはハッキリ聞こえる声が辺りに響く。

「ですから、私もお供します！」

そう言って勢いよく歩み出たのは、昨夜イベントを発生させていた村長の一人娘であった。

鳶色の髪を結い上げて、動きやすさを重視した服装に身を包み、背中には矢を収めた筒と木製の弓を背負っている。

「大丈夫です！　自分の身は自分で守れます！　それに道案内が居た方が絶対良いと思うんです！」

「それでも……」

言いかけた重い声を遮るように、村長夫妻が娘に続いて歩み出る。

「どうか、私達からもお願いします！　これでも村一番の弓の使い手なのです。決して勇者様のお邪魔になるようなことはさせませんので！」

「お父さん……お母さん……！」

うるうるとした大きな瞳で、自分の親を見つめているのだろう彼女の姿に、よくあるよなぁこういうイベント……と思いつつ展開を見守ると。

「遊びにいく訳ではないんだ。運が悪ければ命を落とすことになる。そう軽々しく……」

勇者様が、当たり前に随伴を止めようと、彼らに諭《さと》す声を出す。

けれど。

「はい。それは充分、分かっています」

「私どもも、承知しております」

踏みとどまらせようと発せられた言葉を遮って、期待を隠しながら神妙な顔をして頷《うなず》く娘と、あっさりと了承してしまう親御様。

彼は言いかけた口を閉じ、ただただ視線と沈黙を彼らに返したようだった。

そんな様子を離れた場所から眺めつつ、いつもは殆ど動きを見せないその顔を、恐らく盛大にしかめただろう——とはいえ、普通に見たらわずかな変化でしかないのだが——ことを予感して、こちらの方が汗をかく。ある意味、大事な娘の命さえ軽く扱う気配を含んだ親御様の発言は、まさに今、彼の地雷を踏んだのだ。

あちら側からしてみれば、レベルの高い勇者パーティと一緒に行くのなら、何が起きても娘は無事と確信しての〝承知〟だろうが……。アクシデントが起きたとき、その娘の存在がどれほどパーティの枷《かせ》となるのか、彼らは分かっていないのだろう。今までも何度か目にしたことがあったので、彼がこういうシチュエーションを嫌うのはよく知っていた。

だがここで、その感情を無言で飲むのが、この勇者様の癖である。どうあっても連れて行かざるを得ない状況であることを嫌でも悟った後は、可能な限りの情報を手に入れようと努力する。

「洞窟のモンスターの分布と、レベルは分かっているか？」

「地下一階層からの出現で、二十台からです。深くなるほどレベルが上がり、これまでの記録上、ダンジョン・ボスは四十台前半だとされています」

「山道での遭遇率は？」

「フィールドと同じ頻度《ひんど》ですが、稀《まれ》にレベル三十台の自然発生のゴーレムにぶつかります」

「貴女のレベルは？」

「二十八です」

返った言葉を咀嚼《そしゃく》して、少し間を置いた後、再び口が開かれる。

「洞窟の入り口までだ。そこから先は連れて行けない」

「勇者様!!」

ぱあっと喜色を浮かべた娘から視線を外し、彼はパーティ・メンバーを振り返る。ただそれだけで彼らの間にいつもの会話が成り立ったのだが……彼女がそれを知ることは永遠にないだろう。

そういう訳で、村でのイベントを終えた彼らは、一時的に村娘をメンバーに加えると、ようやく裏山にあるダンジョンへ向け、出発の声を上げるのだった。


【洞窟系】のダンジョンは基本的に薄暗い。

そしてそれには二つのタイプがあって、人工的にできたもの、いわゆる【坑道】なんかも含まれる。厳密に言うならばそれを洞窟とは呼ばないのかもしれないが、土や岩の中の空間で、モンスターが出るならば、この世界のダンジョン的には【洞窟系】にされている。

そもそもダンジョンと言うものは、階層を持つ洞窟なんかを指し示すような気がするが、この世界における【ダンジョン】は、モンスターの出現・徘徊《はいかい》頻度の高い、建物もしくは土地を指して使われている。

話を戻し、二つあるタイプの洞窟系、もう一つのタイプとは、そのまま自然物になる。

前者の場合、元々は宝石や鉱物や、その他の特殊な石を求めて掘り進められた坑道なので、等間隔に何かしらの光源が置いてある。

そして後者は、風穴《ふうけつ》や鍾乳洞《しょうにゅうどう》などを思い浮かべて貰えばいい。それらは自然の営みの中に生まれた産物で、奥行きや深さはないのだが、珍しいモンスターが徘徊していたりする。もちろん光源などは置かれていないので、魔法か道具で辺りを照らしながら行かないと、前進するのも難しい。

蛇足になるが、現在までに発見されている【洞窟系ダンジョン】の存在比率は、人工物が七の自然物が三である。

山間の村フウの裏山に確認されている【フェツルム坑道】は、前者の人工タイプで、入り口が山の中腹にある下方進行型のダンジョンだ。

村を発つ前に娘さんが語った通り、入り口から一層下ったところからモンスターの徘徊が始まった。入り口近くで留守番をすることになった彼女から、気取られぬように進入するため少し時間をかけたので、勇者様は二、三層下まで進んでいると踏んでいる。

ちなみに今回、パシーヴァさんは村娘の近くに置いてきた。なんとなく、彼女が思い余って勇者様の後を追ってくるような気がしてしまい……もしそうなったとき、陰に潜んで彼女の援護をするように、と言い聞かせておいたのだ。

出発前に口約束を交わしているが、いくら自己責任であれ、娘が傷物になって帰ってきたなんて話になってしまったら、揉めるのは目に見えている。この世界には回復魔法があるのだが、回復までに時間が掛かりすぎると傷跡が残ってしまう……というのが普通に起きるのだ。

約束を安易に交わす者ほど、何か起きたとき態度を一変させるもの。経験的に分かっているから、勇者様はそれらの人を嫌悪する。もちろんそんなこと、態度には出さないが。

元々、人が苦手らしいところもあるので……まだ苦手で済んでいるのに、彼女のことで村長さんと揉めるような事態になったら、うっかり〝嫌い〟に発展しちゃうかもしれないな……と。

そんな不安が燻《くすぶ》って、何となく見逃せないこの状況、なのである。

（それに、真《ま》っ直《す》ぐぶつかるあの娘の態度は、正直いうと嫌いじゃないし）

同じ好きなら正々堂々、正面きって競い合うのが正しい姿だと思うのだ。だから、陰でコソコソ動いている某国のお姫様方は、正直あまり好きではない……なんて思ってしまったり。力任せに出られれば一般人の私には、なす術《すべ》無しと言えるので……この意見には間違いなく、やっかみも混じっているのだろう。

というのも実は……よくある話であるのだが。

私の愛する勇者様は、なんと貴族階級の出なのである。

そりゃ、あれだけ立派な名前なら……と、気付く人も多いだろう。

私の場合、その事実を知ったとき、何故初めに気付かなかったのかと愕然《がくぜん》としたものだ。ここで家柄を狙ったつもりは毛頭ない、と言ったとしても、あまり意味をなさないような気がするなぁ、と。

よって、この話には極力触れないようにしている。

幸いな点として、勇者と呼ばれる人達が基本的にどの権力にも属さない――――つまり、国は出自による彼らの所有を主張してはならない、という協定が大陸内で結ばれていることか。

ただし、ちょっと厄介なのは。

彼が〝職〟を取るうちは、国家権力の及ばない独立した存在として扱われることになるのだが、彼が〝家〟をとるならば、あとは想像する通り。平民、しかも元は孤児という低め身分の私には、割と難易度高めな設定になってしまうのだ。

一応の希望としては、彼の国が他国に先駆け、貴族と平民間の婚姻を容認していることとで。

それでも厳しい現実は、彼が一人息子であることか。

(私は嫁になれるかな……？)

積極的なあの子を見たら、なんとなく不安になって、いつものポジティブがなりを潜めてしまうのだ。

(勇者様のためにできることって、実はなかったりするもんなぁ………)

特殊スキルには恵まれたものの、体力、魔力共々、地の底を這《は》っている。

同じレベル十五でも、他の人はもっとパラメータの伸びがいい。これはマイナス方向の転生者補正なのだろうか。記憶が残ることに対する補正だったりするのかと、疑う日が多々あった。

冒険者ギルドでは加入の際に知力が高いと驚かれたことがあったけど、この世界が余りにもファンタジーすぎたので、生きるために……受け入れるためにと、がむしゃらに知識を集めた結果にすぎないような気もするし。

前の世界のゲームや漫画、小説の主人公のように、初めから美少女で俺ＴＵＥＥな状態ならば、余裕でお供ができたのだろうけど。

(まぁ考えても仕方ない。今まで通りでいいじゃない。ちょっとずつ近付こう作戦でいいじゃない。どうせ他にやりたいこともないんだし。これはこれで楽しいし！)

どんなに思い悩んだところで、結局私にできるのは、彼を追いかけることくらいなのである。

そしてちょっと困っていたら、ほんの少し手伝わせて貰うくらい。

あとは大きなお世話だけれど、命の危機を無理矢理に回避させて貰うくらい、か。

(……ん？　なんか三つもあるな、できること。こっちの都合ばかりだけれど。あれ？　思ったより

私って、やればできる子なのかしら⁉）

そう思ったら、なんとなくポジティブがよみがえる。

開き直ればこちらのもので、そんな気合いを取り戻したら、再びシャキっと移動を開始するまである。相変わらず薄暗い空間を等間隔の光を頼りに、邁進《まいしん》していくだけだけど。

徘徊音や体の色にもよるが、慣れてしまえば、モンスターの位置を掴むのは意外と容易《たやす》い。あとはなるべくそれ等《ら》に見つからないようにして、気を付けて進めば良いだけだ。どうしても避けられないエンカウントは、加護石を用いてモンスターを足止めし、そこからの逃走などでやり過ごす。

そうして、どんどん下層へと彼を追って降りていく。

中堅層の冒険者が挑むようなレベルの場所では、高確率で中ボス様が配置されているのだが、先に通った彼らによって殲滅《せんめつ》された跡があり、今回も戦闘せずに通過することができていた。大体いつもの距離感覚だと、ダンジョンの中ボス戦は復活前に通りすぎることができるのだ。

当然というか、中ボスフロアから先に進むと、見た目にも強そうなモンスターが現れる。更に下の階層に踏み入ったとき、そろそろボスの居る場所だと直感が告げてきたので、慎重に進みながらも先を急いだ。

怪しい窪地《くぼち》を避けた先でフと顔を上げたとき、折れた通路の奥の方から漏れる光を視認する。

その光量からレプスさんの魔法の光と察した私は、そろりそろりと近付いて、ボス戦があるとおぼしき大空洞を覗《のぞ》くのだった。

（おぉ……てっきりこの坑道のボス様は、徘徊モンスター達の巨大版だと思っていましたが）

巨体だけは合っていたこのダンジョンのボス様は、茎の長い植物系の姿をしているようだった。前の世界の女郎花《おみなえし》という草に似ている風である。

太陽光がないためか、花が咲くだろう頭頂部には小さな蕾《つぼみ》の集合体がつぶつぶと付いていて、ギザギザの硬そうな葉は防御力の高さを語る。確か気根と呼ばれたような露出した根のいくつかは自由度が高いようであり、失意の森のボス様のように器用に動かすことが可能で、攻撃手でもあるようだ。

そんな姿のボスに対して前衛二人はいつも通り果敢に切り結び、後衛のレプスさんは魔法詠唱を、ベリルちゃんは敵の手を防ぎつつの中距離攻撃を、ソロルくんは珍しく何かの詠唱をしているようで、なかなか緊迫した雰囲気だった。

実は前回のゴースト・ハウスでソロルくんの職業を知ってから、戦闘中そちらの方にもたまに目を向けるようになり、回復魔法を発現したかな？　な場面が目につくようになる。あるいはそれは先駆者職と勘違いしていた私への、当てつけだったのかもしれないが。何回か見るうちに、回復量によるのだろうか、小回復ならあのくらい、中回復ならそれくらい、と魔法陣の大きさによって判別できるようになっていた。

他のフィールドで見たことがある他種族の回復魔法より、ソロルくんの扱う魔法は芸術的な綺麗《きれい》さで、あれがエルフの古語かぁ……と感動もしていたりする。イメージとして近いのは、前の世界のアルファベットのカリグラフィー的装飾だ。

空洞前の岩肌に手を寄せる私の先で、レプスさんの詠唱が終わり、拘束系の魔法が掛かる。すかさず。

「右!!」

とライスさんが声を上げ、言葉を受けた勇者様が大剣で薙《な》いでいく。

茎の右を薙いだとき、枯れ草色の体液がパッと辺りに散らばった。

「ソロル！」

「resisto somnus!」

再びライスさんの強い声が通ると同時に、少年がボスの体液を受けた勇者様へと、補助魔法を発現させた。それを目の端に留めながら。

（うわー。ソロルくんてば、ほんとに聖職者様っぽい）

と一人で感心していたら、続いて聞き慣れた薄い音が、小さく空洞に広がった。

「〝降れ〟……」

声の主を探してそちらを見れば、レプスさんとソロルくんの間に立った美少女が、今まさに弓を引かんと緑光を放つ矢に手をかけていた。拘束魔法による時間稼ぎで、次なる一射のために彼女は彼女で魔力を溜《た》めていたらしい。

（おぉー！　ベリルちゃん、かっこいい☆）

そのまま上方に放たれた魔法の飾り矢は、空洞の天井付近で溶けるように波紋を作ると、花のような幾何学模様を広く浮かび上がらせていく。綺麗だなぁ……なんて見惚《みと》れていると、次にはえげつないとしか言いようのない攻撃が。現れた花模様の魔法陣から、一本目と同じ矢が無数となって降り注ぐ。

前衛の二人は既《すで》に退避して無傷だが、植物系とおぼしきボスは回避できずにそれらを受けた。体のあちこちに開いた穴から、先ほども見た体液をドロドロ地面に流しだす。

そこへ、休憩なんて与えませんな雰囲気で、タイミング良くレプスさんが魔法を放つ。

「ブレイズでござる！」

シャランラー☆　な白い星の煌《きら》めきが辺りに散って、足下から爆発するように立ち上った火柱が、ズタズタのボスの体を容赦《ようしゃ》無く焦《こ》がしていった。

この世界には、前の世界のゲーム設定であるように、植物系の敵↓とりあえず炎系魔法で攻撃するという、定石が存在しているのである。

だから、炎に包まれるボスを見ながら、誰もがその選択を正しいと認識していた――――。


「な……」


異変はすぐに現れた。

ボスの近くで構えを取っていたライスさんの体が、ゆらり、と揺れてそのまま崩れ落ちたのだ。異常に素早く気付いた勇者様が、寸歩でライスさんの側に寄り、肩を抱き上げその場を退いた。

「ソロル、状態回復を……」

少年の声が重ならないことに疑念を抱いた勇者様が、ボスに向けたままだった目を、後方へと動かした。同じように、こちらも彼に向けたままだった目を、後衛の三人に向けていく。

そこにはなんと、衝撃的な光景が広がっていた。

（えぇぇえぇ!?　全員寝てるっ!?）

金髪ポニテのベリルちゃんが辛《かろ》うじてそれに抗《あらが》っている様子の他、白い兎耳《うさみみ》もろともぱったりと地面に伏した魔法使いのレプスさんと、訳も分からず旅立ちました感が漂うソロルくんの姿が見えて、色んな意味で度肝を抜かれ、言葉をなくしてしまう。

「ベリル、気付け薬か眠気覚まし、を……」

深くて心地良い声が途切れたのを訝《いぶか》しみ、再び勇者様へと視線を向けるのと、少女の発する声が重なった。

「……持って、ない」

（…………………え？）

ぱたり、と響く、とても可憐《かれん》な昏倒音《こんとう》。

「…………………」

どさり、と響く、重さのある昏倒音。

「えええぇぇっ!?」

叫ぶや否や、私は自分でも驚き！　のスピードで、銘入り高級鞄《ブランドバッグ》に手を入れていた。

（パーティ全員睡眠の状態異常とか!!　ほんとシャレにならないですよ、お嬢さん!!　しかもコレ、ボス戦ですよ!?）

状態異常攻撃を持っているモンスターが相手だと、最初から分かっていたならば。

せめて付与確率減少アイテムを装備しておくべきでしょうよ!?　と、心の中で突っ込んで。

一度、ハタ、と己《おのれ》の意識をストップさせる。

（そういえば、前の世界のアレなゲームじゃ簡単に手に入っていましたが）

そういうアイテム類は、この世界では、レアものの扱いだったのではないか……？　と。

己の鞄にしまわれているそれ系のアイテムを、いくつか頭に並べてみながら、イシュとの会話を思い出す。


職業は冒険者、その実ただの一般人、という存在の私だが。

唯一の装備品が肩に掛かったアイテム袋という、驚きの軽装から察して貰えるように、当然、これまで特定の武器を長期間に渡り装備し続けたことがない。

よって、職業が確定――剣士とか弓士とか――されることもなければ、その【恩恵】に与《あずか》ることもできなくて、通常いろいろなアイテムの【正式名称＋効果】が分からない状態だ。【毒消し】等の分かりやすい名称が記されたアイテムは、さすがに理解できるものの。レプスさんが魔法使いの職を極めて読み取った【創星《そうせい》の杖《つえ》】などという立派なアイテム名は、私の前では只《ただ》の【木の棒】という認識にしかならないのである。

だから、拾い物や商店で買い込んだアイテムに、まさかの付加効果が付いていても、誰かに教えて貰わなければ普通に知らずに終わるのだ。

そこで重宝するのが【鑑定・鑑識】スキルを所持した商人こと、幼なじみのイシュルカ・オーズ様。

聞けばちゃんと教えてくれるし――商人によっては効果を偽る者がいる。あとはスキルランクが低くて把握できない場合あり――、聞かなくても便利そうなものが付いていていたなら、勝手に教えてくれるのだ。

そもそも付加効果を期待して購入を決めたアイテムなど、今まで一つもないのだが……。

私はいわゆる〝引き〟の良いタイプらしくて、効果付きアイテムを高確率で手に入れている。

イシュ曰《いわ》く。

「ベルが普通に持ってたり、あると思い込んでるアイテムは、大抵がレア・アイテム。まず普通じゃ手に入らないものだから」

ということだ。

そういう訳で、この鞄には彼らの状況を打開する効果的なアイテム類がそこそこ詰まっていたりする。わずかな間、飛ばしていた意識を戻し、もう一度大空洞の奥を見遣れば、体力を残した巨大な植物が既に一歩どころか三歩ほど踏み出していた。

この状況……ボスの言葉を借りるなら、ずっと俺のターン、というやつだ。

(えぇい！　たとえウザいとか思われても、ここは前進すべき場面ですよね!?　たとえウザいとか思われても……!!　勇者様が怪我をするより、断然良いんですからね!?　ここまできたら、もう後ろは振り返らないのですよ!!　女、ベルリナ！　出陣のとき!!　この戦、たとえ命運尽き果てようとも！　歴史に名を刻んでやるのですっ！！！)

うおぉ!!　と闘志を奮い立たせて、取り出した【気付け薬（超臭い）】を首に下げつつ、再び鞄へと手を忍ばせる。

ありがとうイシュ。ありがとう、私の引きの良さ。そして、効果付きレア・アイテムさん。

（くらえっ！　ベルさんの渾身《こんしん》の一撃!!）

手に触れたそれを思い切り引き抜いて、神業ともいえる手早さで、チャッと両手に装着し。

己のなけなしの魔力を注ぎ、気合い一発。

「起きてくださーいっ！！！！」

ガ、ジャヤヤヤーーーーーン！！！！

途端、けたたましい音が空洞に響き渡り、びりびりとした圧の痛みが耳の奥で踊りだす。

自分の手により生み出された騒音とはいえ、思わず細めた目で前方の彼らを窺《うかが》うと、一人、また一人と頭を振って起き上がる姿が見えた。

上手くいったと、ほっとしながら、両手に装着したアイテムを外して元の鞄の中へ。

安眠妨害……もとい、睡眠系状態異常回復アイテム、その名も【クラッシュ・シンバル】様へ、心の中で感謝を述べる。

クラシッシュ・シンバルとは、前世ではクラシック曲のトリなどで用いられていた、両手持ちの金属打楽器のことを指すのだが、この世界では先に述べたような効果を発揮するレア寄りの魔道具なの

である。叩《たた》けば、鼓膜が破壊されるような痛みを伴う騒音を発するそれは、遠い記憶を持ち合わせる私からしてみると、二重の意味でのその名前。通常は単体回復用だが、魔力五十を喰わせれば、全体回復にもなるという思いのほか優れたアイテムだ。

購入理由？　そんなの単純。一度鳴らしてみたかった、この一言に尽きるだろう。

「うぅむ……どう、したのでござるか？」

空気清浄的なアイテムを放り投げ、すかさず物陰に身を潜めた私は、へにゃっと折れた兎耳に手を添えるその人へ、ある提案を述べてみる。

「レプスさん！　できれば攻撃は、氷系の方がいいかと思われます！」

「む？　ベル殿？」

体を起こし、首を曲げてこちらを見た獣人さんは、空洞の隅にある岩陰に潜む私の気配に、いち早く気付いたようである。さすが獣人。さすがウサさん。ヒコヒコが復活した長い耳に見惚れていると、奥からボスの叫びが届く。

（おぉ……こちらもさすが、勇者様。さっそく戦闘再開ですね！）

大剣を一振り、間合いをはかって、再びボスに切り掛かるその人の後ろ姿を見つめながら、起き抜けの体でよくあそこまで動けるなぁと、ただひたすら感心をする。

「ベル殿！」

不意に呼ばれてそちらを向けば、レプスさんが困った顔で倒れたままの少年を覗き込み、ベリルちゃんが弓でツンツンつつく姿が目に入る。

「〝昏睡〟を直すアイテムを持ち合わせていないでござろうか！」

「アテがあるにはあるんですが！　近付かないと渡せません！」

なにぶん我々の間には物理的な距離があるので、大声で言わないと届かない。

ボスは先に述べたように体の上部に蕾のような器官を付けている訳で、もしかしたらそれが飛んでくるかもしれないし。射程距離が広そうなモンスターの前に出るなど、いろいろと彼らの邪魔になってしまうこと確実なので、現状、こちらは出口ギリギリに陣取っている状態である。

それでもきっと、レプスさんかベリルちゃんが、戦闘の合間をぬってこっちに来ると思っていると、おもむろに持ち上げられた二人の腕が、私に対し、おいでおいでと揺れている。

見間違いか？　それとも真夏のホラーだろうか？　と。一応、右目をこすってみるが、ベリルちゃんの腕の動きが早く来いと言っていて。

（え、私にそこまで前進しろと………？）

これ以上前に出てしまったら、勇者様に近付きすぎに……と。焦るこちらにおかまいなしに、速度を上げた少女の腕が、ふと別の手で掴んだままの巨大な弓に向かって行った。

「いいい行きます！　行きますから撃たないで!!」

いや。たぶん、私は死なないと思うけど。

他に的になる雑魚《ざこ》モンスターも居なければ、外部の力の及びにくそうな地下空間、なんて状況ならば。その場合の【回避】方法って〝壊れる〟くらいしかないんじゃないか……と。

さすがに弓の控えまで、持ち合わせてはいないので………。

（オーケー、あちらもお困りの様子……渡したらすぐ引きましょう）

岩陰から出る前に、鞄に手を忍ばせて、目的のブツを予《あらかじ》め手に取っておく。

ちらっと前方を確認し、前衛二人がボスを翻弄《ほんろう》している隙《すき》に、猛ダッシュ。

「っ、これ、これですっ、どうぞ！」

「……よろしく」

「えぇっ、私!?」

呟くや否や、こちらを放置でボスに狙いを定め始める美少女様にギョッとする。

（あれ？　おかしいな。持ってくるので私の仕事は終わりのはずでは？）

助けを求め、レプスさんを見上げるも。

「ベル殿、攻撃は氷系の方がいいと言っていたでござるが」

どうしてそう思うのでござろうか？　と。期待を超えた、予想外の質問を返される。

内心、微妙な気分になったが、親切なお嬢さんと言われる私は気を取り直し、レプスさんにさくっと説明。

「たぶん、ボスの体液に含まれる催眠成分が揮発性なんですよ。先ほどは炎で温められて一気に飛散して、全員が睡眠状態になったんだと思うんです。だから、見かけ植物っぽいですけど炎系の攻撃はダメで、そうすると次に耐性が低いと言われる、氷系が妥当かなー、と」

それはいわゆるカウンターのようなもので、ゲーム的思考でイメージすると、炎系魔法による攻撃で睡眠の状態異常を反射する、というヤツだろう。あちらの世界の記憶を有する私からしてみると、条件反撃という文字は、割と簡単に想像できる。それをちょっと現実的に考えてみたならば、前述の理由にこじつけられた。

「なるほど…… 某《それがし》の攻撃のせいでござったか。シュシュ殿、すまないでござる」

「いい。結局、無傷……」

「ベル殿、危ないところを助けて貰って、ありがとうなのでござる」

「いやいや、私はたまたま近くにいたまでで」

癒し系の微笑《ほほえ》みを向けられて、頬がうっすら赤く染まったのが自分でもよく分かる。

レプスさんは今だからこそ愛らしさぶっちぎりの雰囲気だが、若い頃はそれはもう、そうだっただろうと思わせる、優しげに整った顔立ちなのだ。素直、優しい、強いときたら……可愛さも滲み出て、ある意味最強の人材なのだった。

「凍らせる方が、体液が飛び散るのも防げそうでござるな」

ふむ、と顔を引きしめて、さっそく魔法発現の動作に入る。

「あの、ちょっといいですか」

いろいろとその前に！　と呼び止める私を窺って、二人は心底不思議そうな顔をした。

「いえ、そのですね。お二人が攻撃に入ったら、誰がソロルくんを目覚めさせるのかなー、なんて」

益々《ますます》不思議そうな顔をする彼らを前に、私の顔から漫画のような雫《しずく》が一つ流れ落ちる。

「頼んだ……」

片言零して矢を当てにいく美少女と。

「よろしくなのでござるよ……発現威力増幅魔法《エンハンス》！」

何ですかその片手間感……と、次に控える攻撃魔法の威力を倍増させる呪文を唱える獣人様が居て。

「…………ええ、はい。あの…………はい」

二対一とは卑怯《ひきょう》なり、と思えども、何も言えない存在弱者の私がそこに居た。この場で大事な役目を担う二人に勝てるような気もしなければ、私が一番暇なのは確かに確かなことなので。

（うぅっ……なんでこんなことに…………もうさっきから勇者様の〝こちらをちら見〟の視線が痛くて……痛くて呼吸が苦しいほどの状況なのに……）

「グレイシエイトでござる！」

最短で詠唱を終えたらしいレプスさんが氷結化魔法を放った声を呆然《ぼうぜん》と聞きながら、手の熱でぬるくなった小瓶の蓋を引き開ける。【妖精の呟き】という名のこのアイテム。イシュが別れ際にくれたものであり、効果のほどは不明だが。

しかして。

通常、彼が無償で譲ってくれるアイテムは、どうでもいいようなもの――私がそういうアイテムを好むため――が多いのだが、稀《まれ》に未来を読んだかのようなピンポイントの商品を、絡《から》めてくることがある。

経験的に、今回貰ったアイテムがまさにそれだと確信したため、封を開けてみたのだが。

ざわざわと、森の木々が風に揺らされるような音を空いた口から響かせ始めた、小瓶の底を不思議に思う。

（なんだろう、このリラクゼーションＢＧＭ。ここで更に眠りを誘うとは……一体どういう了見でしょう⁇）

毒は毒、眠りは眠りで制するってことなのか？　と。意味不明な思考にふけっていると、やけに可憐な誰かの声が、瓶の口から響きだす。

『シーウェ』

（んん？　誰の声だろう？）

まじまじと開いた口をそのまま覗いていると。

『シーウェ、あなたは何て可愛いの』

という、慈愛に満ちた音がする。

途端。

「っ、ねねね姉ちゃんっ⁉　嘘だろ⁉　なんで⁉　僕あいつらと旅に出たはずだよねっ⁉」

真っ青《まさお》な顔をして、がばりと跳ね起きる少年が。

ものすごい勢いで辺りを確認し始めた彼は、ひとしきり景色を眺めると、ようやくレプスさんとベリルちゃんの姿を認め、次いで私の姿を認めて、何をしたといわんばかりに睨《にら》みをきかせてくるのであった。

「いや、涙目で睨まれても恐くないですからね」

ふっ、と生暖かい目のまま返してやると、少年は乱れた髪を手櫛《てぐし》で戻し、慌《あわ》てて立ち上がろうとする。そこへ。

「……フロレスタ」

という、ベリルちゃんの囁《ささや》き声。

「言うな！　それは悪魔の名前だ!!」

すかさず突っ込むソロルくん。

(ほほう。ソロルくんにはお姉ちゃんが居るのかー。フロレスタさんて言うのかー。なるほど、なるほど)

彼らの横でひとり悦に入《い》っていると、不意にがしりと肩を掴まれ、前後に激しく揺すられる。

「忘れろ！　そして二度とそれを口に出すな！」

「はっはっはっ。やだなぁソロルくん。大丈夫ですよー。そもそも私、エルフの森に入れませんし。会う機会もないんですから、名前なんて呼べません。すぐ忘れてしまいますよー♪」

「………なんだろう。確かに筋は通っているのに、いまいち信用できないのは」

そしてそのまま私の持つ小瓶に視線がいったのか、未だに白い顔をする彼に、一応説明を入れておく。

「あ。これ、ソロルくんの【昏睡】を直したアイテムです。使い切りなんでご安心を」

「っ………」

瞬間、私の手から奪うように掴んだ空の小瓶様を、自分の袋に詰め込んで。その姿があまりに必死で、思わず零れた笑い声に、謝罪の意味を込めて言う。

「やー、すみません。悪気は本当にないんですけど。おわびにこれあげますよ。たくさん持っているのでね」

「悪臭を放つ気付け薬なんかいらないよ!!」

「え、でもないと眠っちゃうんじゃ？　今後のためにも一つくらい持っていた方がいいですよ？」

（なにせ君、他のメンバーが【睡眠】で留まったところを【昏睡】までいっちゃうくらい、耐性がないんだし）

乱暴な口調とは裏腹に、意外と純粋培養な生い立ちなのかもしれないな、と。しみじみ少年を眺めながら思っていると、そのままの剣幕でソロルくんは私に怒鳴る。

「いらないってば!!」

……まぁ。反抗期の男の子というものは、大概こんなものだろう。

仕方ない、と鞄にしまおうとしたところへ、不意に横から手が伸びたので、そちらの方へ乗せてやる。

「はい、どうぞー」

「……ありがとう」

（おぉっ！　は……初めて聞いた……そのセリフ！）

かといって微笑み一つ浮かべない少女だが。もちろん照れた素振りなんていうのも存在しないが、こちらはこれで機嫌が良いときの顔なのだろうと推測される顔だった。

途端、レアだ！　レア顔だ!!　とテンションが上がった私は、ちょっと遠くへトリップしかけ、四度目くらいの〝ちら見〟の気配にハッとなって意識を戻す。

（そうでした。忘れてましたが、これはボス戦…………）

美少女の感謝の言葉は、それはそれで至上の宝物なのだけど。今はそれどころではないのだと、冷たい汗が背中に浮かぶ。

「で、では私はこの辺でっ………」

再びダッシュで出口付近の岩場に潜り込み、勇者様の〝ちら見〟に恐れおののきながら、彼らが戦闘を終えるのを、ただひたすらじっと待つ。

レプスさんの氷結魔法で、葉茎の先が凍りかけ動きが鈍《にぶ》ったダンジョン・ボスは、ライスさんの大技とベリルちゃんの大技で大幅に体力を削り取られて、勇者様によりトドメをさされ断末魔を響かせた。

ほどなくピンと立てていたトゲトゲの葉をぱったり倒し、動きを止めたそれに向かったライスさん。ボスの体の一部に目を落とし、考察している素振りを見せて、近付いてきた勇者様へと困ったような声を出す。

「やっぱり、ヴァレリアナじゃないような気がするんだけど。他のダンジョンで見たことあるけど、色が違うし……状態異常の付与確率が高すぎたように思うんだ。変異種かな？」

それに頷いて勇者様は膝を折り、ボスの体に手を触れた。

「どう？」

「……変異はしていない。通常のヴァレリアナだ。ただ…………レベルが八十に達している」

「レベル八十!? まさか!! …………はぁ。依頼がオレ達に回ってきてよかったねぇ……無駄な死人を出すとこだったよ」

「あの女、嘘ついたな……」

萌葱色《もえぎいろ》の髪を揺らしながら、苦い顔を浮かべたソロルくんが会話に入る。

「……そうとも言えないかもしれない」

神妙な声で零された勇者様のセリフを聞いて「え、クライスが女の味方!?」と、正直な感想を顔に貼り付けた少年は、後ろから歩み寄ったベリルちゃんに、何故か頭を叩かれた。ソロルくんは理解できずに目をまん丸にしていたが、そんな彼らを置き去りにして、勇者様が続けて語る。

「ボスの討伐依頼は、半年ターンだと言っていた。レベル四十で復活なら、もしかすると……」

「なるほどでござる。つまり前回、依頼を受けた冒険者がとどめをさし損ねたか」

「討伐を偽っちゃった、かな……」

レプスさんの言葉を継いでぽつりと零したライスさんに、勇者様がその可能性を肯定するように頷いた。ライスさんは尚《なお》も苦笑を浮かべ、何かを憂慮するように顎髭《あごひげ》に手を置いて言う。

「そういえば。ギルド嬢も、ここ数ヶ月でクアドアのダンジョンに冒険者が多く流れた、って言ってたね……経験層が潜らなかったら、モンスターの湧きがボス討伐前と変わらないなんて、分からないかもしれないな。もともと洞窟系は人気がないし……ここは辺境と言える場所にあるダンジョンだしねぇ」

「それにしても、レベルが上がるボスなんて居るんだ?」

視界の端で美少女と「なんで殴った?」「……つい」「つい、って何だよ!」「……バカっぽい顔してたから？」「疑問形かよっ⁉　殴られ損じゃん！」「……（ふるふると首を横に振り、至極真面目な顔をして）バカが直った。損じゃない」「…………………」という問答を繰り広げていたソロルくんだが、気持ちを切り替えるようにして再び会話に参加する。

そんなソロルくんからの素朴な問いに、そうだなぁ、と大人達は思案する素振りを見せた。

「時間依存で上がるタイプはここが初めてかもしれないでござるが、条件によってレベルが変化するダンジョン・ボスや、通常のものではないボスが出現するダンジョンは、他にもあるでござるよ。とはいえ、どうしてもリスクの方が高くつくでござるから、冒険者には人気がないでござるな」

「へー。あ。じゃあもしかして、ここのダンジョン攻略の依頼が半年おきっていうのは、ボスの体質に加えて、中堅レベルの冒険者でも倒せるうちに、っていう意味もあるってこと？」

「……あるいは、な」

折った腰を戻しながら、勇者様が締めくくるようにソロルくんへと囁いた。

それから体を反転し、そのまま常のイケメン顔をこちらの方に…………………。

(向けてきたぁぁぁぁっっっ！！！)

心の準備？　まだです無理です。

私はサッと身を引いて、自分の背中を岩陰に強かに打ち付ける。ものすごく不自然な感じで視線から逃げてしまったが、これはもう致し方ないことだと思うんだ。

何故なら、ほんの少し前まで「勇者様は積極的な女の子はお嫌いですか……？　というか、最近調子に乗って近付きすぎていたような……？　うっかり嫌われてしまう前に、初心にかえって控えめ女子をやり直そう!!」と、心を入れ替えている最中だったのだ。

それをパーティ全員が睡眠の状態異常になって、このままじゃ勇者様が死ぬ!? と焦った結果、図々しくも途中参戦し、レプスさんにモノ申すようなマネまでしてしまい……。そう、完全に〝最近のノリ〟で彼に接してしまっていたのだ。

これが隠れずにいられようか…………いや、私はいられない。

消せないと分かっていても、さっきのアレを半分くらいなかったことにして貰えないかと、会ったこともないこの世の神に、心から強く祈ってみる。

(ごめんなさい！ 心の底からごめんなさい!! もうしまっ…………せんとは言えないけど!! 許してください！ そして私を嫌わないで欲しいです!!)

両膝を抱えながらしばらくカタカタ震えていると、何事もなかったように、大空洞のボス戦フロアを出ていく彼らの気配があった。

しばらく怖くて俯いていたが、彼らの会話と足音が確実に遠ざかっていく。それに比例するように体をそっと持ち上げて、私は急にシンとした辺りの様子を怪訝《けげん》に思う。

一転、お咎《とが》めなしな雰囲気に、ひたすら首を傾げながらも。

少しその場に留まってから、意を決するようにして、私もようやく地上へと上っていくことにしたのであった。

暇だな〜、と。月明かりに照らされた湖畔の前で、一人黄昏《たそが》れてみたりする。体育座りをしてしまうと、もの寂しい雰囲気が漂ってしまうので、とりあえず両足は伸ばしたままだ。

あの後、どうしてもバツの悪さを拭《ぬぐ》えなかった私はというと、いつもの距離にプラス五メートル上乗せしたあたりから、勇者様がフウ村へと戻っていくのを見守った。

それなりに時間をおいてボス戦フロアを出たはずなのに、思いのほか早く追いついたのは、やはりというか……勇者様の身を案じ後を追ってきた娘さんが、坑道内のある場所で倒れていたから、らしかった。彼女は毒の状態異常になってしまっていたそうで、体力を殆ど失っていたのだが、幸い周りにモンスターの気配がなくて、外傷一つなかったそうだ。

村の入り口で、運命のような奇跡的生還だったのよ！　と。熱く語る彼女の姿を遠い目で眺めると……時間をおかず、私はその場を静かに後にしたのである。

そうして今は、坑道からの帰り道で見かけた湖畔に、ポツンと座っている状態だ。

本日、またしても勇者様らの真面目なボス戦中に、勝手に参加してしまった反省会ということで、こういう涼しい場所ならば少しは頭も冷えるだろう、と。加えて、明日の朝に戻るのでも充分彼らの出立《しゅったつ》に間に合うはずなので、ここで一晩過ごそうとやってきたのだ。

反省する目的は割と達成したのだが、黙々と夕食を片付けて、野営の準備も終わったら、他にやることがないことを愕然と思い知るのであった。

（そういえば……）

イシュが通話の終了間際に入れてくれていたような、もう一つのアイテムをふと思う。

確か【マンモ・ス印の線香　一ダース】という、名前が付いていたはずだ。

もちろん一ダースも必要ないので、一本だけ……と鞄を探れば、手のひらに触れたそれの直径は思った以上に大きい様子。どうやら非力な己の腕では、引っ張り上げられそうにない。

全く、どんな線香だよ!?　と内心悪態をつきながら、何だか無性に楽しくなった私は、地面に置いた鞄の口を横に向けると、よっ！　というかけ声で一気にそれを引き抜いた。

（……イシュよ。確かに私は、無駄に巨大な、意味不明なアイテムが大好きではあるけれど）

先を削れば杭《くい》として使えそうな臙脂色《えんじいろ》の、巨大な線香を両手で支え、どうしたものかとしばしフリーズ。ここまできたらせっかくなので火をつけよう、と。加護石を取り出して、端っこの平らな部分に支えながらそれを置く。なにせこの極太線香、小さく見積もっても直径が十五センチあり、火種アイテムでは明らかに火力が足りないのである。

こんなにも大きいと、なんだかすごく気持ちが悪い。が、その気持ちの悪さというのが、心のどこかでヒットしているのもまた事実であるからに。

さすがイシュ。幼なじみの性格を、とてもよく知っている。

「精霊さん、発火です～」

一声かけて、加護石に宿る精霊さんにお願いをする。火よ起これ、と声を届ければ、赤い加護石から半透明な人型がにゅっと現れて、滞《とどこお》りなく頭の先を白い灰に変えていく。

他人の目には太い線香を抱えて座る私の姿は、さぞシュールに映るだろうと思いつつ。

（あ、割と独特のにおい）

個性的だが……受け入れられなくもないような独特の香りが、徐々に辺りに充満するのをぼんやりと感じて過ごす。

（ん？　そういえばこれって最後、どうやって消せばいい？）

ちょっと考えてみて欲しい。この線香は直径十五センチの、長さがおよそ百センチ。

飽きたところで折ればいい？　いやいや、それは無理なのだよ。だってこれ、片手じゃ持てないくらいに太い上、重さも結構あって支えるだけで限界なのだ。

力のステータスが貧弱な私には、到底、折れるような代物ではないのである。

（うわ。本気でどうしよう……）

このままではいずれ、手のひらが、とても熱い思いをしなければならなくなる状況に。なかなかに由々しき事態だ。意外と本人、冷静だけども。

じりじり迫るタイムリミットに、良案も思い浮かばずにいると、私の中のアンテナが不意にピンと立ち上がる。

（なんてこと。こんなときなのに、勇者様の気配がこっちに近付いてくるなんて……）

実はいろいろ今更な気がしなくもないが……今日の私は心情的に、彼に向ける顔がないのであった。

図々しくも最近のノリで参戦してしまったこと……については、お咎めなし……というか、スルーされたというべきか。これまで通りの反応だったと解釈できなくもないのだが、図らずも昨夜の情事――色事の意味じゃない方の――に居合わせてしまったこちらとしては、負い目の方がありすぎて……いろいろ心がボロボロだ。

あの後、嫌われたとハッキリ悟りたくないがため、いつもなら直視のところをやや横を見てピントをずらす……という手段を取っていたのである。ずらしたところで辺りに漂う勇者様のイケメンオーラは、マジパネェというやつだったけど。

いよいよ側まで近付いたハンパない人の強い気配に、現実逃避で飛ばした意識を慌てて取り戻す。きょろきょろと辺りを窺って、本日二回目となった気合い一発。重い線香を抱きかかえ、茂みの中に身を隠す。

（土下座ポーズで線香を支える私の姿は、さぞ滑稽《こっけい》なことだろう……）

ほんの少し、線香の頭が茂みからはみ出てしまっているのは、ご愛嬌《あいきょう》……ということにして欲しい。それこそ頭隠して尻隠さずな己の姿を、心の中で悲観するけど。ほどなく、先ほどまで自分が居た場所にその人が立つ気配を感じ、どうか見つかりませんように！　と強く念じていたところ、その願いが通じたのか、別の気配が現れた。

「勇者様……」

（ＷＯＷ☆　昨日のテイク・ツー！　やり直すのか!?　昨日のあれをやり直すのか!?　凹んだ私を更に凹ませるというこの仕打ち!!　なんたる無情!!）

襲ってきた悲しみに、額を地面にこすりつけながら心底嘆いていると、村娘は一歩踏み出しましたな音を立て、再び声を掛けてくる。

「今夜も眠れないのですか？　でしたら……」

「……いや、外の空気を吸いに来ただけだ」

昨日と同じ会話を続ける、この二人の真意はいかに。

全く、何たる再現性……と更に愕然とする私をよそに、二人の会話は淡々と続いていくようで。

「では、ご一緒します」

と返す村娘の強気の姿勢に。

「………今は一人にして欲しい」

な、勇者様の拒絶が入る。

私が同じことを言われたらダッシュで帰る場面だが、さすが、ファンタジー世界の女子である。回答が斜め上だった。少し沈黙が落ちた後。

「悩み事ですか？　もしそうなら、誰かに話した方が、気が楽になりますよ」

そう、たとえば、私とか――――。

きっとそう続いただろう、彼女の心の声が聞こえて。

(勇者様が悩み事？　……だとしても、誰かに話すなんてこと、絶対しない人だろうなぁ……)

土の匂いをかぎながら、見えない場所で苦笑する。

そうなのだ。高潔な彼の心は強靭《きょうじん》で、付け入る隙などないくらい堅牢《けんろう》にできている。頑丈な外堀は、その内側にどれだけ大切なものを隠しているのかと……私の中の意地悪な心が、思わず邪推してしまうほど。女という生き物は、ミステリアスと代名される不可解な気配の一端を、多く、直感で悟るのだ。そして、どうか自分だけには晒《さら》して欲しいと、無意識に欲を抱く。私だって、例に漏《も》れずにそうなのだろうと思うのだから。好きな人が幸せならば、それにこしたことはないはずなのに。

(他の誰かに心を開いた想い人を見て泣くなんて。なんて、独り善《よ》がりな愛なんだろう。寂しくなかった訳じゃないけど、だからと言って、誰でもいい、ということでもなかったはずなのに……)

あの日、初めて貴方を目にして。あのとき、確かに動いた心は。こんな余計なものだらけの心じゃなくて、もっと澄んだものだったはずなのに。

人を知るほど欲が出て、今はこんなにぐちゃぐちゃだ、と。

彼らの側で、深い吐息を静かに漏らす私があった。

「…………一人が楽なときもある」

本当に、低くてよく通る声だと、遠い意識でぼんやり思う。今はそれが、逆に物悲しい。

「すまないが、先に帰って貰えないか」

「…………え、と。す、すみません……出すぎたことを…………あの、私……」

今度こそハッキリと告げられた拒絶の音に、言い繕おうと開かれただろう口が閉じていくさまが、ありありと浮かぶ声量で、村娘はついにその場で沈黙してしまう。

続く言葉を待っているのか定かではなかったが、シンとした空気に耐えかねたのか、慌てて踵を返すような、大地を蹴る音がした。

「さ、先に帰りますね。今日は本当にありがとうございました。おやすみなさい、勇者様」

若さを表す足音と、一人ぶんの気配が消えて、再び静かになってしまったこの空間で。

今は一人になりたいという勇者様を思いやり「私は空気……私は空気……」と心の中で呟いた。

けれど、不意に頭上より落ちた深い声音《こわね》に、一気に現実へと引き戻される。

「……そこで何をしているんだ？」

「っ⁉　いえ、私は空気ですのでお気遣いなく！　どど、どうぞ、あちらの方で思う存分、一人の時間を満喫してくださいませっ！」

「…………」

「いや、だから、そのですね。私は今、空気の役をやっているつもりなのですよ！　居るようで居ないものと思って頂ければ平和です！」

「…………」

「うぅ……やっぱりダメですか？　この図体《ずうたい》で空気の役は無理がありますか？　えぇと……その、実を言いますと……勇者様のために、私も早くここを立ち去りたい気分なのですが、なにぶん……この、これがですね……」

両手で支える巨大線香を少し揺らして見せてみて、存在を訴えかけながら、必死になって取り繕った。

「これが、存外重くてですね、簡単に持ち上がらないのです……。それでその……火をつけてしまった手前、放置する訳にもいかなくて……」

困っているんです、と言葉が口をつく前に、私の両手からその存在が持ち上げられる。

驚いて顔を上げると、片手でそれを持ち上げた勇者様と目が合ってしまって……。

「っ、ご、ごめんなさいっ！　や、あの、悪気があった訳じゃないんですが！　その、つい……いつもみたいに悪ノリしちゃったといいますか！　いくらなんでもアレは図々しかったかな、と！　もの凄《すご》く反省していますっ！　しばらく遠くに居ますから!!　しゃしゃり出たりしませんから！　だからあの、あのですねっ……」

どうか私を嫌わないで。もう少し貴方の後ろを追わせてくださいと、一番大事な核心が喉の奥に引っ掛かり、なかなか言葉が出なかった。

あぁ、あの子もこんな気持ちだったのかなと、涙目のまま思っていると。

「いや……あのときは、助かった」

ぽつりと、思いもしない言葉が彼の口から漏れていく。

「あのとき助けて貰わなければ、確実に誰かを失っていただろう。……何か礼をしなければと思って、ここに来たんだ」

そう語った彼は気まずげに、少し視線を逸らしてみせた。

(は…………うえぇっ!?)

思わぬセリフにぎょっとして固まっていると、勇者様は線香を地面に突き刺した。それから、ゆっくりと腰を屈《かが》めて視線を合わせ、未《いま》だ土下座ポーズの私へと大きな手を差し出した。

(こっ……これはっ!?　え？　えぇと……もしかして、この手を取れという意味ですかっ！？？)

いやいやいやいや、いくらなんでもそれは畏《おそ》れ多いですからね!?　慄《おのの》く心の片隅で、うわ、ものすごく触りたい！　そしてそのまま頬ずりしたい!!　と欲望丸出しの気持ちが揺れる。

しばらくその手を凝視して僅差《きんさ》で理性が打ち勝つと、私は土下座の姿からしゃきっと上体を持ち上げた。

「だ、大丈夫です！　一人で立てますからっ!!」

(線香臭いこの手で勇者様に触れる訳には……！)

体を支える両腕に、しっかりと力を込める。

と、そこへ、にゅっと伸びる影。

「土が付いている」

そう言ってその人は、ふわりと額に触れてきた。

「…………？　…………っ!?　……っっ！？！？　……っっっ！！！」

「…………？」

(いやいや！　いやいやいやいや!!　勇者様!?　そこ、不思議がるところじゃありませんからっ!!)

眼前に迫る端整なお顔に、何か疑問に思うところがあるのか、という雰囲気を纏《まと》ったその人は、動かない顔でジッとこちらを窺っているように見せてきた。

近距離すぎてどうしたらいいか分からない私の方は、じんじんと存在を主張する己の額に残った熱に、ただただ硬直しているよりほかがない。

しかし、いつまでもこのままじゃお互い話が進まないかと、ゆっくりと息を吸い、これ以上ないというくらい熱を発する己の頭を、項垂《うなだ》れながら息を吐く。

「っ……はぁっ。し、死ぬかと思っ…………」

「状態は良好だが」

「えぇっ!?　そう来ちゃいます!?」

視線を外し、やっと息をつくことができた私に対し、まさかまさかの発言だ。下げた頭を思わず元に戻してしまい、再び灰色の双眸《そうぼう》と対峙《たいじ》する。

だがしかし。大人な私は同じ轍《てつ》を二度は踏むまいと、赤い顔で冷静な対処を試みた。

「もしかして勇者様、他の人のステータス、見えてたりしますかね？」

「体力、魔力、状態だけなら、見ようと思えば見える」

「はぁ……なるほど」

さすが勇者職。そういうスキルは辞典にも載っていなかったし、噂にも聞いたことがないので、おそらく恩恵《ギフト》と呼ばれるものの一種だろうと推測するが……。orzの格好から座り直すと、その場で一人考察を始めてしまった私の隣へと、彼はごく自然に腰を下ろして語るのだった。

「限度はあるが、命の礼だ、惜しみはしない。どんなものなら見合うだろうか」

「…………えーと。はい？」

ワン・モア・プリ☆　な気持ちのままに、ピシリと伸びた背筋で返す。

「ダンジョンで受けた礼だ」

(そうでした!!　ごめんなさいっ！)

考察が横へ逸れてしまって、大事な話を忘れていました……！

「な、何もいらないです！　でも、できたらそのっ……み、見逃して貰えると…………!!」

私が再びジャパニーズな土下座で言うと、それを受けた勇者様は短い息を吐き。

「何もいらないと言われる方が困るんだ。それに、見逃すという言葉も意味が分からない」

その動かないご尊顔に、困ったような、怒ったような、わずかな雰囲気の変化を浮かべて返す。

（うっ……確かに。タダより高いものはないって言いますね……。見逃す、についてはその……）

そろり、と視線を上げてみて、もしかしてそれについてはスルーしてくれるのかしら、と。

「では、あの……もし、よければですが…………勇者様の、魔力を分けて頂けたらと」

彼の貴重な時間を無駄に割《さ》く訳にはいかないし、思い切ってこちらの希望を述べてみる。が、なぜここで魔力なんだ？　と訝しんだ彼に向かって、私は誤解を解くようにあわあわと両手を振った。

「いやその、他意はないんです！　怪しい呪術に使うとか、そういうんじゃ全くなくて！」

論より証拠というやつだ、と鞄から蓄魔石を取り出して、互いの間に積んでみる。ついでに己のステータス・カードを差し出しながら、その説明を必死に試みた。

「あのとき皆さんを起こすのに、魔力五十をアイテムにそそいだ訳なんですが。私の魔力は総量で五十六しかないもので……見て頂けると分かる通り、残量が六しかないんですよね。……で、ですね。私の場合、回復にかかる時間というのが、他の人の倍以上だったりしましてね。実は蓄魔石のチャージをするのも一苦労なんですよ」

自分で説明しながらも、ははは、と乾いた笑いが漏れた。

「さすがにＭａｘ五十六で希少な魔薬《まやく》を飲むというのも、何だか勿体《もったい》ない気がしますしね」

それならイシュから満タンの蓄魔石を買えばいい、という単純な話だが、なんとなく勿体ないと思えてしまう貧乏性。蓄魔石は汎用アイテムで比較的安価で取り引きされているのだが、苦労はすれど自分で済ませてしまえるのなら、それにこしたことはないだろう。

でもここで、余りある魔力と回復力を備えているだろう、この人にチャージして貰えるならば。私としてはものすごく助かるし、勇者様からしてみてもそう悪い話ではないはずだ。……積み上げた蓄魔石、十個くらいあるけれど。

「あ、もちろん可能なぶんだけで構いませんのでっ」

（私が持っているのは、容量が百のやつだし）
二、三個でも充分嬉《うれ》しいと、ドキドキしながら窺うと。
「…………それでいいのか？」

「……………………ダメですか？」

「いや…………そんなことでいいのなら」

「非常に助かりますっ」

こんな感じで案外簡単に話がまとまった。ついでにもう一度、ジャパニーズな土下座をかますと、頭の先でそれらが持ち上げられる気配が漂う。

蓄魔石は前の世界の玄武岩のような模様をしており、表面はツルツルで、九枚入りの板ガムサイズにほど近い。勇者様はそんな魔石を一度に三つも掴み取り、魔力を同時にチャージしていく様子を見せた。なんたる荒技……と、呆然と彼の手を見つめていると、あっという間に作業は終わり、次の三つが掴まれる。

（六つも入れてくれるのか……）

思わぬ親切心にとても感動していると、彼は満タンになったらしいそれらを横に置き、残った四つに手を伸ばす。

「勇者様、まさか全部入れるつもりじゃ…………」

「？　……やめた方がいいのか？」

「えぇ、その……魔力が既に六百もなくなっているはずなので」

恐々とそう言うと、勇者様は「なんだそんなことか」という雰囲気で作業を続ける。

（っ……魔力四桁《けた》…………軽く千超えなんですね……）

なんかもう……五十六しかない自分の数値が悲しすぎ、上手く前を見られない気分に浸る。

片手間だろうと思っておいて今更という話だが、数値として実感すると、我々の間には途方もない壁が立ちはだかっているように思えてしまうのだ。

「…………魔薬いります？」

「少しすれば回復するから心配ない」

「………………そうですか」

ええ、確かにそうでした。

貴方様は、この世界の神霊に認められた【勇者】という神秘の存在でした。

一般人とは体の成り立ちからして、こんなにも違うのですね。

「全部入れて頂いて、本当になんてお礼を言ったらいいか……」

魔力が減ったからとて気怠《けだる》い感じになるという訳でもなく、目の前の人物は何の変化も見せないままにそこに居る。

「それは違う。礼を言うのはこちらの方だ」

硬い音が届いたけれど、呆然の方向にトリップしていた私は普段の照れを表現できず「いやぁ、いいんですよー」な、間延びした返答をしてしまう。ふふふ、ははは、自分ってなんて残念なステータス……と、意識を遠くに飛ばしていると。

「スキルが増えてるな」

ふわっと柔らかい空気が漂って、飛んだ意識が「どんな春の到来か!?」と強制的に引き戻される感覚がした。真向かいの人の真面目な視線が向かう場所を辿《たど》っていくと、出したままの自分のステータス・カードに行き着いて、確かに今までなかったものが記されているのを言われて気付く。

「……気配察知…………?」

捜索スキルと特殊スキルの間の欄に、いつの間にかその文字が追記されていたようだ。

なんだろう、何かしたかな？　と不思議に思うが、どうせ考えても仕方ないことだろう。スキルはあるぶんには困らないものなので、チャージして貰った蓄魔石と共にカードをしまい込む。

それを合図に、その人は下ろした腰を持ち上げて、村へ戻る素振りを見せながら、ふとこちらを見下ろした。

「……ところで……ここで寝るのか？」

「えっ……あ、はい。そのつもりですが」

どうかしました？　と首を傾げ見上げると、彼はわずかに複雑そうな顔をする。

そんな様子を窺って、私ってば着実に無表情の中にある、彼の心の中の言葉を見通す力を得ているわ！　パートナーになるならば、一番最初に必要になる技術よね！　と、心の中で勝利のポーズを決めてみたりする。

そのまま待つと、しばらく視線を彷徨《さまよ》わせてから、放置していた線香に意識が止まったようであり。それでも沈黙が続く姿が見えたので、この話は広がらずに終わるだろうと、そんなつもりになっていた。更にそこから間があいたので、あとは別れの挨拶くらいと思っていると。

「このアイテム………」

思わず口にしてしまったという空気を纏い、それきり口元を引き結んでしまう勇者様。お互いにそこに立つ線香に視線を向けて、しばし沈黙するような関係を貫いた。

「………友人がプレゼントしてくれたものですが……もしかして〝何か〟ありますか？」

別れ際についでという雰囲気でくれたものだし、特に何の説明もされなかったので。私としては、巨大なだけのネタ商品かと思っていたのだが。

(勇者様が気になるほどの何かの効果が、それに付与されていたとでも⁇)

……………なんかあり得る。あのイシュならやりそうだ。自分で言って、ほぼ確定な流れに対し、気分的に冷たい雫がほほを流れ去る感覚がした。

(……今回のおまけって、実はどちらも意味あり物品だったんですね？)

気まずい沈黙が流れる中、遠くの空でこの事態に思いを馳せて、ニヤリ笑いをしているだろう幼なじみの姿が浮かび。ちょっと前とは明らかに異なる、更なる困惑顔のまま、口ごもってしまった勇者様の姿を見たら。

(…………まさかこれ、媚薬《びやく》系?)

ライバルが多い中、イシュだけは私の恋を心から応援してくれていると信じていたのに。こんな応援のされ方は、むしろ逆効果ってヤツですよ! と。勝手にひどい憤りを抱えた私だが。

彼がようやく閉じた口を開いたと思ったら。

「…………鎮静の効果が」

と、静かに吐き出して。

「え? 鎮静ですか?」

(おおっ!? なんだ、意外とまともな効果じゃないですか~!)

疑っただけ、罪悪感でイシュの株を持ち上げる正直者の私が笑う。

答えた後にその人がさりげなく視線を泳がせたのを、ほっとして目を離した私は気付かずに。

あとは片言、別れを交わすと、いつもの無表情顔のまま、勇者様は村の方へと帰って行ったのだ。


「お願いします! 私を旅のお供に入れてください!!」

今、私の目の前には、どんな修行にも耐えてみせます! と、一晩経ってやる気を取り戻したらしいフウ村の娘様が、両親と共に彼に頭を下げている……という見慣れた光景が広がっている。毎度毎度のことながら、彼らは本当によくやるなぁ……と感心し、離れた場所で暖かく見守ろうとする私。

ここで記憶を遡《さかのぼ》り、あれはそう、三年前のことである。

既にライスさんとレプスさんが加わっていたパーティは、私の住んでいた街を発ち、様々な場所へと赴いた。その間、若い勇者かつイケメンなその人の、パーティに加わりたいと名を上げる冒険者――特に女性――は数知れず。テンプレ通り、美人で貴族で冒険者という、素敵女性もたくさん自己推薦してきたが、勇者様は誰一人として例外なく断り続けたのである。

その中には高名な女性冒険者の姿もあって、純粋に、彼女の何がいけないの？　と思ったものだが。追いかけ始めて二年が過ぎ去ろうとしていた頃、意外や意外、そこへ初めて加えられた紅一点は、私より年下の弓使いの美少女だったのだ。当時は、まさかの幼女趣味……と一部地域で大論争が巻き起こったという噂だが、その様子を近くで見ていた私にはよく分かる。

つまるところ、つまりである。

勇者様は自分に全く興味を持たない人材を、探していただけという話だったのだ。

ふと現実に意識を戻し、必死に自分をアピールしている彼女を見遣り、私はなんともいえない気分に浸る。

側に居たい気持ちは分かる。

離れがたい気持ちも分かる。

少しでも自分の腕に自信があれば、そこに希望を持つことも。

(でもですね)

幾度も目にした光景に、いたたまれなくなってしまって、そっと視線を外しにかかる。

「貴女を連れていくことはできない」

深い声音が空気に溶けた。

何故ですか!? と悲痛な叫びを口にした彼女に告げられる、その理由……とは。

「約束を破ったからだ」

「っ！ でもあれは！ 勇者様のことが心配で!!」

「仲間を信用できない者を受け入れる訳にはいかないし、約束を守れないなど論外だ」

一息ついて、だから、と続く無感情な言の葉は。

「貴女をパーティに入れることはできない」

というものだった。

当然、その一つだけでは納得できない村娘様。

「仲間を心配することは悪いことなのですか!? それに！ ダンジョンに入ったことは確かに約束を破ったことになりますけれど、たった一度じゃないですか!! しかも、結局、無事でした！」

噛《か》みつくように、言い返す。

譲らない姿勢の彼女に、勇者様は深い息を吐き。

何十回目になるか分からない詳細な説明を、静かに彼女に語るのだった。

「仲間を心配することはもちろん悪いことではないが、約束が守られなかったことを正当化する理由にはならない。我々は命がけの仕事をしている。ルールを守れない者を受け入れれば、他の仲間の命を危険に晒すことになる。貴女にとってはたった一度のことかもしれないが。……私は彼らの命を預かる者として、それだけは受容できないし、許容もできない」

どんな顔をして言ったのか、その表情を見ることはできなかったが。ついに何も言い返せなくなった彼女の雰囲気に、その場の誰もが、このイベントの終わりを察したようだった。

（仕方なかったんですよ、自己責任、なんですもの）

本当は、同じ理由で断られたのは貴女だけじゃないですよ、と言ってあげたいところだけれど。待てと言われると追いたくなるのが乙女の心理というものか。ことごとく破られ続ける、勇者様と彼女らの約束事を思い出し………。

（気持ちはよく分かるんです。でも、仕方ないじゃないですか。……だから、安易に〝約束〟なんか交わしちゃいけないんですよ……）

正直、似たような約束事を交わすことになってしまったら、こちらとしてもそれを守れる自信はないために。どんなに鋭い眼光で付いてくるなと言われても、絶対こっそり付いていく、と自分のことながら確信している部分もあるのだ。だから〝追わない約束〟なんか、交わすつもりは毛頭ない。

ある意味、こうしたイベントを見すぎてしまった、弊害でもあるような。

そんな場面に苦笑を零し。

だからでもある。

この距離は……いつか来る好機まで、大切にしなければならないものでもあるのだと。

そうして、ライスさんやレプスさんのフォローによって、なんだかんだと最後には、それなりに良い別れに持って行けたような雰囲気の、彼らの姿を眺めていたら。

不意にその人に抱きついて、唇を奪った娘様――。

その光景に、あっ……と思って、腰がわずかに浮いたけど。

何事かを呟いて別れを理解したらしい、彼女の泣き顔を前にしたなら……まぁそれも、きっとテンプレのうちなので……と。たくさんの人達に見送られ気持ちを新たに村を発つ、彼の凛々《りり》しい後ろ姿を離れた木陰から見遣る。

あの子だって可愛かったのに、靡《なび》かない人なんだなぁ、とか。それがいっそ彼らしく思えて、同じ位置にいる自分だけれど、ふふっと微笑が漏れたのだ。

やっぱりキスは挨拶かぁ、お姫様抱っこも親切だよね、と。

平等に袖にされるなら、いっそ清々《すがすが》しい気持ち。

(だけど、私は諦めませんよ！　勇者様)

それでも消えない闘志こそ、私の最大の武器だろう。

(だから、今日もまた愛する貴方を追いかけていきますよ！)

彼を想って浮かんだ笑顔をそのままに、勇者パーティが進む方へと同じ進路をとった私は、新たな気合いを充分にして、付いていくのでありました。

# 閑話 某日、某所にて

YUSHA no YOME ni NARITAKUTE

そこは暗い店だった。

地下という環境条件が悪いのかもしれないが、光が差し込む余地のないその暗い空間を、まず照らすための明かりの数が圧倒的に足りていなかった。

手作業をするためか、店主が立つカウンターの周りにだけはランプがあって、しかし弱い光のそれは、あるだけマシという程度。そこから少し離れるとすぐに足下から闇が這《は》ってきて、居合わせる者の顔さえも定かではなく隠してしまう。

カウンター越しの光を遮るように配置されている、背の高い様々な置物達は、まばらに座る店の客達を己の影で包み込む。そんな場所を好む者もまた、どこか陰鬱《いんうつ》な雰囲気を漂わせて座るので、場所も人も何もかもを含めた上での〝暗い〟店。

ここは俗にオブスキュア・ハウスと呼ばれる、闇業界の巣の一つ。真っ当に生きているような人間は、まず訪れることのない店である。

そんな後ろ暗い者の住処に、チリン……と鐘がなり、闇が漂う店内に光の筋が差し込んだ。

「……いらっしゃい」

シワだらけだが眼光鋭い容貌の店の主が、客の方をちらりとも見ずに低い声で呟《つぶや》いた。

上背や肩幅に足取りを加えたところで、男と推測された人物は、歩きながら外套《がいとう》の下で腕を動かす動作を見せて、いくらかのコインが詰まったらしい布の袋を掴《つか》み出す。店主の前を通りすぎると同時にそれを上に置き、勝手知ったる場所かのように奥の闇に消えていく。

初老の店主は置かれた布の中身を手早く確認すると、何事もなかったように再び手元に視線を落とし、自分の仕事を再開させたようだった。

「不幸屋か？」

色の濃い外套を纏《まと》い、同色のフードで鼻先から上の部分を隠した男は、置物の影に身を埋《う》める小柄な人物に言い放つ。その人物も男同様、顔を隠したままの姿で、縦に一度、首を振り男の問いに答えを返す。

「排除して欲しい娘が一人、居る。証拠として当人のステータス・カードか、所属するギルドのカードを持ってくれば、報酬としてこれだけ出そう。どうだ、受けてみないか？」

そう言って、男は金額を記したらしい紙の切れ端をテーブルの上に置いていく。

娘一人にこれだけの額は、破格の部類に入るはず。すぐにでも色よい返事が口から漏《も》れると思いきや、不幸屋を名乗る相手は、その金額に何か思うところがあるらしく、紙面を見下ろし動かない。この仕事人には、どうやら押しの〝もう一声〟が必要そうだと、男は苦い声で言う。

「……無能な部下を持ったつもりはなかったが、町娘風情の無力な女に悉《ことごと》く敗してな。少し前に最後の一人が音をあげた」

そんな彼らに対してか、男はフンと鼻を鳴らして。

「刃物も毒も魔法も呪いも、何一つとしてその娘には届かないそうなんだ。そればかりか、一人のときを見計らい、娘の後をつけるも、監視の目をすり抜けていつの間にか行方知れずになるらしい。全く馬鹿らしい話だろう？　カタギの女に撒《ま》かれる〝影〟があるものか」

と、無能な部下達の不始末を零《こぼ》すのだった。

どうやら男は相当に不満が溜《た》まっているらしく、その口は閉じることなく言葉を紡いでいった。

この商売は相手に与える情報量が、間違いなく、時として己の命を左右する。よって、ここに住む者は例外なく口が堅いのだ。あるいはわざと軽口を叩《たた》き、大量の嘘《ダウト》の中にほんの少しの真実《トゥルー》を入れる、ひねくれ者も居ない訳ではないのだが。相手も場所もわきまえず簡単に口を開く人物は、そう時間を置かずにこの界隈《かいわい》から消えていく。

闇業界はそういう場所で、ある意味、どんな業界よりも淘汰《とうた》の姿が美しい。

暗い影に身を委《ゆだ》ねる不幸屋と呼ばれた人物は、現状、己を見失っているらしい男の様子を、それと悟られないように観察していった。

声の頃から中年期に差し掛かる男だろうか。体格には恵まれたように見えるが、前衛職という感じは受けない。紙を出すときチラリと見えた、指は存外綺麗《きれい》なものだ。外套の下には長剣を佩《は》いている様子だが……使えなくはないのだろうが、主たる武器ではないと見た。

これで部下を従えられるそれなりの地位にあり、オブスキュア・ハウスの存在を知り得る職種とは。不幸屋が思ったところで、一段と強い声音でその男は吐き捨てる。

「只《ただ》の娘に頭目の私が出るというのも馬鹿らしい。そこで、あんたに娘の排除を依頼したいと思ってな。……神懸かりな幸運者《ベルリナ》には、神懸かりな〝不幸屋〟がぴったりだろう」

確信するように放たれた男の言葉を耳にして、ふと、不幸屋は当たりがついた。当の男は言い切ってすっきりしたのだろうか、ここでようやく落ち着きを取り戻したようである。

「前金としてそれの十分の一をくれてやる」

そうして、もう一度「どうだ?」と問い掛ける。

椅子に腰を下ろしたままの不幸屋は、姿も声も不詳なままで、こくりと一つ頷《うなず》いた。

「契約成立だ」

男は、仕事は早いほど好ましい、と戯《じゃ》れる音を出す袋を置いて、もうここに用はないという足取りで踵《きびす》を返す。颯爽《さっそう》と来た通路を戻る後ろ姿を気配で追って、不幸屋はテーブルに乗った金子の額に目を通す。依頼主の言う通り、きっかり成功報酬の十分の一の額であるのを確認すると、素早く布の下にあるアイテム袋へ押し込んだ。標的となる人物の情報が書かれた紙も同じように中へ押し込んで、風の流れを作らずに音もなく立ち上がる。

チリン……と鐘がなり、闇が漂う店内に、光の筋が差し込んだ。

「……またのお越しを」

陰鬱な影を背後に纏い、初老の店主が客の方をちらりとも見ずに呟いた。

# 5 春の渓谷

YUSHA no YOME ni NARITAKUTE (￣▽￣)ゞ

「お願いベルちゃん！　おまけするからうちの食堂、手伝って!!」

「……いいですけど、一体何故に私を指名なのでしょう？」

「アイシェスが、ベルちゃんが賄《まかな》いに作ってくれたご飯が美味《おい》しかった、って！　あの子が言うんだもの、相当美味しいご飯なんだわ。それなら私も食べてみたいと思うじゃない!?」

「あぁ……なるほど。そのピンクの髪はアイシェスさんと同じ色……もしや姉妹であらせられたり？」

「そう、よく分かったわねぇ。私達、髪色以外全然似てない姉妹なのに」

そんな風にポツリと零《こぼ》した、冒険者ギルドの受付嬢。

以前、勇者様が立ち寄ったワーナウィーナという街で、時間つぶしと旅費のため冒険者ギルドに併設された〝食堂の手伝い〟という依頼を受けたことがある。

そのときに知り合ったアイシェスさんという人は、目の前の人と同じように受付嬢をやっていて、一度会ったら忘れられない独特の雰囲気のお方だった……な、朧《おぼろ》げな記憶がよみがえる。

＊・・＊　確かにこれは、姉妹だなんて思えませんわ～　＊・・＊

どう転んでも〝普通〟に見える受付嬢のお姉様を、まじまじと眺めてしまい、バツの悪さに依頼を断る隙《すき》をなくしてしまった私。

名前をベルリナ・ラコットという、ごく普通の十八歳。

――――丁度《ちょうど》いま、遠い空の下の幼なじみから「目頭モミモミ＋ため息＋遠い目」という、三コンボ攻撃を受けたような気がしておりますが。

それでも見た目は、ありふれた色を持つ中肉中背の、ごくごく普通の女の子。

ただ一つ異を述べるとするなら…………。

実は私、異世界からの転生者。

前世の記憶と呼ばれるものが、あっちゃったりするんです。

＊・・＊・・＊・・＊・・＊・・＊

「えぇーと。それじゃあ、期間は勇者パーティがこの町に滞在する間、ってことでいいかしら。とりあえず彼ら、確実に六日はここに居るはずだから。それでお願いね？　もし滞在が延びることになったなら、そのときは要相談ってことでオーケーかな？　ベルちゃん」

差し出された報酬の紙切れに目を落とし、うわ破格！　とテンションが上がったところを視認され、笑顔のままで必要書類に依頼受理の判を押される。

ところでどうして、勇者パーティが滞在する間の職を、探しているとバレたのだろう。

首を傾《かし》げて、ギルド内に流れるという自分の噂《うわさ》が久しぶりに気になった。本人が知らないだけで、実は相当な内容だったらどうしよう……と、気が遠くなる。

「早速だけど、今日のお昼からお願いできる？」

桃色の髪を揺らして、受付嬢はカウンターの下からベージュ色のエプロンを取り出した。準備されていたものが意外にも無難な色で、ひとまず安心したのだが、よく見れば端の方には同じ生地でフリルが施され、そこはかとなく可愛い感じにできている。

（コレですコレ！　こーいうのがキュンとくるんですよね～）

あからさまにそれを狙った的なレースやフリルが悪いとは言わないが、地味に毛が生えたみたいな素朴な可愛らしさの方に気持ちを掴《つか》まれる、という性格をしているのだ。

だからその……この世界にはごく平凡な顔つきで転生してきた訳なのだが、それでも〝普通に可愛い〟この顔は、結構気に入っていたりする。…………自分で言うな、という話だが、前世の顔を思い出せないまでも、絶対に今の方が可愛いという確信があるので……そこはかなりラッキーだなぁと内心はホクホクだ。

まぁ、単純に、若い時代の瑞々《みずみず》しさの再来に感動を覚えている、というだけなのかもしれないけれど。だって、十代後半っていろいろ最強だと思うのだ。できれば一番綺麗《きれい》なときに、勇者様を落としてしまいたいところだけれど……そんなに上手くいく訳がないのは、ちゃんと理解できているので。

そんな物思いから意識を戻して、目の前の受付嬢様に「大丈夫です」と自然に返す。

「特に予定もありませんので、このまま行ってもいいですか？」

時刻は前の世界でいうと、大体、十時過ぎぐらい。

店にもよるが、昼食の仕込み始めに対すると、少し遅いと感じるような微妙な時間帯である。

「早速行ってくれるなんて、むしろ助かるわぁ。この街、食堂少ないからね。ギルド運営の簡素なものでも、意外と混雑するのよねぇ」

間延びした応《こた》えだったが、そのセリフで実状が目に浮かぶようだった。

どこぞの勇者のパーティが滞在しているらしいと聞けば、どうせ近くを通るなら、一目見て土産《みやげ》話に……という世相のこの時代。そして勝手な自慢だが、私の愛する勇者様は、大陸に数いる勇者の中でも人気が高い方である。

女性側からの人気は主に〝独身で貴族出身でイケメンだから〟という理由。男性側からの主な理由は〝パーティの形態がハーレムじゃないから〟だ。何となく分かるかも……と思えてしまうこの事案。

世界は違えど、世の中は割と単純にできているようだ。

元から市民が多く居る城下町や都市部では、混雑を避けるため、身分の高い人達により市民と隔絶される勇者様だが、有力者が数名という町規模になった途端、権力による見えない壁が格段に薄くなり、一般人でもお目にかかれる確率が増すのである。

移動手段が限られているし、都市部に住んでいる人が地方に出張《でば》るなんてことは滅多にないのだが、田舎《いなか》に住んでいる人が近くの町まで動くのは、前者に比べ容易《たやす》いのだ。

特にモンスター・フィールドに囲まれた村に住んでいる人は、対モンスターの行動ポテンシャルが普通に高い。レベルも稼いでいたりするから、移動範囲が広いのだ。よって、いくら町規模で都市部より見物に集まる人が少ないとは語ってみても、平時より多くなるのは自然で当たり前のこと。

なんだか長々と説明したが、つまり、これから向かう職場が「戦場になるらしい」ということで、目に浮かんだ光景は人々が雑然と押しかけてくる様子であった。

この変哲のない平和な時代、勇者な人達の集客力は、結構すごいものなのだ。

(ベージュ色を出してきたから、接客というより裏方かなと思っていましたが。端っこのフリルの意味は、それもあり得ると想定してのことなのですかねぇ?)

ワーナウィーナの妹さんを脳裏に浮かべ、彼女はとてもマイペースな人だったけど、仕事の方はぴか一の腕だった、と。カウンターに腰を下ろした姉上様に視線を向ける。

(きっと見た目というよりも、内面が似ている姉妹なんだな、この人達は)

そうだよ、こういう何も考えてなさそうな笑顔の人が怖いんだよ。人畜無害そうにしている天然マイペース人間が、あらゆる期待を裏切らずダークホースな星の下に強《したた》かに生きているんだよ。

前世の記憶に意識を飛ばし、そのまま無言で回収しながら、考えるのを放棄する。

仕事終わりまで大事な鞄《かばん》を預かってくれると彼女が言うので、カウンターの上にそれを置き、渡されたエプロンをさらっと羽織る。そして、ドア向こうの食堂へと歩みを進め。

（六日か……）

と零れた息が、耳に届いて苦笑する。

実は交わされた会話のうちに「この町に勇者がいるうちは食堂がかなり忙しいから、今回の後追いは全面的に諦《あきら》めてね♪」なセリフが隠れていたのだと、今更になって気付いたり。

それでちょっと目元に水が浮かんできたけれど、受けた仕事はこなさなければと、真面目《まじめ》に思う私が居る。そして私はしばらくぶりの〝勇者様を追えない〟日々を、そこで過ごすことになったのだ。

「三番テーブルお水運んで～！」

「料理上がったよ！　十五番！」

「いらっしゃいませー！」

「空いてる子、七番に注文取りに行って！」

自らも接客をこなしつつ店内の流れを把握して、次々と指示を飛ばすホールリーダーのお姉様を心の中で賞賛する。どこを見ても人！　人！　人！　テーブルの間に設けられた狭い通路は、女性スタッフが辛《かろ》うじて通れる幅しかないという大混雑の店内で、事故を起こさず、客にもスタッフにもストレスを感じさせないように指揮を取る彼女の能力は、本当に素晴らしい。

（藍色の髪から生えるお耳からして獣人さん。だから、元から【気配察知】は持っていそうだし、死角を埋めるスキルなんかもありそうだ。それに加えて……）

何故か露《あらわ》になっている腹回りの筋肉が女性にしては彫りが深くて、背負われた巨大な両刃斧《りょうばおの》が、ものすごい圧力を辺りに放っていたりする。得物は客の無駄口をふさぐ効果を発揮しているようで、おかげで粗野な男達がぎゅうぎゅうに詰め込まれた空間でも、喧嘩《けんか》に発展するようなことは今のところなかったり。

（【威圧】スキルも発揮しているのかもしれないな……）

只今《ただいま》、食堂の入り口で招き猫をやっている魔獣様が持つ【威嚇《いかく》】と同じ〝レベル依存〟の効果を発揮するスキルであり、比較的獣人が獲得しやすいものだと聞いている、が。

（なんていうかその………ものすごい店だよなぁ、さっきから）

ちょっと意識が遠のきつつある私の耳に、はつらつとした声が飛び込み、思わず意識を奪われるまま、そちらの方へ視線を向けた。

「赤髪で隻眼《せきがん》のおじさーん！　ジャンプするから受け止めてっ☆」

薄着の上に真っ白なエプロンを身につけた、いかにも元気っ娘《こ》なもう一人の獣人が、両手に大皿を乗せたまま、料理を出すカウンター横の手すりを足場にし、人の海へとダイブする。

ここは漫画の世界かよ⁉　と突っ込まずにはいられないほど、盛り上がった筋肉を持つ指定の人は、彼女が飛んでくる方をちらりとも見ず、タイミング良く得物を上げて、そこに彼女を止まらせる。

「お待ちどうさまっ！　次の飲み物聞いてくよー？」

大皿を置いた後にポケットからオーダー用紙を取り出して、同じテーブルに座る男達から、次々と注文を取っていく。

帰りはもちろん、大量の空の皿を腕に乗せ、その場からジャンプして元の場所へ戻ってくるが。一体何のミラクルか、あれだけ激しく宙を舞っても白エプロンには未《いま》だにシミが一つとして付いてない。驚異の身体能力だ。

そんな娘が、更に更にもう一人。

「其処《そこ》なブロンドの兄ぃ、背中の戦鎚《せんつい》を借りるぞよ」

言うと同時にふわりと舞って、ブロンド兄さんに背負われたウォーハンマーに足をつき、更に跳躍。料理を待つ奥テーブルのグループ横の床に着き、丁寧な物腰で両手のそれを置いていく。

(マジ半端ないです、お嬢さん方……)

随分前から洗い場に張り付いている私の視線は、常識を軽い調子で飛び越えていく、彼女達の働きぶりに釘《くぎ》付《づ》けだ。こんな光景、普通の店では絶対に見られない。客が客なら給仕も給仕……いやいやいや。この場合なら、給仕が給仕で客も客?

(要するに。戦闘スキルはどんな戦場も選ばない、ということか!)

何度目になるか分からない「いらっしゃいませー」の声を背に、アホな物思いにふけっていると、強そうなホールリーダーさんが申し訳なさそうにこちらの方を向いて言う。

「ごめんベルちゃん。九番さんとこ行ってくれない?」

そのまま視線で「あっち」と語った姐《ねえ》さんの目を追って、奥のテーブルにどっかりと腰を下ろした鮮やかな群青色の髪の人へと目を向ける。頭上に疑問符を浮かべた私を悟ってか、囁《ささや》くように彼女は語る。

「竜人なのよ……」

「あぁ、なるほど」

何がそうさせるのか当人らにも謎とされるが、獣人の多くが竜種を苦手とするのだそうな。もともと気配に敏感な彼らのことなので、それがらみで竜種が上位になる何かのスキルがあるのでは？　と勝手に思っているのだが。

え？　それなら只人《ただひと》はどうかって？　まぁ、私を見て分かる通り割合鈍感な生き物なので、臆するとかそういうことは殆《ほとん》どなかったり。それこそ竜の姿なら普通にビビるだろうけど、滅多に会えない竜人はその名の通り人の姿に近いから、あんまり怖いとかはない。そういう理由もあったりで、竜種と只人との相性は意外にも良好で、間の子も生まれやすい世界らしい。

見た目の異なる種族が多く存在するために、種族同士のいがみ合いが幅を利《き》かせていたりする、殺伐とした世界なのかと思いきや。意外や意外。時代のせいもあるのだろうが、ここは想像以上に住む者に寛容で、雑多な世界なのである。

さてさて、と気を取り直し、差し出されたオーダー用紙を受け取って、狭い通路をぬっていく。

竜人と囁かれたその人は、前髪の右側面の部位だけが長く伸ばされて、その毛先がゆるい螺旋《らせん》を象《かたど》っているという特徴的な髪型の、これまたえらい美貌を貼り付けた成人男性なのだった。

「ご注文を伺います」

そう言って視線を合わせると、爬虫類《はちゅうるい》を思わせる縦長の眼がぎょろりと動く。

(お、金色だ)

相変わらずファンタジー世界はすごいよなぁと、しみじみ思って待っていると。

「娘、お前、獣の匂いが染み付いているな。まさかとは思うが、表のアレはお前のか」

地を這《は》うような低音が、真《ま》っ直《す》ぐに向けられる。

言われてすぐに繋《つな》がらず、ぽかんとしてしまったが。目の前の竜人さんが微動だにしないまま、こちらの返答を待っているようなので、はぁ、と気の抜けた声を出す。

「もしかして、黒い魔獣のことですか？　まぁ一応、従属の契約にはなっていますが……」

「従属だと⁉」

勢いよく身を乗り出したその人の圧に押されるように、思わず半歩後ずさる。

男性はこちらの引きを見て、乗り出した身を元に戻すと、テーブルの上に伏す銀色の鱗《うろこ》を持った小竜に向かって語り出す。深い息を吐くように、低く落ち着いた声が響いた。

「――――そうか。爺《じい》、聞いていたか。脆弱《ぜいじゃく》そうな娘の姿をしているが、これで一国を落とす実力の持ち主らしい。人間だてらに見上げたものだ」

(…………えぇと、その。この場合…………私はどんな反応を…………？)

この時代、国と言えば一般的に、国土を治める王様が腰を据える場所をいう。帝国なら帝都のことで、王国なら王都や城下町と呼ばれるような場所である。

戸籍制度がしっかりしている国は数えるほどしかないために、はっきりとした数字が分からないのは残念だが、そういった場所に身を寄せる人々の数は多くても、一万いくかいかないか。国一つを落とすというセリフに対する考察は、そんな一部の集合地域を壊滅させるというもので、決して国土に含まれる原野や山岳をも吹き飛ばすという規模には当たらないのである。

それにしたって充分な破壊力を秘めているのでは？　という質問に対しては、それはまぁそうですね、としか言えないけれど。実質、中枢部が破壊されれば国の機能が失われ、国家として成り立たなくなる訳ですし、と。蛇足を少し付けておく。

(と言いますか…………私はそもそも、そんな力を秘めていたりしませんが)

内心、少し黄昏《たそが》れながら言葉を詰まらせて、呆然《ぼうぜん》と立ち尽くしていたところ。私のおしりを触ろうとしていたらしい男性が、サッと手を引っ込める気配を感じた。

(…………なるほどねぇ。今の今まで、スタッフの中で一番鈍《にぶ》そうだし弱そうだから、触り放題！とか思われていた訳ですね。いや、確かに大したスキルもないし、実際に弱いですけども。でもまぁ)

たまにはこういう勘違いも役に立つのだろうか、と。近くの席の男達を見回して、ニヤリな笑みを浮かべて見せる。

その途端、姐さんのスキルで無駄な闘争心を押さえられ、ダラけて腰を下ろしていた店内の男性陣が、ガタガタと椅子を鳴らしてイイ姿勢で座り直す様子がハッキリ見えた。

全くなんて正直な……と微妙な気分に浸りつつ、目的のお客様の注文取りに意識を戻す。

「さて。本日のオススメは〝翼竜のしっぽ〟です。カリッとあげた輪切りの尻尾にピリ辛ソースを付けて食べる一品で……」

言いかけて、おっと、と思い、言い直す。

「失礼しました。お客様には〝グーニャンシャンジュ〟の方がオススメですかね。さっぱりとした香草が効いた肉系の煮込み料理になります」

主な素材はレベル三十台の豚に似たモンスターで、煮込みに使用する香草には、もれなく精力増強作用付きという、男性にはちょっと嬉《うれ》しい効果が付加された一品だ。この辺りではメジャーな家庭料理だということなので、もしかしたならこの人物の方が味に詳しいかもしれない。

とりあえず、付け焼き刃な料理の説明を上手く言えたとホッとしながら、目の前の竜人さんの返答を待っていると「姉ちゃん強ぇえ」「竜種に竜料理すすめるとか、どんな勇者だよ!?」「まさか店ごと吹き飛んだりは……しないよな?」という、近くのお客様による恐怖のセリフが湧き起こる。

（いやいやいや、お客さん方、落ち着いて。竜料理とは言ってみても、ほんとの竜種を使っている訳じゃないですからね。姿形が竜に似ているモンスターが材料なだけですよ？　専門書には種的に全く違う生き物だって書いてあったし、いうほど問題じゃないですよ？　それでも一応、気を使ってみましたけれど）

実際、彼らは目の前に竜料理と言われるものを並べられたところで、別にどうということもなく口に運ぶような気がするが。サンプル数、一。しかも遠目に見ていただけという、何とも頼りない意見かもしれないが、実は彼ら、自分――と、伴侶が居ればその相手――のこと以外、どうでもいいと思っている節があるような……。

そうして何の気もなしに竜人さんに向き合えば、少し考えたという素振りの後に、何事もなく言葉を繋《つな》ぐ。

「とりあえず二つとも持ってこい」

「はーい、お飲物はどうします？」

「蒸留酒であれば銘《めい》は問わぬ。爺には果汁を」

「かしこまりました、お待ちくださいませー」

お決まりの軽い返事で来た道を戻ろうとすれば、某民族指導者の海渡りの言い伝えのように、椅子に座った群衆が器用にも左右に割れて、少し広めの通路ができあがる。

（うわ。すごい、伝説見ちゃった。こんな私が国を落とせると本気で思われちゃっている……）

思いきり引いた彼らに、むしろこちらの方が引く。

が、痴漢されるよりはマシかと思い、心の中でパシーヴァさんに大いに感謝を述べておく。

（それにしても…………いや、しかし）

イシュに護身用にと渡されている爆弾ぽい遺物とか、拾い物の大きめな精霊石とかまだあるし。威力はそれほど高くないけど魔法が込められている魔封小瓶《こびん》と、書き写して取ってある増幅魔法陣を掛け合わせれば、あるいは……などと。物騒なことを考えながら、狭い店内に現れた広めの通路をそそくさ渡る。

カウンター前で待っていた、姐さんへ注文用紙を渡し。

「オーダーです」

と言いながら。

（やっぱ無理かな。そもそも一国を落とすことに、なんの魅力も感じない）

と、危ない思考を止めにする。

「ありがとう。助かるわ」

「いいえー。料理ができたら、また声を掛けてくださいね」

銘入り高級鞄《ブランドバッグ》にしまわれた攻撃系のアイテムをいくつか思い出してみたのだが、道具に威力があろうとも使い手がコレじゃあなぁと思うのだ。具体的には、仕掛けて爆破はできたとしても、逃走の方に不安あり。鈍い私は警邏《けいら》の人らに即捕まる自信があった。

この世界の【スキル】は普通、所持する者の支配下にあり、意思一つで出力の大きさをコントロールできるもの。だが、同じスキルと名がついている【特殊スキル】はどうした訳か、所有者が干渉できない場合が多い。

【絶対回避】も例外ではなく、私が意図的にエンカウントを回避できない理由がこれで、それでもたまにエンカウント回避なる事象が発動するが、それは置かれた環境、つまりパシーヴァさんの存在や、エンカウント回避アイテム、他には偶然の二文字の方が相応《ふさわ》しい雰囲気だ。

一方で、モンスターではなく対人に発動するならば、片手で数えられる人数を同時に躱《かわ》せる程度である。都合の良いタイミングで、他から声が掛かったり、その人の意識を奪う何かのイベントが起きたりとかして回避行動に繋がるらしい……というのは経験済みである。

ちなみに持続性はない。スキルランクが上がるのに比例するように、こちらの意思が介入できる許容範囲のようなものは広がっていったけど、最大値になったところで、その程度にしかならなかった。

他方。常にフードを被《かぶ》ったフィールくんに至っては、初めからコントロールを失っているような気がするし、たとえランクがＭａｘになったところで、どうにかできる気がしない。むしろ今より怖いことが起こりそうですらあるし……。

ここまでくると、特殊スキルって特殊体質のことなんじゃ……？　と思わないでもないけれど。スキル↓技能↓技術的な能力……と噛《か》み砕き。技術的かはさておいて、確かにイシュが所有するアレは能力と言えないこともないよなぁ、と。

そもそも、ただの一般人が一国家に深い恨みを持っている訳でもないし、できることを証明するためだけに、人生を棒に振るような刹那《せつな》的な性格はしていない。

前世の記憶があるせいか、この世界の住人達にはたまに私の行動が突飛《とっぴ》に映るようであり、割合、考えなしな子……と思われがちだが。これでも想定しうる中で最も合理的で、リスクの少ない手段を選択しているつもりだし……私は間違いなく慎重派というやつだ。

そんなことを考えながら洗い場に立つ私の背中に、あの客が席を立ったら今日はあがりでいいわよ、という姐さんの声が掛かり、ありがとうございます、と振り返りながら返事する。

冒険者ギルドは一般的に、不測の事態を想定して、大抵どこでも一日中開いているものなのだ。そこに併設された食堂は、依頼の都合で妙な時間に出なければならない冒険者へのサービスに加え、不測の事態の寄り合い所として使用することを前提としているために、ギルド同様、一日中開いている場合が多い。

もちろん、雇われている料理人は、客の多い時間帯の昼前から深夜前までしか居ないので、深夜から朝にかけては簡易メニューに変更される。が、この流れで分かるように、ここには深夜勤務というのが当たり前に存在しているのである。

そんな中、臨時で雇われた女性スタッフの中で一番レベルの低い私は、物騒な時間になる前に帰宅できるようにとの配慮から、早めに仕事を終えるような契約になっていた。まぁ、そのぶん、朝の出勤時間を早めて調整する訳なのだが。

既に持ち場と決まったような、たくさんの食器が重なる食堂の洗い場で、無言のままサクサクと皿を片付けていたところへ、再びホールリーダーさんから声を掛けられる。

できあがった料理を運び、飲み物のオーダーを受けたのが三度ほど。腹ごしらえを終えたらしい群青色の竜人は、銀色の小竜を連れて夜の町へと消えていく。

その後ろ姿を見送って、姐さん達に軽く挨拶。

ベージュ色のエプロンを簡単に畳み込み、食堂とギルドを繋ぐドアから一礼して失礼を。

ピンク色の髪をした受付嬢のお姉さんから、預けていた己の鞄を受け取って。

ベルリナ・ラコットさん、本日の業務、終了です――――☆

それから四日、早朝から夜までの勤務をぼちぼちこなし、勇者様を追えないという悲しみはさておいて、仕事にも段々と慣れてきた頃に。数字の処理に誤りが少ないという理由から、帳簿整理を頼まれて、せっせせっせと計算に勤《いそ》しんでいたところ。聞いた名前が耳に届いて、傍《かたわ》らに意識を傾けた。

「見たか？　例の東の勇者」

「あぁ、あの黒髪のだろ？　今朝、西門で見かけたぞ。朝っぱらから領主様と親類縁者がずらっと並んで。見送りくらいで大層なこってと思ったよ」

「西門ってことは、目的地は【春の渓谷】か？」

「あぁ。なんでも領主様たっての依頼だそうで、子供の病気を癒す薬草を探しにな、ここ三日……いや四日になるか？　連日、通い詰めてるって話だぞ」

「なるほどなぁ。大事な跡取りのためだもんなぁ。そこいらの冒険者に頼んだんじゃ、どっかからか力が掛かって、いつの間にか薬草が毒草に変わってたりするかもしれねぇし。こんな狭い町だって、怪しい話はごまんと転がっているからな」

「そのぶん、相手が勇者とくりゃあ、完全に信用できるしな」

「ははは。違いねぇ。天下の勇者様だしな」

朝の一陣もすぎていき、人がまばらなせいもあり、これといった急ぎの仕事のない冒険者達は、温《ぬる》い茶を飲みながら情報交換を行っていた。席が離れていながらも、こうして和気あいあいと会話が弾んでいくのだから、難しい話は置いといて、これでなかなか仲間意識が強い業界なのかもしれないなぁ、と。帳簿付けの合間をぬって、さりげなく視線を向ける。

（さて。新しいお客もないし、オーダーもしばらくなさそうだから、今のうちに食事を取ってしまいましょうか）

ついでに店内も見回してそれらを確認し、しゃっきりと立ち上がると、番をしているシェフに一声。お客が少なく、調理場に空きがある時間帯ならば、食材込みで自由に使わせて貰《もら》えるところが、冒険者ギルドの食堂の良いところなのである。レストランな場所と違って、気さくで親しみやすい雰囲気のこうした町の食堂は、庶民的な感覚の料理人が多いこともあり、調理場の縄張りとかをとやかく言う人は滅多に居ない。

食材置き場でごそごそと物資をあさりつつ、今日の賄いは何にしよう、と献立を立てていたときだった。

「軽食を頼めるか？」

勇者様の声よりも少しだけ高い男の人の声がして、ふと顔を上げ。

「はーい。今行きまー……す」

カウンターに立つその人の顔を見た瞬間、私はいつかの牛乳紅茶《ミルクティー》色を思い出し、あやうく声が消えかけた。

（うぉう！　いつぞやの恐竜さん！）

そこに居たのは、この世界でも呆《あき》れるほどの男前。恐竜という生き物を連想させる名を持った、いかにも熟練の冒険者です！　な例の御仁だったのだ。

「久しぶりだな、ベル」

お互いにお互いを認識すると、間をおかずその人はふわりと笑う。

思わず「ぐあっ。ベルリナさん、心に十のダメージ！　既《すで》に瀕死《ひんし》の域です!!」などと、アホな妄想を広げてしまうがそこは向こうに悟らせず。こちらの方もおじさんキラーな微笑《ほほえ》みで、お返しとかをしてみたり。

「どうもお久しぶりです、レックスさん。えーと、今出せる軽食はこちらの方になりますね」

つもる話？　そんなのないよ。

という訳で、早速仕事モードに入りオーダーを取り付ける。

スライスしたパンとサラダとベーコンエッグ的なもの、それから酸味のある果実を搾《しぼ》った水、という軽食の注文に、少々お待ちくださいねーとお決まりのセリフを吐いて、オーダー用紙をシェフにパス。

木製のお盆の上に金属製のコップを置いて、適当に注いだ水に酸味の強い果実を搾る。その奥でシェフがベーコンエッグな料理に取り掛かり、焼き待ち中に手際良くパンをスライス。それが木の皿に乗せられたのを見計らい、サッと受け取りお盆の上にセットしたなら、今度は水場で生食可な葉っぱをちぎちぎ。焼きものの乗った皿と交換で、サラダの下地をシェフに差し出し、ナイフ、フォークと乗せていく。

こっちの方は調《ととの》ったぜ☆　とシェフを見遣《みや》れば丁度サラダができてきて、オーダーに書かれたものと、お盆に乗った料理の数が一致したならできあがり。

「お待たせしましたー」

「ありがとう」

カウンターにほど近いテーブルに腰を下ろしたレックスさんは、イイ顔に極上の笑みを浮かべて受け取ってくださった。

(うわぁ。それって、戦闘開始直後にタメもなく出された必殺技……みたいな感じ！)

うぉいっ！　お前、ちょっと待て‼　いきなりないだろ！　そんな攻撃‼　みたいな、ね。気付いたら息つく間もなくコンボ技でダウンさせられ、ハイ終わり、な不吉な未来が垣間《かいまみ》見えたよ。イケメンの笑顔ってすごい殺傷能力だよねと、うんうん頷《うなず》き笑顔を返す。

休憩を終えて戻った新しい女性スタッフが、厨房《ちゅうぼう》の陰からこっそりこちらを窺《うかが》っていて、笑顔の辺りで足下を危うくした気配を感じ。すごいなー、と客観的に持ち場に戻ろうとしたときだった。

「ベルに頼みがあるんだが」

言われた言葉に思いきり「?」の顔で振り返り、続く言葉を待ってみる。

「座る……のは、まずいのか」

漏《も》らされた苦笑さえ神々しいよ！　と心の中で突っ込むと、じゃあ手短にと彼は言う。

「今受けている依頼のために、ベルの手を借りたいんだが」

「……はぁ」

きょとんとするこちらの様子に、レックスさんは果実水を一口含み、喉を潤して語り出す。

「隣の受付嬢に相談したら、ベルさえいいなら許可すると言われてな。依頼内容は薬草の採集で、それに適した時間帯は夜のうち。そういう訳で、日が暮れる時間に合わせてこの町を出発したいんだ。ベルが手伝ってもいいというなら、今日のぶんは日暮れ前に切り上げるということにして、翌日の仕事は夕方から次の日の朝までに組み直す、と言付かっているんだが……どうだろうか？　もちろんこちらの報酬は半分払う」

「一つだけ質問が。どうして私なんでしょう？」

「いや、実は……受付嬢と話が合って」

そうしてクックッという笑いを零すその人を、疑問いっぱいの視線で見つめてやれば。

「ここいらで君が一番【幸運値《ラック》】が高そうな人材だ、という話になって。どうも私は運が悪いらしくてな。四日目になるんだが、未だに目的の薬草を、見つけられていないんだ」

と。それで困っているという訳さ、と肩をすくめていう彼は、すぐにまた嫌みのない笑みで言う。

「この不運な男のことを、少しばかり助けてくれる気はないか？」


あの後の食堂で、目的の薬草が【春の渓谷】にしか生えないものであるらしいという情報を、レックスさんから引き出した私は、もしかしたら勇者様に会えるかも！　という望みをかけて依頼を受けることにした。我ながらなんて現金な……とも思ったが、勇者様に会えない日が続いたことで、そろそろ心が折れそうだったので、渡りに船だと乗っかっといた。

今回の依頼は報酬を貰うより、どちらかというと依頼主の願いに応えたいためだ、と。語ったレックスさんの心意気にほだされた……というような、殊勝な話ではないのだが。でもまぁ……役に立てたら良いなぁと思うのは、本心からだと言っておこう。

久しぶりに身軽さを取って着ていた町仕様のお仕着せを、山登り用に着替えた方がいいと助言を受けたため、日暮れ前まで働いてから、私は一度宿に戻ってその準備に取り組んだ。といっても、フィールド移動用のいつもの服を着て、歩きやすそうなブーツに変えただけだが。身支度を済ませたら、のんびりせずに宿屋を発って、待ち合わせ場所である町の入り口へと向かって行った。

魔獣様はいつの間にか私の背後に気配を見せると、いつも通り気まぐれな足でトコトコと付いてくる。これじゃあ主人と忠犬って形じゃなくて、ただの通行人と野良猫な状態だよ！　と思ったのはいうまでもない。

ややマットな感じの薄口の金髪を、無造作に流して毛先を遊ばせているその人は、焦《こ》げ茶のボトムにVネックの白いトレーナーのような服を着て、西門の壁に体を預けて立っていた。太めにデザインされている革のベルトで得物を留め、首と手首と指先に同じデザインのアクセサリーを付けているのが見て取れる。

以前、森の中で出会ったときとは随分違った様相に、少しばかり驚いたが。美男子って何でもアリかと目の前の事象を認められたら、特にどうということもなく落ち着いた。素で高得点なんだから、何を着たって着てなくたって平均より上になる。何の変哲もない日常に「この世の真理を見た気がするよ……」と。ひとりごち、その人の方へと歩いていった。

「すみません。お待たせしましたか？」

儀礼的な言葉を放てば「それほどは」というセリフが返る。てっきり「待ってない」と返されると思っていたので、意外にも誠実な答えだなと感心していたら、何故かフと笑われた。

日は見事なオレンジ色で、さすがにこんな時間になると、門から外へ出る人よりも入る人の方が多くなる。

「とりあえず出発しよう。薬草の説明は道すがら」

「そうですね。それじゃあ、よろしくお願いします」

「こちらこそ」

そうして私達は町の西門を発ち、薄暗くなっていく街道を並んで歩む。

目的地である【春の渓谷】は、西へ向かう街道からやや北へ逸《そ》れた方角にあるらしい。

一応、私のレベルは十五しかなく、武器も扱えなければ、戦闘に有利なスキルも持っていないということは、食堂で伝えておいた。

エンカウント率は低いけど街道も一応モンスター・フィールドなので、当然のようにモンスターに出くわすし、至るまでの山道も目的地である渓谷も、モンスターが湧くという。が、レックスさんのレベルからして私を守りながら戦うというのは全く問題ないらしい。

実際どのくらい強いのか把握していないのだが、連れている魔獣がそれなりに強いらしいので、こちらのことは気にしなくても大丈夫だと語ってみたら、それとは別に頼って貰って構わない、と。実に紳士な微笑を返された。

………無意識に頼ってしまいそうなオーラを備えた、レックスさんが心の底から恐ろしい。見た目に反して雰囲気が明らかに軟派じゃないのにな。

どちらかといえば勇者様と同じで、固く真面目なイメージの硬派に分類されるような気がするが、どうしてだろう。女性慣れしているというのとも、ちょっと違うような気もするし……。説明するのが難しいけど、相手に気付かれないように気を使うということが普通にできており、一緒に居て不安を感じるところがないのである。単純に異性の扱いが上手いという言葉だけで、片付けてはいけないような、そんな感覚。

(この人は一体いくつだ？　勇者様と同じくらいか、少し上にしかみえないけれど？)

何と言うか、前世における自分の最終年齢からすると、二十代後半って、まだどことなく頼りなさげな雰囲気なのだ。これが国差や世界差ってやつだろうか？　とも思うけど、それを考慮したとてやはり、こちらの人間だって〝頼れる〟という年齢にはちょっとばかり足りないような……。

勇者パーティでいうと、ライスさんくらいの中年層に達して初めて滲《にじ》み出るもののような気がしなくもない。一体どんな環境で育てれば、こんな人格ができあがるのか。苦労したからこうなったとも思えないから、益々《ますます》不思議な感覚である。

歩きながら、どこか出来すぎた感が否めない、隣を歩く人物について静かに考察していると、さっそく目的のものについての説明が始まった。

「依頼されている薬草は暗闇で光る性質を持つ【光草】の一種で、草丈は人の手のひらほど。夜になると花弁が淡く白い光を灯《とも》すという。欲しいのは内側から三枚目までのやわらかい葉で、量はあればあるだけいいそうだ」

「……それだけ聞くと、簡単に見つけられそうですが」

暗闇に光る草なんて、どう考えても一目瞭然だ。

そんな素朴な回答に、レックスさんは苦笑を浮かべ。

「生えている場所が【春の渓谷】じゃなければな」

と。こちらが思い切り「?.」な顔をしてみせたので、想定内な表情ながらも肩をすくめて呟《つぶや》いた。

「その様子だと初見だな? 着いたら分かるさ」

なんだか意味深なセリフだが、言われるように実際に目にした方が早いのだろう。

街道をしばらく進むと『春の渓谷はこちら』と、この世界の言葉で彫られた看板があり、そこで私達は道を逸れ、木々の間に作られた幅のある獣道をゆっくりと登っていったのだ。

ほどなくして日が完全に落ち、足下が見えなくなると、レックスさんは背負ったワンショルダーから棒と火種アイテムを取り出して、いつかのように手際良く松明《たいまつ》を作り上げた。

たわいもない話をしながら進んでいると、この辺りからエンカウント率が上がると説明されて、その言葉の通り、何回かオオカミのような四足のモンスターと、芋虫《いもむし》なモンスターに出くわした。こちらに怪我《けが》をさせないくらいの腕はあると語った通り、レックスさんの動きはどれも見事なものだった。

実は……西門で合流したとき、モンスターと戦うのに白い服はないだろ……と、気になっていたのだが。どうやらそんな心配は無用のようで、むしろ、それを意図……というか意識した上で敢《あ》えて白を選んだとするなら相当だな! と思ったり。

まぁそんなことよりも、と新たなエンカウントを易々《やすやす》と打破したレックスさんに、次なる話題を振ってみる。

「ところで、魔法は使わないんですか?」

純粋な質問に、大型のナイフを腰の鞘《さや》に納めつつ、彼はこちらに苦笑を寄越した。

「魔法はな…………」

言いよどんだ彼の姿に、この質問は失礼だったかもしれないと、残りの言葉を咄嗟《とっさ》に飲んだ。

魔力があるのに魔法を使わないということは、一般的に【適性がない】と解釈されるのだ。だから使わないのではなくて、使えないと言う方が正しい。

かくいう私もそのタイプだが、適性がないのに加えて魔力値も低いという残念仕様。でも、世の中には全くない人も居るというし、マジックアイテムの効果を発現できるくらいにはあるのだから、贅《ぜい》沢《たく》を言ってはいけない気がする。

それにしても。

「…………魔法なしで上位者ですか」

「ん？」

「実は、レックスさんが冒険者ギルドの位持ちだと、あの後、聞きまして。魔法を使わずそこまで登り詰めるって、ある意味キセキかと」

「さすがに奇跡は言いすぎだろう。身体強化系の魔力変換はできるしな」

常の笑いを取り戻し、その人は続きを語る。

「確かに【上位者】と呼ばれる面々は、魔法の扱いに長《た》けている者が多い印象だな。だが、ただそれだけで有名になった訳じゃない。ギルドの評価の対象になる、高レベルのモンスターやダンジョン・ボスは魔法だけで倒せるものではないし、むしろレベルが上がるほど、魔法耐性を所持しているものが多くなるのは知っているだろう？　自分は運が良かっただけと言う、謙虚な者も中には居るが……俺は単純に、地道な努力の成果だと言いたいな」

（ん？　オレ？）

不意に変化した一人称に少しばかり驚いていると、レックスさんは何かに気付いたようにフと顔を上げ、柔らかい笑みでこちらを見下ろした。

「着いたようだ」

獣道の最後の岩場を、差し出された手を取って登っていけば、そこには信じられない光景が広がっていて……後で考えれば、そのときの自分の顔は、さぞ間抜けだっただろうな、と。


「…………わぁ。ぜんぶ――――光ってる……」


目の前に広がる幻想的な風景を、自分なりに消化して、ようやく絞り出した言葉がそれだった。

瞬きするのも忘れたように渓谷を見下ろす顔は、きっと感動色にも染まっていただろう。

春の渓谷というフィールドは、幾本かの清流と、遠くに白糸を引く幅広の滝を内包していて、それらの間を埋めるように配置された木々は生い茂り、更に彼らの足下には色とりどりの花々がところせましと咲いていて……そう、そうなのだ。太陽はとうに身を沈め、刻々と闇が濃くなっていくこの時間。それなのに、どうして辺りが細部まで見えるのか。

それはもう、見事なまでに――――。

渓谷を埋める木々の枝葉に、足場に広がるたくさんの花が、一様に光を放って……まるで光の絨毯《じゅうたん》のように眼下に敷き詰められていたから、だ。

私がポツリと零した声に、男前は一つ頷き。

「分かっただろう？　そう簡単に見つけられない理由が」

と。落ち着いた声ながら、どこか得意そうな音を滲ませ、改めてその人はクッと笑ったようだった。

私はそれを見下ろしたまま首を縦に振りながら、彼の言葉に同意する。

「まさか……こんなに【光草】が生えているとは………いや、綺麗ですけどね」

ここでようやく【春の渓谷】というフィールド名が理解でき、レックスさんが苦笑していた理由を悟る。仕事でなければどんなにムーディだっただろうか、と。意識を逸らして、隣に立つのが勇者様じゃないことが残念でならないよ……なんて思っていると。

「彼じゃなくてすまないな」

まるで心を読んだかのようなタイミングにて、隣人がポツリと零す。

「………心の声、聞こえてました？」

呆然と問いを掛けると、楽しんでいるような雰囲気で。

「あぁ、はっきり聞こえたな」

「！　それは、その……すみません」

「ここで謝罪が入るのか。別にいい。そういう反応は久しぶりだし面白い」

クツクツ笑いをする彼は、相変わらず爽《さわ》やか笑顔で、暗黙の「俺、モテますから」をさらっと告げてくる。あまりのさらっと具合に、自慢っぽい何かが混ざるこのセリフの一端も、さらっとスルーで

きてしまえる驚愕《きょうがく》仕様だったのだ。

（えぇ、えぇ、分かっていますとも。その美形顔が大概の女性に有効だということくらい。美形顔って要するに餌なしですもんね！　大事にすれば初期投資のみでそこそこ釣れたりしますもんね!?　くそう、美形め！　別に自分がなりたい訳じゃないですけれど……なんていうか！　なんていうか!!　ついうっかり見惚《みと》れたり、目で追っちゃうところとか！　そういうのがものすごく悔しいですっ！　あぁでもやっぱり勇者様はかっこいい☆　なんですよっ!!　目で追わずにはいられないってヤツなんですよっ！！！）

心の中でしっかりと、オチを彼に結びつけ、ふるふるしながら愛を想えば。

「ここまで一途《いちず》を見せつけられると……」

不意に彼がひとりごち。

「え？　なにか言いました？」

という、こちらの素朴な問いかけに。

「何でもない。こっちの話だ」

しれっと話題を変えていく。

そろそろ降りよう、と言われた私は松明を処理したレックスさんの先導のもと、細い山道を下っていって、そのフィールドに踏み入った。

入り口から見下ろせた近場の綺麗なせせらぎが、耳に大きく聞こえるようになるのに対し、比例するように足下の明るさが増していく。赤やピンク、黄色にオレンジ、葉の緑がそのまま光るものに加えて、青や紫というような稀《まれ》な光も、あちらこちらに見て取れる。

よく見れば花弁の形や大きさは様々で、光量も種類によって異なるようだ。

前世のシーズンもののキラキラ電飾様のように、ランダム点滅はしないため比較的目には優しいが、やはり一にも二にも明るさが気になって、正直、こんな環境で淡い白、しかも小さい、を探し当てられる気がしない。

そもそも運が悪いとかいう話でもないような気がするが。

対岸へ渡るための浅瀬を探るレックスさんの後ろ姿に語りつつ、転ばぬようにとこちらの方も足下に注意して後を追う。無事に川を渡り終えると、川縁で立ち止まり、こちらを向いて不運な彼は、これまでの経緯というか、そうしたものを教えてくれる。

「一日目はここから真っ直ぐの方へ探しに行った。二日目は右の方へ。三日目は左だった。今日も昼前までは、随分奥の方までも探したつもりだったんだが」

全部ハズレだ、と肩をすくめてみせて、試すように問い掛ける。

「さて、ベルなら今夜はどの方向を選ぶ?」

問われて、むぅ、と考えて。

「一つ、いいですか?」

そんな私の質問返しに、男前はふわりと笑んで「どうぞ」と返してくれたので。

「たとえばですよ。これがすぐに見つかって、充分量取れたとしたら……後はオツカレ、はい解散、ってなる余地はありますか?」

と、まずは契約の確認をとる。

「それはつまり……余った時間で東の勇者を見に行きたい、ということか」

「当たりです☆」

グッと立てた親指と満面の笑みで返してみれば、やや挑戦的な笑いがその人の顔にありあり浮かぶ。

「見つけられるものならな」

「お、さすが。男に二言はないですね？　あ、二言はないっていうのは、一度言った言葉を取り消すようなことはないって意味ですよ」

「それならベルの言う通り、男に二言はない、と宣言しよう」

よっしゃ、話にノッて来た！　とグッと拳を握りしめ、私は内心でにんまり笑う。

「そうと決まれば今回は、チートな手段を取らせて頂きます♪」

ちょっと待っていてくださいね～、とレックスさんを放置して、己の鞄から音声通信用の青い石を取り出した。これは話し相手が固定されている通信系のアイテムで、もちろんその相手とは幼なじみの彼である。

何回か呼び出しがかかった後に、私だけに聞こえる音で青い石から声がする。

「朝までに返してね」

「おぉ、さすがイシュ。既にこちらの要求を理解していらっしゃる」

「そういうスキルなの知ってるでしょ。送るから、そっちも起動しておいて」

「はいはーい。よろしくお願いしますね～」

言うとそのままプツッと通信が切断される音がして、必要がなくなった青い石をしまい込み、代わりに板チョコサイズの白い石を取り出した。あとはいつもと同じようにその石版を操作して、あちらからのアイテムの振込みを確認し、白い板石と交代で鞄から目的の物を取り出した。

そして私はおもむろに、彼の前でそれを装備する。

「……それは、眼鏡か？」

「はい！　こういうときに、とても便利な遺物なんですよ」

こちらの返事に興味深そうな表情を浮かべたレックスさんは、どうなるか任せてみるかといった雰囲気をかもし出し、私の様子を窺った。私は私でほんの少し意識を集中させて〝白くて淡い光を放つ薬草〟のことを考える。考えながら右から左、左から右、というようにゆっくり首を往復させて。

「あ、ありました！　こっちの方角みたいです」

指差すと、驚きが混じる顔をしたレックスさんが、腰のナイフを一本抜いて、進行方向に現れた蛾《が》のようなモンスターをさくっと切り捨てた。

「驚いたな、その眼鏡。そんなことができたのか」

「はい。レックスさんは上位者なので、特別ですよ。強い人には必要のないアイテムですから、信用した上でお見せしています。なので、ギルドの受付の人にも内緒にしてくださいね」

「ははは、なるほどな。釘を刺された訳だな、俺は。ベルは人を見る目があるな。確かに便利そうなアイテムだが、俺には必要なさそうだしな」

盗《と》ったりなんてしないから安心して使ってくれ、とカラリな笑みで彼は言い、どこがツボに入ったのか理解できなかったけど、腕組みをしてしばらく一人、肩を震わせ笑ったようだ。

端的にいうと。

その後、私達はあっさり目的の薬草を見つけ、それが群生地だったので、手分けして素早く充分量を刈り取った。

こちらが集めたぶんを手渡すと、今回の報酬だとコインを何枚か渡された。薬草の採集にしてはちょっと金額が大きいけれど、こんな場所で探すことの難しさとか、そもそもの希少性がものをいっているのかもしれないな、ということにして何も言わずに受け取った。

……現実的に考えて、この金額の殆どがレックスさんのポケットマネーだろうということは感づいていた訳だけど、いろいろと含めたうえでの心意気。そう思うことにした。生活費に収まる額だし、上位者は高収入。そして私はくれるなら、貰っておく主義なので。

いち段落ついたところで私達は休憩を取り、沸かしたお茶を飲みながら、位持ちになるまでに一番手強《てごわ》かったモンスターは何だったとか、たわいもない話を交わす。

そういえばお互いの愛用鞄が同じお店のものですね、ここの鞄は丈夫だしシンプルで使いやすいし、アフターフォローもバッチリだしと私が言えば、あぁ、俺も気に入っている、実はこの鞄は二代目なんだと、話が盛り上がったりもした。

お茶を飲み終わる頃には小さな疲れも取れたので、そろそろ行くかな、と私は腰を上げて言う。

「それじゃあ、お疲れ様でした。私はこの辺で」

よーし、五日ぶりに勇者様に会いにいくぞ！　と、ホクホク笑顔を浮かべて去ろうとすれば、背後から思いもかけない言葉が掛かる。

「折角《せっかく》だから、ベルに付いて行こうかな」

びっくりしすぎて止まった歩みを、彼は数歩で埋めてきて。

(なっ……なんだとうっ⁉)

な、驚いたこちらの視線を、それはもう涼しい目元で流してしまったのだった。


そういう訳で、どういう訳か今現在、私の横には超絶な美形さんが立っている。

レックスさんめ。まさかの勇者様狙いってやつですか⁉ と心の中で突っ込んで、それはないなと即否定。実際に隣を歩けば「時間つぶしと勇者様への単純な興味」というのが、ありありと伝わってくるからだ。

更にその興味の中に、私がどんな風にしてフィールド中から愛《いと》しの彼を探し当てるのか……的なものも含まれているような気がするが。特に害もなければ、エンカウントも処理してくれるし。

まぁいいか、と一度思えばそれほど気にならなくなってくる。

そんな中、相変わらずいろんな花が光ったままの、辺りの景色を見渡して。

(何度見てもすごいよなぁ。夢の国よりそれっぽい)

ファンタジーな世界に生まれてきたことを、ここでも強く意識する。

何よりも植物が灯す光量が優しいところが一番だ。目が疲れないから、いつまでも見ていられるという感じ。それはそれで頭がおかしくなりそうだったけど、ずっと記憶に留めておきたいと思うくらいには美しい風景だ。

「足取りに迷いがないな」

不意に横から降ってきた声に、私は思わずニヤリと笑んで。

「当たり前じゃないですか。愛する人を追いかけるのに、迷いなんかないですよ」

堂々と返事する。

「言ってくれるな。だが、なかなかできないことだ。若いのに大したものだと思う」

「…………」

「どうして黙る。ベルは人間じゃなかったか？　……まさか、長命種の血が混じっているとか？」

「いいえ、おっしゃる通り只人ですが。なんか、別に童顔でもないのに若いとか言われると、微妙な気分になるといいますか……」

見た目は若いが、精神的な年齢の方は貴方様より上なので……。自分で思ってorzな気分になるが、誤魔化すために付け加えたセリフの最後が、モゴモゴな小声になってしまうのを止められない。

ここで気にしても仕方なし、と意識を早々に切り替えて、年齢ネタが大丈夫そうだったので聞いてみることにした。

「そういうレックスさんは何歳ですか？　とても二十代には見えないですが」

「いきなり直球で、しかも言外に老けていると言ってきたな？　……気分的には二十四で止まったが。そうだな……実年齢は秘密にしよう。まぁ当然、東の勇者よりは年上だ」

「男子のくせに何を恥ずかしがっているんですか。秘密とか言われてもトキメキませんよ」

つい調子に乗ってしまってジト目で見遣ると、彼はフェロモンたっぷりの、ものすごい流し目で、急にこちらを見下ろした。

(う、わぁ……)

やばい、イケメンフェロモンにあてられる、とサッと目を逸らして少しばかり後悔する。

(トキメかないは禁句だったか？　いやしかし……モテる男子は平凡女子の発言なんか、いちいち気にかけないと思うのだが？)

たぶん今、私はすごく苦い顔をしていると思われる。

「…………レックスさん、もしかして【愛の女神の加護】とか、あったりします？」

目を合わせずにそれを聞いたのが彼のツボに入ったらしい。

一拍後、横から吹き出すような声がする。

「今ので少しはときめいてくれたのか」

「違いますよ！　【魅了】にでもあてられたのかと思ったんですっ!!」

「それは肯定しているのと同じじゃないか？」

「ぐぬっ……わっ、分かりました！　私の負けですっ！　かっこよかったです！」

何もかもその超絶なイケメン顔が悪いんだよ！　と一人憤慨する私を放置して、相変わらず楽しそうにお隣の美形は笑う。それがあまりに楽しげなので、こちらはものすごく微妙な気分になって、沈黙を貫くしかなかったのだが。ひとしきり笑った後に、彼はようやく真面目な声で。

「女神の加護は受けていないが、魅了耐性の高い体質ではあるかな」

と。

「なるほど、そうですか」

返した私の頭の中は、その話題に逸れていく。

このファンタジー世界では【愛の女神の加護】を与えられている人物は、揃《そろ》いも揃って美男美女という星の下にあったりする。それは彼女が美の女神も兼任しているためなのだが、それだけで終わらないのが【加護】の怖いところである。

特にかの女神の場合、異性——稀に同性——に対する【魅了】効果が、本人の意思を無視して勝手に発動してしまう。スキルのように能力の高さがランクとして明示される訳ではないので、大分曖昧《あいまい》になってくるのだが。実のところ、加護にも強さの程度があって愛の女神の加護についていうのなら、どのくらい美男美女なのか、そして相手に対してどのくらい魅了効果を発揮するのかといった具合に、個人差が出るらしい。

更に魅了能力の高さに比例するように【魅了耐性】を持つことが多いそうで、持てる美貌で他者を惹《ひ》き付けてやまない人は、大抵、同じ加護持ちの相手に対して、抵抗力を発揮するそうなのだ。

しかし。いくら耐性を持っていてもどうにもできない場合があって……要は、自分の耐性値を軽く超える加護持ちなどには、結構簡単に屈してしまう……という話。そこは他の耐性持ちと同じ仕組みになっているので、想像するのは簡単かな、とも。

そもそも男女のどちらにしても、前の世界と同じように美人は美形が好きなのだ。相手への気持ちの持ちようも耐性値には効いてくるので、魅力というのは語るのが難しい。とはいえ、例外が多いのも、このジャンルならでは、か。

ついでに語ると、フィールくんがそうであったように【勇者】は軒並み彼女に愛されていて、加護付きがデフォルトらしい。そんな一節を、帝国の大図書館で目にした記憶がよみがえる。大賢者と呼ばれた人が、自分の記物に残しているのだ。

そんなこともあり、レックスさんへの先の質問となった訳だが。

(女神の加護なしでこのお顔とは……いや、もういいか。これ以上はやめとこう)

人は見た目ではない。直感、それからフィーリングだ。知り合っていく過程での、性格の良し悪《あ》しも大事。その点、彼《か》の勇者様は百点満点だ。

そして私は己の顔をそちらの方へとゆっくり向ける。


「やっと会えました……！」


(愛しい、勇者様！)

視線の先には、久しぶりの黒髪の彼の姿が。

(あぁ……今日もかっこいい！)

サッと物陰に身を潜め、急にうっとり眺めるこちらに、レックスさんは面白いものを見る目をしながら、隠れず同じ方向を窺ったようだった。

そんな中。

「!?　……なんだ？　急に悪寒が………」

視界の中の緑の少年、シルウェストリス・ソロルくんが、不意にソワソワと辺りを見渡し、私を見定めた気配というのを意識の端に感じ取る。

続いて、確《しか》とこちらを視認したシュシュ・ベリルちゃんが、抑揚の薄い声で何事かを呟いたようだった。それを受け、隣に腰を下ろしていた人物が、ふと振り返り同じように私の方に視線をくれる。

「うん？　あぁ、ベルじゃないか」

青銀の髪を持つライス・クローズ・グラッツィアさんが、やぁ、という体《てい》で片手を上げて挨拶までしてくれたので、私もちょっと照れくさくお辞儀をペコっと返すのだ。

加えて、ヒコヒコ動くお耳がいつもとても愛らしい、魔法使いのレプス・クローリクさんが。

「ようやくベル殿のお出ましでござるか。おや？　彼は……」

と物珍しげな顔をして、私の隣に立った御仁に視線を移したようだった。

そんな彼らの様子に対し、見慣れない一人の女性が勇者パーティの面々に「どなたですか？」と問い掛けるような姿が見えた。フィールドを歩くには少しばかり小綺麗すぎる姿から、普段はアウトドアではなくてインドアな人と予想する。大方、例の薬草がらみで、領主様から派遣されてきた人材だろうと当たりをつけて、動向を見守ると。

「ベルはクライスの熱狂的なファンの子だよ」

「心強い助《すけ》っ人《と》と言ってもいいと思うのでござる」

「たまに有益な歩くアイテム袋……」

「……おまえ、欲しい物をタダで貰うと急に態度が反転する癖、直した方がいいぞ」

続々と私について説明が入ったようだ。

珍しくキリッとした顔で語ったベリルちゃんに対して、ソロルくんがうんざりという態度で突っ込んだのだが、見慣れない女性は「はぁ……」という微妙な声を出し、黒髪の勇者様に視線を移してから、もう一度こちらを心底不思議そうな瞳で見つめてくる、という動きに入る。

(なっ……なんだろう？　あの純粋な瞳で見られると、何故か自分が無性にダメな人間に思えてくるよ……)

そのうち彼女は私の隣に立っている男前に、ふと視線を移していって、恥ずかしげに顔を逸らすという行動に出たために。よかった、彼女もごく普通の女子だったと気を取り直し、ぼやけた視界をクリアにするため、指でそっと目元を拭《ぬぐ》う。

そこで、おもむろにライスさんとレプスさんの両名が、こちらの方に向かってくる様子が見えた。

(何か私に用だろうか？)

木立に隠れて待っていると、レプスさんは隣の人の前で足を止め、感慨深そうな表情で彼に声を掛けていく。

「冒険者ギルドに上位者として名を馳《は》せる、ドルミール・レックス殿とお見受けするでござる」

「お恥ずかしながら。魔法のみで第三位にまで登り詰めた、貴方のご高名もよく耳にしますよ。レプス・クローリク氏が、勇者パーティに加わったと聞いたときは驚きました。単身で【星落ちの塔】の最上階に到達するという偉大な功績を残した大魔法使いに、こんな場所でお会いできるとは。光栄です」

「いや、あれは……若さ故の無謀でござった。今はこうして落ち着いているでござるが、青い時分は荒れていたでござるゆえ」

何やら逆に持ち上げられてしまったレプスさんなどは、消し去りたい過去を思い出したという顔をして、レックスさんが差し出した手を握りながら照れている。

至近距離でのいきなりなアレな発言に、焦《あせ》り出すのは当然私だ。

(うえええええっ!? レプスさんが荒れていた!? いやいやいやいやいや! 面影ないです!!)

ヒコヒコお耳、つぶらな瞳、いつでも誰にでも平等な親切丁寧な物腰、と。そんな雰囲気のどこにも荒れていたという名残《なごり》がない。

そもそも荒れた姿さえ可愛いとしか思えないのだが【星落ちの塔】という場所は、モンスターレベル五十以上の【高レベルダンジョン】に分類されていたりする。並の冒険者が生半可なレベルと根性で、足を踏み入れるような場所ではないのである。

故に、そこへ単身で乗り込み帰還したという話なら、ごく普通に武勇伝として他者に自慢することが許される。どうやら当人にしてみれば忘れ去りたい過去のようだが、実はこれ、そんなレベルの話だったりする訳だ。

冒険者に登録しているものの、その実ただの一般人な私には、いろいろと知り得なかった情報である。

「ときに、何ゆえドルミール殿が、ベル殿と行動を共にしているのでござるか?」

レプスさんの疑問を聞いて、こちらも今更そういえばだが、言いそびれていた情報を少し。

実はこの世界、ファーストネームとファミリーネームの位置というのが決まっておらず、後ろの方にファーストネームが入る人は少なくない。勇者パーティでいうとレプスさんがそれに当たって、レプスが家名で、クローリクが個人名となるのである。レックスさんの場合も、ドルミールが家名で、レックスが個人名であるそうだ。

余談になるが、私のような出自のあやふやな孤児などは、孤児院に届けられた時点で名前も苗字《みょうじ》もないことが多い。その場合は近場の聖職者様に名付けて貰うことになるのだが、当然、苗字までは貰えない。私が所持するラコットなる姓は、コーラステニアでお世話になったお貴族様に成人を祝して貰ったもので、イシュもその時オーズなる姓をプレゼントされていたりする。その関係で、彼が運営する商会はその国を本拠地と定めているのだ。

そろそろ飛んだ話を戻し。

レプスさんの「どうして私がレックスさんと一緒に居るのか」な素朴な疑問に対し、レックスさんは隣で木の裏に身を潜める私の方に、一度、物言いたげな視線を向けて言う。

「私が受けた依頼を手伝って貰ったのですが、思いのほか早く終えることができまして。ベルが東の勇者を見にいくというので、興味があって付いて来ました」

「そうだったでござるか」

「えぇ。この広大なフィールドの中から、どうやって彼を探すのか、近くで見てみたいなと」

「それは確かに。オレも知りたいなぁと思っていたよ」

最後にはライスさんも話に加わって、知り合い三人から間近で直視を受けるという、拷問のような時間がやってきた。この気まずい雰囲気の中、私は現実逃避を兼ねて、黒髪の勇者様へと頑《かたく》なに視線を向けていく。

「どうやら黙秘のようですね」

「人探しスキルじゃ、少し無理があるような気がするんだけどなぁ」

「ベル殿ならクライス殿への愛だけで、あらゆる不可能を可能にするような気がするでござるよ」

「確かに先ほど、愛する人を追うのに迷いなどない、と言い切られてしまいましたね」

そう言って彼らはそれぞれの調子で笑う。

和気あいあいとした雰囲気の大人達を見定めて、現実に引き戻すように、エルフ耳の少年が立ち上がって声を上げてくる。

「ちょっとじいさん達、そろそろ休憩終わり！　再開するから戻ってきてよ！」

「分かった、分かった。今戻る」

右手を振り振り、ライスさんがそちらの方に体を向けた。同じようにレプスさんも半身をひねったところで、ふと思いついたようにこちらの方へ向き直り。

「ベル殿、エディスタキアという薬草を知っているでござるか？」

と、何気なく聞いてきた。

私は問われるままにレプスさんを見上げつつ、どうしてそんなことを聞くのだろう？　と煮え切らない表情で肯定がわりに頷いた。

「……まぁ。割と需要の高いやつですからね。調合師のところへ持って行ったら、結構高値で買い取って貰えますし。探すのはそれなりに難しいやつですが」

何度も説明するようで悪いのだが、フィールドを移動する傍ら、薬草を見つけたら引っこ抜いていくという習慣があるために、そっち系にはそこそこ自信があるのだ。

もちろん愛しの勇者様を追うための資金調達の一環だが、そんな理由で最後の方だけ得意げに語ってみれば、レプスさんは尊敬を込めた視線で私を見てくれる。

「さすがベル殿、心強いでござる。もしそれらしい薬草を見つけたら、教えて貰えると助かるでござるよ」

（………………え？）

お耳をヒコヒコ揺らしながら、元の場所へと戻っていくその人の姿を見送って、私の脳は段々と疑問符で埋め尽くされる。生じた疑問を誰か他の人と共有したくなり、ふと隣に立ったままの人物を思い出す。

知っているかな？　と期待して、そちらを見れば頷かれ。

同時にレックスさんはほんの少しだけ、神妙な顔を浮かべて語る。

「レプス氏の話から推測するに、どうやら彼らはその薬草を探している様子だが……」

「……です、よねぇ？」

こちらの気のせいとか、聞き間違いとかじゃないですよね？　と言外に二度押しし。私は再び腑に落ちないまま、薬草探しを再開した勇者パーティと、見慣れぬ女性に視線を向けた。

「どう考えても、こんな生命力に溢《あふ》れた【春の渓谷】なんて場所に、生えている訳ないんですけど」

横の超絶イケメンさんの答えも概《おおむ》ね同じらしい。

強く頷く気配があって、私は一抹の不安を覚え、勇者パーティを見遣るのだった。


それからしばらく、事情に気付いた勘のいいレックスさんと、聞かれても困らない単語や視線で会話して、我々はお互いにこの依頼のオチを察した。そして、話が通じそうな勇者様との会合の隙を、木の陰から窺っていた。

パーティの面々はあの見慣れぬ女性と共に、光る花々が咲き乱れる地面に腰を下ろしながら、草葉をかき分け目的の薬草を探している風である。時折、何かを見つけてはその女性の名を呼んでいたので、彼女はやはり派遣されてきた専門職様なのだろう。

薬草辞典の一つでもあれば早々に生態が知れると思うが、本は高価で、町とはいえどここは田舎だ。高確率で未読だろう。師匠的な人物の門下に入ったばかりであるか、人手不足で似た職種だが全く違う畑から引っ張ってこられたか。どうやら知らされていないというか、下手したら嘘《うそ》を教えられている可能性さえ考えられる。これについてもレックスさんと、視線を交わして確認を取る。

パーティにはアイテムを読み取る勇者な彼が居るのだが、それでも彼女を付ける意味とは効率化なのか他意なのか。彼女自身は悪い人にも見えないために、これは本人にも悟らせない、時間消費の人員だな、と。お互いに思い至るのは少し残酷な話であった。

時刻はとっくに深夜の頃を過ぎている。

ふと彼らの睡眠事情に疑問を覚え始めた頃に、気の短いソロルくんが再び声を張り上げた。

「だぁぁぁ‼　いつになったら薬草が見つかるんだよ⁉」

その叫びにライスさんとレプスさんが苦笑を零し、少し長めの休憩時間を取ろうという話になった。

さっそく地面に大の字に転がったソロルくんと、珍しく無表情に疲労を浮かべたベリルちゃん。すぐ側《そば》の木に体を預け目を閉じたライスさんと、近くの小川へ行きたいという女性の護衛をかって出た、人の良いレプスさん。

そんな面々を眺めやり、勇者様はスと腰を上げると、渓谷の奥の方へと歩みを進めて行った。すかさず彼を追いかけようと同じく腰を上げた私に、レックスさんはニヤリな笑みで「チャンスだぞ」と小さく語る。

言われなくても！　と意気込みよろしく立ち上がったところで彼は、すぅっと目を細くして。

「ベルの足じゃ時間がかかる」

と、呟いたかと思ったら……。

(な、な、なんで、ですかっ⁉)

気付けば私は何故かレックスさんにお姫様抱っこされながら、夜風を切っていたのです。

勇者様は渓谷の最奥、白糸を引く幅広の滝の前に立っていた。

木々の間をすり抜けてその場所に近付くと、レックスさんは駆けるスピードを段々と緩めていって、滝壺《たきつぼ》の前の開けた場所で立ち止まって私を降ろす。

「良い足をしているな」

好感触を思わせる声が上から振ってきて、吹き付ける風に呆然としていた私は、ようやく我を取り戻し勇者様に対峙《たいじ》した。

「ギルドの上位者なら付いて来られると思った。何か話があるようだが」

「察しがいいな。わざわざ場所を設けてくれたのか」

そうして、ベル、と呼ばれて背中を押される。

久しぶりに勇者様の十メートル圏内に足を踏み入れてしまった私の心臓は、ここで一度だけ、ものすごい跳ね方をした。

「っ、お、お久しぶりです勇者様！　えぇと、世間話はさておきまして、さっそく本題なのですが」

緊張で震える声のまま、私は例の薬草について、急いで彼に説明を入れていく。

まずは依頼内容が、エディスタキアという薬草の採集である、という大前提の確認をして。

その薬草は一般的に、気管が弱い人へと処方される薬の材料であることを、薬草辞典を開きながら簡単に説明し。

普通、薬草採集といえば葉の部分を求められるが、それに関しては根の方を求められるということを、レックスさんの同意を引きつつ語ってみせる。

そこで一息ついてから、〆《しめ》に最も重要な話を切り出した。

「そもそもエディスタキアは、乾燥地帯にしか生息していないんです。つまり、こういう水資源の豊富そうなフィールドで、手に入る訳がないんですよ…………」

存在しないものを探すため、四日も時間を浪費した彼に心が痛むので、最後の方は尻すぼみ調の発言になってしまったが。

それを聞いた勇者様は、わずかに瞑目《めいもく》し。深い深い息を零して、そうか、とだけ呟いた。

「気になってはいたんだが……そうか。そういうことだったのか」

己の無知が恥ずかしい、情報の提供に感謝する、と、私達に礼を語った勇者様。

レックスさんは「気にするな」と笑って軽く返したが、どことなくいたたまれない気分の私は、意を決して銘入り高級鞄《ブランドバッグ》に手を入れた。

「ほんとは、勇者様がこういうの、好きじゃないのは分かっているんですが。今は何も言わずに受け取って貰えませんか!?」

一つは本物の、エディスタキアの根っこの部分。

そしてもう一つは、とある調合師への特別紹介状。

「好きに使って貰っていいですので。ちなみにこの調合師さん、腕は確かなんですが、気難しい方なので注意してくださいとお伝えください。急に値段が跳ね上がったり、ご贔屓《ひいき》に、って言われなくなったら諦めてくださいと」

これでもかというほど近付いて、ズズイと胸に押し付ける。

勇者様は複雑そうな雰囲気で、差し出したそれらに手をつけるのを躊躇《ためら》っているようだった。だから、体の横に下ろしたままの手を取って、無理矢理そこに押し込める。

前の世界で手に入れたスキル、秘技・おばちゃん渡し☆　というやつだ。

「もしお礼してくれるなら、焼き菓子とか！　ちょっとだけ期待しておきますんで！」

そこには、お貴族様が食べるような、という意味を込め。

問題解決後にお礼に出されるだろう茶菓子を横流しして欲しい、という。話はたぶん……彼にはしっかり理解して貰えたハズだ。


「はぁ～♪　ほんと、ベルちゃんの賄い料理、美味しいわぁ♪」

桃色のフワフワパーマを高い位置で二つに結った、目の前の可愛らしい受付嬢のお姉さんは、いちいちものを飲み下した後にほんわか笑ってそう零す。

勇者様にブツを押し付けた後、ここにいてはうっかりと話の局面に居合わせることになってしまうかもしれないな……と。悪い予感がした私はレックスさんを引き連れて、逃げるように【春の渓谷】を後にした。

明らかにそれと分かる厄介ごとには首を突っ込まない性分だし、殆どの国が王制を敷いており、貴族なんてものが存在する身分差社会に生まれてからは、権力者同士の揉め事には関わるな、という強い教訓を得ていたもので。

何はともあれ、宿に戻って充分な睡眠を取り、約束通り日が沈んだ頃に残りの仕事を開始した。

今は夜の戦場を乗りきった後の時間で、仕事的にも精神的にも余裕ができたので、他のスタッフと順番で小休憩を取っているところだ。

「本当に。これが家庭料理だなんて信じられないよ。素材の味が引き立っていて……どの食材も主張してくるのに、それでいて喧嘩しない。どうやったらこんな味が出せるんだ？」

何かの食レポのように零しつつ、お姉さんの隣に座る雇われシェフの男性は、次々と煮物の具材を口に運んで確かめる。

帰り際、お姉さんへの差し入れの賄いに、興味を引かれたらしいこの人が「自分も食べたい」と言ってきたので、私の分を半分あげた。見た目も味もあっさりそうに見えるのに、受付嬢が美味《うま》い美味いと絶賛するのがどうにも不思議でならなかったようなのだ。

「素材の味が引き立っているのは、さして手を加えていないから、ですかねぇ。まさに、切っただけといいますか。美味しく感じて頂けるのは、適当な塩分と、スープのうまみ成分のおかげかなと思います」

なにせＵＭＡＭＩは前の世界で同じ国の人が発見した味覚ですからね！　と内心に。瓶詰めの乾燥疑似昆布達を掲げて見せて、自分の功績でもないのに誇らしげに語ってみせる。

「海産物……主に海藻でダシを取っているんですよ。あ、この商品、ご用命の際はコーラステニアのメルクス商会までお願いしますね！　私の名前を出せば、少しくらいは安くしてくれるはずですよ」

そしてしっかりイシュが経営するお店の名前を売っておく。

「はぁ～。ベルちゃんの旦那さんになる人は幸せね～。いいな～。私が男だったらな～」

「いやいやいや、何を言っているんですかお姉さん。大体、たとえお姉さんが男だとしても、絶対に選びませんよ。私の旦那様の席は、勇者様しか座れない仕様になっているのでね」

それが単なる言葉のアヤで、純粋な褒め言葉だとしても、笑って流せるものとそうでないものがある。というのも、過去の文献の中に性転換に関する記録があるからだ。それを成す実物は失われたと記されていたのだが、そんな面白そうなもの、この世界の神々が黙って見過ごすはずがない。だから絶対どこかに落ちてるか、誰かがこっそり持っている――と、いうのが藤色の瞳を持つ幼なじみの言である。

よって、万が一のためにも、それが実現してしまった後のことをも考慮して、己の意思をハッキリと語っておかねばならぬのだ。

しかし、桃色のお姉さんはうっとりな表情を浮かべ。

「はぁ～。そんなツレナイところもイイ感じ。そそるわねぇ。組み敷いて啼《な》かせてみたくなるっていうか……♪」

瞬間、この人ヤベェ……な空気で、ズササッと後ずさった私とシェフ。

何がやばいって、目がかなりマジだった。ふわふわほわん♪　な小動物が、急に獰猛《どうもう》な牙を見せたときのようなアレだった。

（あぁ……これは。この雰囲気は……確かにアイシェスさんに繋がる何か………）

煮物の残りを口に運んだ受付嬢様を、シェフ共々、怖々と見ていると。

冗談はこのくらいにして、というある種の状態回復呪文で、彼女の空気が元の状態にふんわり戻る。

「東の勇者の仕事がね～、今日で終わったそうなのよ。なーんか向こうでゴタゴタがあったみたいなんだけど、一応、丸く収まったからってね」

そう言う訳でベルちゃん、とピンクの髪がその場で揺れる。

「今夜の夜勤できっかり六日。勇者パーティは明日の昼前に発つらしいから、延長なしね。お疲れ様でした～ってことで、コレ」

受付嬢はウエストポーチから私の鞄を、懐《ふところ》から金子の入った布袋を手早く取り出し、それらをテーブルの上に置いた。

「ここで稼いでおきたいって子が他に居たから、昼に配置を変えたのよ。人の波も引いたし、今日はもうあがっていいわ。働いて貰ったのは実質五日だけど、給料が六日分なのは、忙しかった日の特別手当みたいなもんだと思って頂戴《ちょうだい》ね。それから、ベルちゃんの連れてる魔獣がすごいらしいって、風の噂で聞いたけど……宿までの夜道が心配だったら、職員に声掛けてね。護衛付けてくれると思うから」

じゃあごちそうさまー、と席を立ち、ピンクの髪のお姉さんは、食堂とギルドを繋ぐ扉の向こうへ消えていく。

「……オレも帰るところだから、送って行こうか？　食事のお礼に」

「……社交辞令に乗って貰って、ありがとうございます。お気持ちだけ頂きますね」

「あぁ、うん。まぁ、そう言われればそうだけど。……あの人も独特だけど、君もなかなか……まぁいいか」

ごちそうさまと、気を付けての言葉を零すと、シェフも帰り支度をし、人の姿がまばらになった中央通りへ消えていく。

（さて。ここはお姉さんのご好意に甘えまして、私の方もさくっと帰らせて頂きましょうか！）

彼女の働きぶりを見て、あのお姉さんには天職ですね、冒険者ギルドの受付嬢は、と。終始いい顔をしていたなぁと、思わずふふっと笑みが零れた。

そして私は鞄をさげたまま、キリのいいところまで食器を洗うと、夜勤のスタッフに声を掛け仕事場を後にした。


（あの光草、抗アレルギー薬の材料だったのか…………）

むしろ例の調合師への紹介状は、そっちの人物に渡すべきだったか？　と。腕を組んで首をひねるも、すぎたことは仕方ないかと諦める。

予定よりかなり早めに仕事を切り上げて、そのまま宿に戻ったのだが。頭を洗い、体を洗い、寝間着に着替えても、昼過ぎまでの長時間の睡眠がたたったようで、なかなか眠気が来なかったのだ。

仕方ないのでベッドの上で薬草辞典を引いてみて、レックスさんと集めた光草のことを調べ出し、今に至るという訳だ。

宿に入れることを断られている魔獣様は、宿に到着すると尻尾を一振り、楽しげに夜遊びに繰り出した。まぁ、賢い子なので人を襲うことはないだろうし、下手することもなく明日の朝には戻るのだろう。自由な魔獣を少しだけうらやましく思いつつ、あれ？　もしかして彼の背中に乗れば、簡単に勇者様を見に行けたんじゃないかしら⁉　しかもパシーヴァさんって頑張れば空も飛べそうですし！　と、気持ちが湧いて視線も上向いた。

いやいや、しかし。仕事の邪魔はしちゃいけないし、プライベートな時間は覗かないって決めているから、と。上がった視線を下へ戻すと、開いたままの辞典を閉じて、横にごろりと転がった。

（やることがなさすぎる…………）

もっと勉強？　無理無理。もうそんな気分じゃないし。とりあえず頭使う系はしばらくパスの方向で。じゃあ他に……歌ってみるとか？　いやいや。それは隣人の安眠妨害に繋がるし、それほど綺麗な声ではないので逆に恥をかくというか。

そこそこの値段の宿屋でも、意外と壁は薄いので。踊るとかも同様の理由でパスだしなぁ。

（これはもう……目を閉じて妄想するしかないのでは……⁉）

やることの決まった私は、薄い布団をたぐり寄せ、己の体をすっぽり覆う。

愛用の抱き枕を横抱きにして目を閉じたなら、後はいつ幸せな眠りについても大丈夫。

（それじゃあ今日は、ベルさんがナンパされて大変！　な状況を、颯爽《さっそう》と現れた勇者様が助けてくれる、という王道展開で……）

そんな状況になることは百パーセントないと言えるが、ないことを妄想するのが楽しいんじゃないか！　と思う。たとえば裏路地に連れ込まれそうになる状況ならば、こう助けて貰おうとか。単純に数で囲まれてしまう状況だったら、こんな風に助けられるのがいいなとか。いずれも美化二百パーセントなイメージ画像を張り付けて、ムフフとひとり口元を緩ませる。

勇者様のサラサラの黒髪が、風に舞うシーンとかは欠かせない。

灰色の双眸《そうぼう》が、敵を見定め鋭く光るシーンとかも外せない。

間に合ったか、とか、大丈夫か、とか呟きながら、ヒロインに微笑み掛けるシーンも然《しか》り。

あとはちゃっちゃか悪役をやっつけて頂いて、再び二人きりの世界へゴー！

最後に、君が無事で良かった的な抱擁があると尚良《なお》いが、そこはお互いの関係が、どこまで進展しているかに依《よ》ってくるような気も。私の場合は、いつどこで何の事件もなくたって、勇者様からの抱擁は大歓迎！　彼さえよければむしろこっちから行ってもいい、くらいだが。

（よし。それならここいらで、勇者様に抱きつく練習を…………）

まずは腕を大きくあげて彼の懐に潜り込み、つま先立ちで背伸びをしたなら、目の前には色っぽい鎖骨のくぼみが見えるはず！　そこに顔を埋《うず》めつつ、あげたままの腕を回して彼の体をしっかりホールド！

…………いや、待て。

手をあげたまま近付いて、そこで背伸びをしたのなら……首に抱きつく感じにしかできなくないか？　そもそもその状態で懐に潜り込むって、全方位隙なしの勇者な人にどうやる気なんだ⁇

（さては私、忍びの者だな⁉）

忍びの者なら大抵の無理設定は押し通せるような気がするし！

今度イシュに頼んで手裏剣探して貰おうか……って、なんかヤダよ、その絵面っ‼　普通に女子と勇者様の抱擁シーンでよくないですか⁉　こう、ぎゅう、って！　ぎゅう、ってだけで！

愛用の抱き枕を横抱きのまま、ギュウギュウに締め付ける私の姿は、もしかしたなら客観視して、何かの技をキメているように見えるのかもしれないなぁ、とか。思わないでもないけれど……。

(た……タダだからっ！　考えるだけならタダだからっ!!　誰にも迷惑かけないしっ!!)

と、我に返ってジタバタもがく。

そうして、自分の妄想の痛さっぷりに、うーうー唸《うな》ってベッドの上を転がっているときだった。

(んん？)

薄暗い室内に、窓を透過して入り込む、尾の長い青色の小鳥さんが現れた。

しかも体が半透明で、ほんのり光を纏《まと》っており、なんとも神々しい姿なのである。

清らかな雰囲気というか、同じ半透明でもゴーストなんかとは全く別の生き物だ、と直感で分かるくらい美しい。

小鳥さんはスイーと音もなく室内を旋回し、熱を発する生き物を見つけたという雰囲気で、私の顔の先にちょこんと止まる。足を揃えて小首を傾げ、美しい羽をしまい込み。

可愛らしい声で鳴――――。


「夜分にすまない……」


――――かなかった！！！

布団からガバリな効果音で抜け出して、素早く鳥が止まった枕の前に正座する。

（うわ、わわ、わ。ど、ど、どうどうどうっ！　落ち着け私!!）

お馬さんへのかけ声的な落ち着きを促すそんな言葉で、まずは口まわりの空気を吸い込み、息を止めてみたりする。

「だっ、大丈夫ですっ。全然眠くなくて、本を読んでいたところですから！」

そこは絶対に、丁度いま貴方の妄想をして楽しんでいたところです、なんて言ってはいけないことくらい、私でも分かるのだ。

「……すまない、それは悪いことをしたな」

「いえいえ！　見ていたのは薬草辞典ですので！　ストーリー性とか皆無ですから！」

嘘ではない。少し前まで、ちゃんと読んでいたのだし。

まるでこれから、夜の電話を楽しもうとしているような、一昔前の恋人達♪　な状況のなか、本当に悪いと思っているような声で言われて。「このままじゃ回線切られる!?」と焦った私は、すぐ用件を終わらせると言われたくなくて、勇者様のセリフを遮るように声を返した。

精霊や妖精の類《たぐい》なのだろうか。半透明の青い鳥は、先ほどとは逆の方向に小首を傾げ、こちらを静かに窺っている。くちばしに動きがないのに、その場所から声が漏れてくるのは何だかとても不思議な気がした。

「薬草辞典か……勉強熱心で頭が下がる。さすがは知力八十というやつか」

「そっ、そうでもないですよ!?　生活の知恵ってヤツです！　私にはモンスターを倒す力がないので、そういう仕事をこなす機会が多かったというだけですからね……！」

「……そうか。あの情報は本当に助かった。…………いつも助けられてばかりで、私は不甲斐《ふがい》ない勇者だな」

初めて聞く自嘲気味な彼のセリフに、反射でそれを否定しようと口が動くが、続く彼の言葉の方が幾ぶんか早かった。

「少し揉めたが、貰ったアイテムで、なんとか場を収めることができたんだ。心から貴女に感謝する」

何のフォローもできないままに終わってしまった話の流れに、複雑な想いを抱きつつ。

ここは聞き流すのが大人かと、努めて明るい声を出す。

「そうですか、それは良かったです」

「明日、約束の焼き菓子をギルドの方に預けておくから、受け取って欲しい。すぐ固くなるから、早めに食べて欲しいそうだ」

「どうもありがとうございます！　了解です！」

「手渡せなくてすまない。本来なら礼も、直接言うべきなんだが……」

「いえいえ、お気になさらずに。気持ちだけで充分ですよ♪」

フィールドやダンジョンなどとは違い、市街地で貴方様を取り巻く環境は、それはもう複雑なものですからね。そこはちゃーんと理解がありますよー、と言外に伝えると、少し安心したような静かな声で「そう言って貰えると助かる」なんて。

目の前で囁かれようものならば……。

いいんです、いいんですよ。

だって私、貴方のことが大好きなので。

貴方の役に立てるなら、できることは何だって。

追いかけ始めてたった三年。

それだけで、今こうして会話ができるということが、私にとってどれだけの僥倖《ぎょうこう》かと思うのです。


この幸せがどこかへ飛んでいかないようにと、唇をそっと閉じ幸せ色の小鳥を見つめていると、ふわりと鳥は舞い上がり、よく通る声で言う。

「邪魔をして悪かった」

風も吹かない静かな夜。

この時間、街の明かりは殆ど消えて、夜空の星がよく見える。

そんな世界に羽ばたいていく青い小鳥の背中に向かい、おやすみなさいの言葉を返せば。

ほんの少しだけ間を置いて、小さい声で返された「おやすみ」の、その言葉。

（……舞い上がっていいですか？）

と、思わず誰かに問いかけたけど、もちろん答える声はなく。

頭なんかで思うよりインパクトが大きくて、私はしばらくその場所で、ひとりフリーズ状態になってしまったのでした。

# 閑話　その出会いを回避せよ！

YUSHA no YOME ni NARITAKUTE

「うっ……ゲホッ、ゴホゴホッ」

黒いフードが影を落とした形の良い口元に、干し肉的な携帯食を流し込もうと水をあて、少年は噎《む》せてしまって思いきり咳《せ》き込んだ。

『大事ないか？　フィール』

横に居た優美な女性が心配そうに声を掛けて、彼の背中を優しく優しく撫《な》でてやる。

「大丈夫、っ、ケホッ……………はぁ。ありがとう、エル」

『急《せ》いている訳でもないのだろう？　そう焦《あせ》って飲まずとも』

「うん、焦ったつもりはないんだけどさ……誰かに噂《うわさ》でもされてるのかな」

目深《まぶか》に被《かぶ》ったフードのせいでどんな顔をしているのか不明だが、零《こぼ》れた口調の軽さから、言うほど彼は気にしていない様子が窺《うかが》える。

全身黒尽くめの上に、顔を口まで覆い隠した怪しい風体の少年と、艶のある白髪が美しい、雅《みやび》やかな女性の組み合わせ。少年一人であれば〝怪しい奴〟というところだが、傍《かたわら》に立つ熟した女性の妖艶さが加わると、独特の雰囲気に得体の知れない空気が漂い、より真っ当な人々を遠ざけるようになっていた。

この二人……いや、特に少年について語れば、それこそ〝怪しい〟などという言葉が全く似合わない【勇者】という職業の、身元の確かな存在なのだが。

彼らはエディアナ遺跡というダンジョンの地下で巡り会い、女性の方が押しかける形になって共に居る。初めは身構えていた少年も、彼女の柔らかい雰囲気に次第に絆《ほだ》されてきたようで、最近では気安い態度を見せるようになっていた。…………ただ一つの問題を、除いて……という話だが。

『ときに、其方《そなた》の生家まで、後どれほどかかるだろうか？　入り用であれば何か足の速い下僕を喚《よ》ぶこともできるのだが』

「あー、足……は、必要ないかな。えぇと……生家っていうか、師匠と暮らしてる家を目指してるんだけど……」

どこか歯切れの悪い様子を見せる少年に、魔婦人は浮かんだ疑問を口にする。

『これは人族にしてみれば、不躾《ぶしつけ》な質問になるのやもしれぬが。フィール、其方、家族は？』

「えーと………家族、か。んー、と。気にしないで聞いて欲しいんだけど、俺、親の顔とか、知らないんだよね。生まれて間もない状態で、師匠の縄張りに捨てられてた……らしいから。だから親の生死は不明だし、兄弟が居るのかどうかも分からない感じかな。師匠……は、家族って言っていいのかな？　あんな人だけど……育ててくれて、まぁ、感謝しているし……」

『────なるほど。勇者は孤児に生まれつくことが多いと聞くが、其方もか』

「え？　そうなの？　初めて聞いた。そういうもん？」

珍しく話に食いついてきた少年に、彼女は柔らかい笑みを浮かべながら、その話を続けてくれる。

『捕われる前の時代に耳にした話だが、数千年程度で世の本質が変わるとも思えぬ。ある時代、神の国の教皇が言い残しておるよ。勇者の多くが孤児として生まれつくのは、彼らの柵を可能な限り薄くするため、という神々の配慮。つまり、愛である、と』

「…………神国らしい〝いかにも〟な話だね」

『だが【教皇】は、神の声を聞く者しかなれぬと言うだろう？』

期待したぶん、何となく気落ちした風の彼は、微妙な声で返してから、少しの間、沈黙し。

「そういえば、エル・フィオーネって魔人だったよね？　魔人って、神国を毛嫌いしているものだと思ってたけど、よくそんな話を知ってたね」

と、不意に思いつくままを口に出して問いかけた。

エル・フィオーネと呼ばれた彼女は、少しばかり悪態をつき。

『嫌だと避けて通っていても、勝手に耳に入ってくるものは止めようがないだろう？　魔種が神の国を嫌うのは、その土地が類を見ないほど、聖気に満ちておるからだ。我ほどになれば、だからとてどうということもないのだが……やはり空気がいけ好かぬ。翼種も居るしの』

何を思い出したのか、ふん、と鼻を鳴らすのだった。

「へぇ……そうなんだ」

少年の意外という音に、うむ、と難しい顔を浮かべて頷《うなず》いた彼女だったのだが。こちらも不意を突くように、何かを思い出した様子で急に声を変えて言う。

『そんなことよりも。そなたの家族である師匠とやらに会うならば、何か土産《みやげ》の一つでもあった方がよかろうな？　むぅ。フィールの育ての親に我を伴侶と認めて貰《もら》うため……ここで手抜きはできぬという話だぞ。古《いにしえ》より人族は、そういう話に煩《うるさ》いゆえな……』

美女の口から零れ出た独り言のようなセリフに、それまで落ち着きを見せていた少年勇者の挙動が変わる。

「……その話、流したと思ってたのに……やっぱり会う気満々ですか………」

呟《つぶや》かれた小声は苦い。幸い彼女の耳には届かず『ん？』という疑問の声が戻るが。

「いやっ！　別に、何でもないよ!?」

彼は必死に取り繕った。

『そうか？　レベルの割に、素晴らしい剣技を身につけておる其方が師と仰ぐほどだ、とても武芸に秀でているのだろうな。……ふむ、ならば武器に使えるような、珍しい素材がよかろうな』

どれ、と何か魔法陣のようなものを描き始めた女性の様子に、挙動不審な勇者が慌《あわ》てて、それを妨害しにかかる。

「っ！　待ってエル・フィオーネ!!　そ、そうだよね!!　お土産は必要だよね!?　でもほらっ！　そういうのって自分で手に入れないと、ダメっていうかさ!!　ありがたみがないよね!?」

叫びながら、ごく自然に自分の両肩に手を添えてきた、只《ただ》ならぬ彼の慌てた姿に、彼女は目を見開いて次には照れくさそうにする。

少年はこんなところで土産物を手にするまいとして、エル・フィオーネは何かを壮大に誤解したまま、双方の間になんともいえない刻《とき》が流れた。

そして、彼の口から零れた最後の言の葉は。

「そういう訳だから！　今から一緒に師匠へのお土産を探しに行こうかな!?　家に帰るのはその後で！！！」

という、問題の先送り。

なぜなら彼の心中は、次の事柄でいっぱいだったから。

(師匠にエルを会わせちゃダメだ!!　絶対に！！！)

こうなったら可能な限り遠回りして家に帰ろう――――。

このときの少年にとって、それが唯一最良の、正解だと思えたのだ。

あの判断は正しかったのか……と、後の彼が思い悩むのは…………おそらく、そう遠くない。

# エピローグ

YUSHA no YOME ni NARITAKUTE (￣▽￣)ゞ

その日はよく晴れた日で、少しだけ寝不足な私の意識は、いつもよりぼんやりしていたような。

それでも、良い夢を見た気がする、と。起き抜けの顔に微笑が浮かぶ。

この幸せな気持ちのままに二度寝してしまおうか……と。閉じかけた瞼《まぶた》の裏に青い羽ばたきが煌《きら》めいて、頭の中でその人の声が再生されていく。

『明日、約束の焼き菓子をギルドの方に預けておくから……』

「っ！　ふぉお！　勇者様!?」

そういえば、昨日遅くに、彼と話ができたんだ！

霞《かす》んだ意識が急激にクリアなものになっていき、慌《あわ》ててキョロキョロ見渡して、おぉう、もう朝なのか、と。薄手のカーテン越しに輝く、太陽様を細目で見遣《みや》る。

支度をパッと整えたなら、朝食をかきこむために、宿の一階にある食堂へと降りていく。

カントリー調の可愛らしい清潔なこの宿は、主に女性冒険者をターゲットにしていると見た。

どんな町にも大抵こうした専用宿がいくつかあって、綺麗《きれい》さや安全を取ると、少し高くても自然とこちらを選ぶようになっていた。

女性専用宿屋の主人は、大抵が元冒険者。優しげなお婆さんに見えても、カウンター裏には高確率で彼女の得物が置いてある。もし厨房《ちゅうぼう》に男性が居たら、高確率で旦那様だ。

そんな、例に漏《も》れない宿屋で朝食を済ませると、お婆さんにお礼を言って、そそくさとそこを後にする。この日の私の足取りは、どんな日よりも軽かった。

大通りへ抜け出ると、町の出口の方向に人だかりができていて、勇者様はもう出発か、と愛《いと》しい気持ちが湧いてくる。ちゃんと付いていきますからね、と心の中で呟《つぶや》くと、スキップでもしそうな足でギルドの扉をくぐるのだった。

「あ、ベルちゃん、こっち、こっち」

「おはようございます、お姉さん」

「はい、おはようございます」

儀礼的とも思えぬ情を振りまきながら彼女が言って。

「何と！　とあるお人から、預かりものがございます～」

そんな風にニヤニヤ笑って取り出す人に、こちらもニヤニヤ返すのだ。

「ちょっと～、どうしたの？　急接近なの？」

「や〜〜、これはただの、お礼ってやつですよ〜」

その割にかなり嬉《うれ》しそうねぇ？　含み笑顔で言われたら。

「そりゃ、ただのお礼でも好きな人から貰《もら》えたら、こういう顔になっちゃいますよね」

正直に返すまでである。

片手に乗ってしまえるお菓子を敢《あ》えて両手に乗せてみて、可愛らしい包みの中身を、あれやこれやと夢想する。それでもきっと、この四角い感じは、前の世界のパウンドケーキ的なものなのが有力か。

しかし味までは分からない。プレーンだろうか、フルーツだろうか。

そしてこの包みには、勇者様が触れた痕跡が……見えないけれど、あるはずだ。

しばらく手元を眺めた上で…………私はそっと、包み込む。

（この大事なアイテムを、早くしまってしまわなければ）

なにせ、自分の愛する人に贈られたという補助説明が付いていそうな食品だ。私はたった一口で空腹はもちろんのこと、体力・魔力・状態異常を全回復できると思う。奇跡の回復アイテムに転化していそうなお菓子様なので、誰かに取られてしまう前にと、サッと鞄《かばん》に忍ばせた。

アイテム袋の最大の利点は、変化しない、の一言か。時間がピタリと止まったように、発酵も腐敗もしないのだ。まさに時空魔法と語られそうな付与技術だが、大掛かりなものについては未《いま》だに汎用《はんよう》されていない。

少し語ってしまったが、とにかく、ここにしまっておけば永久的に所持可能…………。

「……ふ、ふふふふふ」

「やぁだベルちゃん、声がダダ漏れ☆」

「はっ、それはすみません」

一瞬だけキリッとするが、すぐに顔がにやけてしまう。そんな私を生温《なまぬる》い目でしばし見ていたお姉さんだが、他の冒険者が依頼の紙を取ったのを見て、雰囲気を仕事モードへと変化させていく。

「しばらく東の勇者パーティは西を目指していくそうよ。さっき西門で見たでしょう？　ベルちゃんも早く追いかけないと、置いていかれちゃうわよ～？」

「はっ、確かにそうですね！」

再びお花畑にトリップしていた私は、その声でようやく正気に戻り。

「お姉さん、お世話になりました！　また会うことがあったなら、そのときはよろしくです」

シュタっと右手で宣誓し、ニコニコ笑顔のお姉さんにお礼を言って後にする。

ギルドの扉を押し開いたら通りはそこそこ人が居て、西門の方向は彼らが発《た》ったせいだろう、大分人の気配がはけた雰囲気が漂っていた。この町のお偉いさんとどんなドラマがあったのか、関わることのない私には永遠に不明だが、昨夜教えて貰った通りに丸く収まったなら良かったな、と。

他の一般の方々と同じように西門を出て、西へ伸びる大街道をサクサク歩き始めたら、春の渓谷の名残《なごり》だろうか、一陣の風に小花が舞った。

あ、何だか懐《なつ》かしい、と。思い出すのは、出会ったあの日。

自然と零《こぼ》れた微笑《ほほえ》みは、誰にも見られず世界に溶けた。

＊・・＊・・＊・・＊・・＊・・＊

勇者の嫁になりたくて。
異世界からの転生者、ベルリナ・ラコット十八歳。
今日もまた、愛する人を追いかけます☆

番外編

# めげない彼女の追っかけライフ

YUSHA no YOME ni NARITAKUTE (￣▽￣)ゞ

「おぉー、モガートの群生地～」

間伐《かんばつ》済みの小さな森の広い窪地《くぼち》に茂った草に、私は嬉《うれ》しくなって一声上げた。

この森はリリアムという花が採れると有名で、近くを通ったついでに一目見ようと寄ったのだけど、採集系冒険者によりあらかた採られた後らしく、諦《あきら》めて先に進もうかと思っていたのだ。

目的の花ではなかったのだが、モガートという薬草は回復薬を作る上での基本材料なのである。分布が広くてどんな場所にもそれなりに生えるので、売却しても安いのだけど、回復薬には絶対に必要な材料なので、あまり値崩れしないのだ。

(それが、こんなに群生している！)

この森に寄って良かった～、と私の顔はホクホクだ。

きっと、他の冒険者等はリリアムにだけ目がいって、モガートなんか足しにならないと捨て置かれたから増えたのだろう。これだけの量があるなら結構なお値段♪ と、駆け出し故に収入が低い私は喜んだ。

採集系冒険者として心がけていることは、薬草が絶えないように必ず数株残すこと。既《すで》に一株しかないときは、採ってしまわず次へいく。

（ふー、結構な重労働……）

私は薬草を十株くらいまばらに残すと、窪地から這《は》い上がり、少し休憩することにした。

（は〜、体に染み渡る〜〜）

お気に入りのお茶を含んで、気分はさながらピクニック。木々の合間から空を見上げて、今ごろ彼はどの辺かなぁ？　と、そっと想いを馳《は》せてみた。


勇者様を追いかけて、早三ヶ月が経《た》っていた。


あの日、住み慣れた城下町にて愛する人を見つけた私は、彼を見つけたその日の昼には旅支度を終えていた。幼なじみの協力を得て昼過ぎにはそこを発《た》ち、夜には国の外れの町まで移動することができていた。

追いかけ始めの移動手段は主にバス的な辻《つじ》馬車で、一般人にしてみると割合早い移動だったが、騎獣に乗った愛する人の移動速度は凄《すさ》まじく、外れの町の食事処《どころ》で耳に挟んだ噂《うわさ》によると、勇者様は日の入り前にこの国を去ったということだった。

それを聞いて心が折れたかと言われると……当時の私は、その逆で。

よーし、絶対追いつくぞー！　と、情熱的に燃えていた。

隣の国の関所付近で騎獣を降りたその人は、パーティの面々と次なる仕事に向かったらしい。これも彼らが出立してから大分過ぎての情報だったが、目的地を定めやすかったので、自分でも驚きなのだが嫌になることは一度もなかった。

そうしているうち、あっという間に、三ヶ月が過ぎていた。

モンスターとは戦えないので、モンスター・フィールドなどでエンカウントした場合、防戦から逃走の一択しかなかったが、なんだかんだでレベルも五くらい上がり、あと少しでレベル八。冒険者らしくなってきたなと、そちらもそちらで喜びだった。

前世の記憶のある身としては、冒険者の生活はゲームみたいで結構楽しかったのだ。一番、幼なじみの彼に心配された野宿さえ、虫避《よ》けとかモンスター避けとか、そういうアイテムを使うたび、何度見ても本物だ～とテンションだけが上がっていった。

もちろん良いことだけじゃなく、怖いこともあったけど……目下の最大の悩みとしては、彼に追いつけないこと、か。

（一ヶ月も前ですよ……最後に彼の姿を見たのは）

しかも大勢の人混みの中、遠くに黒髪が見えたくらい。本当にちまっとで、あっ、と思ったらもう居なかった。

（はー。早く追いつきたいです……勇者様ゲージが底をつく～）

ころん、と仰向けに転がったなら、視線の先には黄色い木ノ実。

「おぉっ、あんなにたくさんのシトノレア！」

今度は正真正銘の、レア果実様だった。

鞄《かばん》から梯子《はしご》を取り出して、太めの枝にかけていく。ちょっと高くて危ないが、欲を出さなければ大丈夫。

（こんなものかな）

届くところだけ頂いて、ふと来た道を眺めたら。

（えー!?　気づかなかったです！　木の裏側にミストレト！）

この場所に来るまでに何本か苔《こけ》むした木があったけど、まさかその裏側に薬草があったとは。

いそいそ梯子を降りていき鞄にそれをしまったら、喜び勇んで来た道を戻りつつの薬草採集。

（なんかツイてる♪）

ラッキー、ラッキー。思わず鼻歌が零《こぼ》れるところだ。

そうして森の入り口付近に戻る頃には、目的の花のリリアム以外に採集できた薬草が、たっぷりと鞄の中に詰まっている風だった。

餞別《せんべつ》として幼なじみがくれた薬草辞典様サマである。

（ちゃんと読んでいて良かった～）

これが俗にいう、芸は身を助く、というものか。辞典で知識を仕入れていたから、見落とさずに済んだのだ。益々《ますます》冒険者っぽくなっていくなぁ、と。充足感を覚えながら、街道へ戻ろうとフと視線を向けたとき。

人気《ひとけ》のない街道を、早足で通りすぎる男性三人の様相に、自分の視線が釘付《くぎづ》けになる。

（あれっ、もしかして、勇者様？）

先頭をいく黒髪と、あり得ないほどの背中の大剣。

青銀色のツンツン頭と、特徴的な得物の槍《やり》。

最後に、白い兎《うさぎ》の耳のおじいさんが「ふ」と向いて。

呆然《ぼうぜん》と見送る私に、にこっ、と笑顔をくれたのだ。

（わぁぁっ！　本物の勇者様っ!!）

正真正銘、あれは東の勇者様のパーティだ！　と。

噂では二つ先の村にて仕事中との話だったが、ここを通っているというのは、仕事が終わって折り返し？　あれ？　じゃあ、次の仕事にもう向かっているのかな？　と。偶然にしろ、選んだ道で彼とすれ違う幸運は、このときちょっと怖いくらいで………それでも、大分嬉しくて。

（一ヶ月ぶりの勇者様！　相変わらずかっこいい！）

うわー、うわー、かっこいい！

後ろ姿を眺めながらも、通りすぎた瞬間の彼の凛々《りり》しい横顔が、あっという間に脳裏に浮かび私を愛《いと》しさで包んでくれる。

（あっ。浸ってる場合じゃない！）

今度こそ置いて行かれないよう、頑張って追いかけよう。

私は急いで街道に出ると、彼らが消えた方向に早足で進んでいった。

この時点で遠くの点な彼らの姿だったのだけど、久しぶりに愛する人を近くで見ることができた私は、やる気ゲージが振り切れていて、絶好調だったのだ。

（次こそ同じ町に泊まりたい！）

私の心は頑張るぞー、と人知れず燃えていた。

こんな調子で彼女の追っかけライフの行方というのは、紆余曲折《うよきょくせつ》があるものの、失意の森に繋《つな》がっていく。

このときのベルリナさんは、まだまだ浅い〝好き〟だった。

追い掛けるうち彼に対して惚《ほ》れ直していくことになるのだが……。

彼を追う道すがら、また別の薬草採集に足を止めてしまった彼女は――――、彼を追うことも楽しみながら、冒険者稼業も楽しんでいる、実に良い笑顔だったのだ。

# あとがき

初めまして、作者の千花伊と申します。この度は本作をお手に取って頂きまして、どうもありがとうございます。まずは、よくぞ顔文字入りのタイトル小説（一般的に地雷枠）を手に取られましたね！　と、あなたさまの勇気を賞賛したいと思います。よっ、現代の勇者さま！　そもそも、なぜ小説に顔文字を入れようと思ったのかという件でありますが、単純に顔文字が好きというのと、読者さま避けのためという不精な理由がありました。連載当時は勇者ネタが流行しており、題名に勇者と入れただけで一定数の読者さまが訪れて下さる風潮でありました。期待されるほどの文章を書く自信がなかったために、顔文字入りでもどんとこーいな心の広い方々に読んでみてもらえたらと思っての事でした。心の広い方々が、世の中には思った以上に多く存在することを知りました。この国には計り知れないヌクモリティが埋まっている様です。さて、大好きな形式美としまして、此度の発刊においてお手に取って下さった方はもちろん、書籍化に際して関わって下さった方々へ感謝を述べて、あとがきの結びとしたいと思います。多くの方々の支えがあって発刊に至ったことを、大変強く感じております。

皆々さま、この度は本当にありがとうございました。ここまで目を通して下さったあなたさまへ、ベル並みのハイテンションで、今日も良いことありますように！　念を込めておこうと思います＊

# 勇者《ゆうしゃ》の嫁《よめ》になりたくて(¯▽¯)ゞ

初出……「勇者の嫁になりたくて(¯▽¯*)ゞ」
小説投稿サイト「小説家になろう」で掲載

2020年1月5日　初版発行

著　者
鐘森千花伊《かねもりちかい》
イラスト
山朋洸《やまともひろ》

発行者：野内雅宏

発行所：株式会社一迅社

〒160-0022 東京都新宿区新宿 3-1-13 京王新宿追分ビル 5F
電話　03-5312-7432（編集）
電話　03-5312-6150（販売）

発売元：株式会社講談社（講談社・一迅社）

印刷所・製本：大日本印刷株式会社

DTP：株式会社三協美術

装　幀：今村奈緒美

おたよりの宛て先
〒160-0022 東京都新宿区新宿 3-1-13 京王新宿追分ビル 5F
株式会社一迅社 ノベル編集部
鐘森千花伊 先生・山 朋洸 先生

ISBN978-4-7580-9230-2